La agenda roja

La agenda roja

Sofia Lundberg

Editado por HarperCollins Ibérica, S.A.
Núñez de Balboa, 56
28001 Madrid

La agenda roja
Título original: Den Röda adressboken
© Sofia Lundberg 2017
© 2018, para esta edición HarperCollins Ibérica, S.A.
© De la traducción, Carlos Ramos Malavé

© Del diseño de cubierta, Sanna Sporrong
Imágenes de cubierta: Trevillion y Shutterstock

ISBN: 978-84-9139-326-9

Para Doris, el ángel más hermoso del cielo.
Me diste aire para respirar y alas para volar.

Y para Oskar, mi tesoro más preciado.

1

El salero. El pastillero. El cuenco de caramelos para la garganta. El aparato para tomar la tensión en su caja de plástico ovalada. La lupa con su cinta roja de encaje arrancada de una cortina navideña, atada en tres nudos gruesos. El teléfono con los números extragrandes. La vieja agenda roja de cuero, con las esquinas dobladas, bajo las que asoma el papel amarillento de dentro. Lo coloca todo con cuidado en medio de la mesa de la cocina. Tiene que estar todo ordenado a la perfección. Ni una sola arruga en el mantel de lino azul recién planchado.

Experimenta un momento de calma mientras contempla la calle y el ambiente gris. La gente que corre, con o sin paraguas. Los árboles sin hojas. El aguanieve sucia de la calzada.

Una ardilla corretea por una rama con un brillo de alegría en la mirada. Ella se inclina hacia delante y sigue con atención los movimientos del animalillo, que agita la cola peluda de un lado a otro mientras se mueve con agilidad entre las ramas. Después salta a la carretera y desaparece de inmediato, en busca de nuevas aventuras.

Casi debe de ser la hora de comer, piensa mientras se acaricia el estómago. Levanta la lupa y se la acerca al reloj dorado de pulsera con una mano temblorosa. Los números siguen siendo demasiado pequeños y no le queda más remedio que rendirse. Entrelaza las manos sobre el regazo y cierra los ojos un instante, a la espera del sonido familiar de la puerta de entrada.

* * *

—¿Está echando una cabezadita, Doris?

Una voz excesivamente alta la despierta. Siente una mano en el hombro y, medio dormida, trata de asentir y sonreír a la joven cuidadora que se inclina sobre ella.

—Debo de haberme quedado dormida. —Se le atascan las palabras y se aclara la garganta.

—Tome, beba un poco de agua. —La cuidadora le acerca un vaso y Doris da unos pocos sorbos.

—Gracias... Perdone, pero he olvidado su nombre. —Vuelve a ser una chica nueva. La anterior se fue porque iba a retomar los estudios.

—Soy yo, Doris. Ulrika. ¿Cómo se encuentra hoy? —pregunta, pero no se detiene a escuchar la respuesta.

Aunque Doris tampoco responde.

Observa los movimientos acelerados de Ulrika por la cocina. Ve que saca la pimienta y vuelve a guardar el salero en la despensa. Deja el mantel lleno de arrugas a su paso.

—Nada de sal en exceso, ya se lo he dicho —le dice Ulrika con el envase de la comida en la mano y una mirada de reprobación. Doris asiente y suspira mientras Ulrika retira el plástico del envase. Salsa, patatas, pescado y guisantes, todo mezclado y dispuesto en un plato de cerámica marrón. Ulrika mete el plato en el microondas y programa dos minutos. La máquina se pone en marcha con un suave zumbido y el aroma a pescado comienza a inundar lentamente el piso. Mientras espera, Ulrika comienza a mover las cosas de Doris: apila los periódicos y el correo de manera desordenada, saca los platos del lavavajillas.

—¿Hace frío fuera? —Doris contempla de nuevo la llovizna. No recuerda la última vez que salió de casa. Era verano. O quizá primavera.

—Sí, puf, el invierno llegará pronto. Las gotas de lluvia hoy parecen granizo. Me alegro de haber traído el coche y no tener que caminar. He encontrado hueco en su calle, justo frente a la puerta. El tema del aparcamiento está mucho mejor en las afueras, donde yo vivo. Aquí en el centro está imposible, pero a veces tengo suerte. —Ulrika habla sin parar y después empieza a tararear. Es una canción pop que Doris reconoce de la radio. Ulrika se da la vuelta. Limpia el polvo del dormitorio. Doris la oye enredar y espera que no tire el jarrón, ese pintado a mano que tanto le gusta.

Cuando Ulrika regresa, lleva un vestido colgado del brazo. Es de color bermellón, de lana, el que tiene las mangas abombadas y un hilo colgando del dobladillo. Doris había intentado arrancarlo la última vez que se lo puso, pero el dolor de espalda hizo que le resultara imposible llegar más allá de las rodillas. Estira un brazo e intenta cogerlo ahora, pero solo alcanza a agarrar el aire, porque de pronto Ulrika se da la vuelta y cuelga el vestido sobre el respaldo de una silla. La cuidadora regresa y comienza a desabrocharle la bata. Le libera con cuidado los brazos y Doris gimotea en voz baja al notar un latigazo de dolor en la espalda que se le clava en los hombros. Está siempre ahí, día y noche. El recordatorio de que su cuerpo envejece.

—Ahora necesito que se ponga de pie. La levantaré a la de tres, ¿de acuerdo? —Ulrika la rodea con un brazo, la ayuda a levantarse y le quita la bata. Se queda allí de pie, en la cocina, desnuda salvo por la ropa interior. Esa también tiene que cambiársela. Se cubre con un brazo cuando Ulrika le desabrocha el sujetador. Sus pechos caen flácidos hacia su estómago.

—¡Oh, pobre, está helada! Venga, vamos al cuarto de baño.

Ulrika le da la mano y Doris la sigue con pasos cautos y vacilantes. Nota que le cuelgan los pechos y se los agarra con un brazo. En el baño hace mejor temperatura gracias a la calefacción situada bajo los baldosines del suelo, así que se quita las zapatillas y disfruta del calor en las plantas de los pies.

—Bueno, vamos a ponerle el vestido. Levante los brazos.

Ella obedece, pero solo puede levantar los brazos hasta la altura del pecho. Ulrika se pelea con el tejido y consigue ponerle el vestido por encima de la cabeza. Cuando Doris la mira, sonríe.

—¡Cucú-tras! Qué color tan bonito, le pega. ¿Quiere pintarse los labios también? ¿Quizá un poco de colorete en las mejillas?

El maquillaje está dispuesto sobre una mesita que hay junto al lavabo. Ulrika levanta el pintalabios, pero Doris niega con la cabeza y se da la vuelta.

—¿Cuánto tardará la comida? —pregunta mientras regresa a la cocina.

—¡La comida! ¡Ay, qué idiota soy! Se me había olvidado por completo. Tendré que calentarla de nuevo.

Ulrika corre hacia el microondas, abre la puerta y vuelve a cerrarla, gira la rueda para programar un minuto y pulsa el botón. Sirve zumo de arándanos en un vaso y coloca el plato sobre la mesa. Doris arruga la nariz al ver aquella pasta, pero el hambre le hace llevarse el tenedor a la boca.

Ulrika se sienta frente a ella con una taza entre los dedos. La que está pintada a mano con rosas. Esa que la propia Doris nunca utiliza por miedo a romperla.

—Café, el oro del día a día —comenta con una sonrisa—. ¿Verdad?

Doris asiente sin dejar de mirar la taza.

«Que no se te caiga».

—¿Está llena? —pregunta Ulrika tras pasar unos minutos en silencio. Doris asiente y la cuidadora se levanta para retirarle el plato. Regresa con otra taza de café humeante. Una taza azul oscuro, de Höganäs—. Aquí tiene. Ahora podemos darnos un pequeño respiro, ¿eh?

Ulrika sonríe y vuelve a sentarse.

—Vaya tiempo, no hay más que lluvia, lluvia y lluvia. Parece que no va a parar nunca.

Doris está a punto de responder, pero Ulrika continúa.

—No recuerdo si envié leotardos de recambio a la guardería. Es probable que los pequeños hoy se empapen. Bueno, seguro que allí tienen de sobra y pueden prestarles unos. De lo contrario, recogeré a un niño malhumorado y descalzo. Siempre preocupándome por los niños, pero supongo que usted ya sabe cómo es. ¿Cuántos hijos tiene?

Doris niega con la cabeza.

—Ah, ¿no tiene? Pobre, ¿así que nunca recibe visitas? ¿Nunca ha estado casada?

La actitud invasiva de la cuidadora le sorprende. No suelen hacer esa clase de preguntas, al menos no de manera tan descarada.

—Pero seguro que tiene amigas. ¿Quién suele venir? Eso parece bien gordo —dice señalando la agenda que hay sobre la mesa.

Doris no responde. Mira la foto de Jenny. Está en la entrada, pero la cuidadora nunca ha reparado en ella. Jenny, que está tan lejos y a la vez tan cerca en sus pensamientos.

—Bueno, mire —continúa Ulrika—, tengo que marcharme. Seguiremos hablando la próxima vez.

Ulrika mete las tazas en el lavavajillas, incluso la que está pintada a mano. Después limpia la encimera con el trapo una última vez, pone el aparato en marcha y, casi sin que Doris se dé cuenta, sale por la puerta. A través de la ventana la ve ponerse el abrigo mientras camina, luego se monta en un cochecito rojo. Doris regresa arrastrando los pies hasta el lavavajillas y lo para. Saca la taza pintada a mano, la aclara con cuidado y la esconde en el fondo del armario, detrás de los cuencos de postre. La mira desde todos los ángulos posibles. Ha quedado bien escondida. Satisfecha, vuelve a sentarse a la mesa de la cocina y alisa el mantel con las manos. Lo coloca todo con cuidado. El pastillero, los caramelos para la garganta, la caja de plástico, la lupa y el teléfono vuelven a estar en su sitio. Cuando alcanza la agenda, detiene la mano y la deja allí apoyada. Hace mucho tiempo que no la abre, pero ahora levanta la cubierta y se encuentra con una lista de nombres en la primera página. Todos los nombres aparecen tachados. En el margen, ella lo ha escrito muchas veces. Una sola palabra. *MUERTO*.

La agenda roja

A. ALM, ERIC

A lo largo de una vida nos cruzamos con muchísimos nombres. ¿Lo habías pensado alguna vez, Jenny? Todos los nombres que vienen y van. Nombres que nos rompen el corazón y nos hacen llorar. Nombres que se convierten en amantes o en enemigos. A veces hojeo mi agenda. Se ha convertido en una especie de mapa de mi vida y quiero hablarte un poco de ella. Para que tú, que serás la única que se acuerde de mí, te acuerdes también de mi vida. Una especie de testamento. Te daré mis recuerdos. Son lo más valioso que tengo.

Corría el año 1928. Era el día de mi décimo cumpleaños y estábamos de celebración. En cuanto vi el paquete, supe que contenía algo especial. Lo vi en el brillo de los ojos de mi padre. Aquellos ojos oscuros que tenía, que normalmente parecían preocupados por otras cosas, esperaban ansiosos mi reacción. El regalo estaba envuelto con un papel de seda precioso. Acaricié su textura con las yemas de los dedos. La superficie delicada, las fibras que se juntaban formando dibujos diversos. Y luego estaba la cinta: una bonita cinta roja de seda. Era el paquete más bonito que había visto jamás.

—¡Ábrelo, ábrelo! —Agnes, mi hermana de dos años, se inclinó ansiosa sobre la mesa del comedor con ambos brazos sobre el mantel y mi madre la reprendió con cariño.

—¡Sí, ábrelo! —Incluso mi padre parecía impaciente.

Yo acaricié la cinta con el dedo pulgar antes de tirar de ambos extremos para deshacer el lazo. Dentro había una agenda encuadernada en cuero rojo y brillante que olía a tinte.

—Ahí puedes guardar a todos tus amigos —dijo mi padre con una sonrisa—. Todos aquellos a quienes conozcas durante tu vida. En todos los lugares emocionantes que visitarás. Para que no lo olvides.

Tomó la agenda y la abrió. Bajo la letra «A» ya había escrito su propio nombre: *Eric Alm*. Y también la dirección y el número de teléfono de su taller. El número que habían instalado recientemente y del que estaba muy orgulloso. Nosotros todavía no teníamos teléfono en casa.

Mi padre era un hombre grande. No me refiero a físicamente. En absoluto. Pero en casa nunca parecía haber espacio suficiente para sus pensamientos, era como si estuviera siempre desbordándose por el ancho mundo, rumbo a lugares desconocidos. Con frecuencia a mí me daba la impresión de que en realidad no deseaba estar allí, en casa con nosotras. No disfrutaba con las cosas pequeñas, no disfrutaba con el día a día. Tenía sed de conocimiento y llenaba nuestra casa de libros. No recuerdo que hablara mucho, ni siquiera con mi madre. Se sentaba allí, con sus libros. En ocasiones yo me acomodaba en su regazo cuando lo veía leyendo en su sillón. Nunca protestaba, solo me echaba a un lado para que no le tapara las letras y las imágenes que habían captado su interés. Olía a algo dulce, como a madera, y siempre llevaba el pelo cubierto de una fina capa de serrín que hacía que pareciera gris. Tenía las manos ásperas y cuarteadas. Cada noche se las embadurnaba de vaselina y dormía con guantes de algodón.

Mis manos. Le rodeaba el cuello con ellas para darle un abrazo. Nos quedábamos allí sentados, en nuestro pequeño mundo. Yo seguía su viaje imaginario cuando pasaba las páginas. Leía sobre diferentes países y culturas y clavaba alfileres en un enorme mapamundi que tenía colgado en la pared. Como si fueran lugares que había visitado. Decía que algún día saldría a ver mundo. Y luego añadía números a los alfileres. Unos, doses y treses. Era su manera de priorizar las diferentes localizaciones. Tal vez hubiera sido un buen explorador.

De no haber sido por el taller de su padre, claro. Una herencia que cuidar. Un deber que cumplir. Iba al taller cada mañana, incluso después de morir el abuelo, para trabajar junto a su aprendiz en aquel lugar anodino, con montones de tablones apoyados en las paredes, rodeado del olor a aguarrás. A los niños solo se nos permitía mirar desde la puerta. En el exterior, las rosas blancas trepaban por las paredes oscuras de madera. Cuando sus pétalos caían al suelo, los recogíamos y los colocábamos en cuencos de agua; fabricábamos nuestro propio perfume y después nos lo echábamos en el cuello.

Recuerdo mesas y sillas a medio terminar, serrín y virutas de madera por todas partes. Las herramientas colgadas de los ganchos de la pared: cinceles, sierras, gubias y formones, martillos. Todo tenía su lugar. Y, desde su ubicación detrás del banco de trabajo, mi padre lo contemplaba todo. Con un lápiz detrás de la oreja y un delantal marrón de cuero cuarteado. Siempre trabajaba hasta el anochecer, fuera verano o invierno. Luego se iba a casa. A su sillón.

Papá. Su alma sigue aquí, dentro de mí. Bajo la pila de periódicos que hay en la silla que él fabricó, con el cojín que tejió mi madre. Lo único que él quería era ver mundo. Y lo único que hizo fue dejar su huella entre las cuatro paredes de su hogar. Las estatuillas talladas, la mecedora que le hizo a mi madre, los adornos de madera que tallaba a mano. La estantería donde todavía están algunos de sus libros. Mi padre.

2

Incluso el menor de los movimientos requiere el mismo poder mental que esfuerzo físico. Mueve las piernas hacia delante unos pocos milímetros y se detiene. Coloca las manos sobre los reposabrazos. Primero una y después la otra. Se detiene otra vez. Clava los talones en el suelo. Aferra el reposabrazos con una mano y coloca la otra sobre la mesa. Balancea el tronco hacia delante y hacia atrás para tomar impulso. La silla en la que está sentada tiene un suave respaldo alto y las patas reposan sobre unas piezas de plástico que la elevan unos centímetros. Aun así, tarda un rato en levantarse. Lo consigue al tercer intento. Después tiene que detenerse un par de segundos más, con la cabeza agachada y ambas manos sobre la mesa, a la espera de que se le pase el mareo.

Es hora de su ejercicio diario: un paseo por su pequeño piso. Camina por el pasillo desde la cocina y rodea el sofá del salón, donde se detiene a recoger cualquier hoja seca de la begonia que hay junto a la ventana. Después llega hasta el dormitorio y se dirige al rincón en el que escribe. Llega hasta el ordenador, que se ha vuelto tan importante para ella. Se sienta con cuidado en otra silla con soportes de plástico. Hacen que la silla sea tan alta que apenas puede encajar las piernas bajo el escritorio. Levanta la tapa del ordenador y oye el zumbido familiar del disco duro al activarse. Pincha en el icono del explorador de Internet del escritorio y abre la edición *online* del periódico. No deja de sorprenderle día tras día el hecho de que el mundo entero sea capaz de existir dentro de ese pequeño ordenador. Que ella, una mujer solitaria de Estocolmo, podría tener contacto con gente de todo el mundo si quisiera. La tecnología llena sus días. Hace que la espera de la muerte sea un poco más soportable. Se sienta allí cada tarde, a veces incluso a primera hora de la mañana o a última de la noche, cuando el sueño se niega a cooperar. Fue Maria, su última cuidadora, la que le enseñó cómo funcionaba todo. Skype, Facebook, los *e-mails*. Había dicho que nadie era demasiado viejo para aprender algo nuevo. Doris estaba de acuerdo y dijo que nadie era demasiado viejo para cumplir sus sueños. Poco después Maria presentó su dimisión para poder continuar sus estudios.

Ulrika no parece tan interesada. Jamás ha mencionado el ordenador ni le ha preguntado a Doris lo que hace. Se limita a quitarle el polvo cuando limpia la habitación, con su lista de cosas para hacer en la cabeza. Pero quizá tenga Facebook. La mayoría de la gente parece tenerlo. Hasta Doris tiene un perfil, el que le abrió Maria. Además tiene tres amigos. Una es Maria. Luego está su sobrina nieta, Jenny, que vive en San Francisco, y Jack, el hijo mayor de Jenny. De vez en cuando ve cómo les va la vida, sigue imágenes y eventos de otro mundo. A veces incluso estudia las vidas de sus amigos. Aquellos que tienen perfiles abiertos.

Aún le funcionan los dedos. Van un poco más lentos que antes y a veces empiezan a dolerle y la obligan a descansar. Escribe para recopilar sus recuerdos, para hacerse una idea de la vida que ha llevado. Confía en que sea Jenny la que lo encuentre todo más adelante, cuando ella ya haya muerto. Que sea ella la que lea y sonría al ver las imágenes. Que sea Jenny la que herede todas sus cosas hermosas: los muebles, los cuadros, la taza pintada a mano. No los tirarán sin más, ¿verdad? Se estremece al pensarlo, coloca los dedos sobre las teclas y comienza a escribir para ordenar sus ideas. *En el exterior, las rosas blancas trepaban por las paredes oscuras de madera*, escribe hoy. Una frase. Después experimenta la calma al recorrer un mar de recuerdos.

La agenda roja

A. ~~ALM, ERIC~~ MUERTO

¿Alguna vez has oído un auténtico rugido de desesperación, Jenny? ¿Un grito nacido de la desesperanza? ¿Un lamento desde lo más profundo del corazón, que se cuela hasta el último átomo de tu ser y no deja a nadie intacto? Yo he oído varios, pero todos ellos me han recordado al primero, al más terrible.

Procedía del patio interior. Allí estaba. Mi padre. Su grito arañó las paredes de piedra y la sangre comenzó a brotar de su mano, tiñendo de rojo la capa de escarcha que cubría la hierba. Tenía una broca clavada en la muñeca. Cayó al suelo mientras gritaba. Nosotros bajamos corriendo los escalones hacia el patio, hacia él. Éramos muchos. Mi madre le envolvió la muñeca con el delantal y le levantó el brazo. Su grito sonó tan fuerte como el de él cuando pidió ayuda. Mi padre estaba pálido y sus labios habían adquirido un tono púrpura. Lo que ocurrió después lo recuerdo como en un sueño. Los hombres que lo sacaron a la calle. El coche en el que lo subieron para llevárselo. La rosa blanca y seca que crecía en el rosal junto a la pared y la escarcha que la cubría. Cuando todos se fueron, yo me quedé sentada en el suelo, mirándola. Aquella rosa era una superviviente. Recé a Dios para que mi padre encontrara esa misma fuerza.

Siguieron unas semanas de angustiosa espera. Cada día veíamos a mi madre preparar una cesta con los restos del desayuno, las gachas, la leche y el pan, y marcharse al hospital. Con frecuencia regresaba a casa con el paquete de comida intacto.

Un día regresó con la ropa de mi padre doblada sobre la cesta, que seguía llena de comida. Tenía los ojos hinchados y rojos de llorar. Tan rojos como la sangre envenenada de mi padre.

Todo se detuvo. La vida tocó a su fin. No solo para mi padre, sino para todas nosotras. Aquel grito desesperado de una mañana fría de noviembre puso fin a mi infancia de manera brutal.

La agenda roja

S. SERAFIN, DOMINIQUE

El llanto nocturno no era mío, pero estaba tan presente en mi alma que a veces me despertaba y pensaba que sí lo era. Mi madre comenzó a sentarse en la mecedora de la cocina cada noche cuando ya nos habíamos ido a dormir, y me acostumbré a quedarme dormida acompañada por sus sollozos. Cosía y lloraba; el sonido de su llanto llegaba en ráfagas, transportado a través de la estancia, hasta sus hijas. Ella pensaba que dormíamos, pero no era así. La oía sorber la nariz y tragar con dificultad. Sentía su desesperación al haberse quedado sola, al no poder vivir más tiempo protegida a la sombra de mi padre.

Yo también lo echaba de menos. Nunca volvería a sentarse en su sillón, absorto en un libro. Yo nunca volvería a sentarme en su regazo ni a seguirlo por el mundo. Los únicos abrazos que recuerdo de mi infancia son los que me dio mi padre.

Fueron meses difíciles. Las gachas que comíamos en el desayuno y en la cena estaban cada vez más aguadas. Fuimos quedándonos sin bayas, que habíamos recogido en el bosque y después secado. Un día, mi madre disparó a una paloma con la pistola de mi padre. Fue suficiente para un guiso y, por primera vez desde su muerte, pudimos saciar nuestra hambre, la comida nos sonrojó las mejillas y hasta estuvimos riéndonos. Pero la risa terminaría pronto.

* * *

—Tú eres la mayor, ahora tendrás que cuidarte sola —me dijo ella, colocándome un trozo de papel en la mano. Yo vi las lágrimas en sus ojos verdes antes de que se diera la vuelta y, con un paño húmedo, comenzara a fregar los platos en los que acabábamos de comer. La cocina en la que estábamos entonces, hace tanto tiempo, se ha convertido en una especie de museo de las vivencias de mi infancia. Lo recuerdo todo con detalle. La falda que ella estaba cosiendo, esa azul que reposaba sobre un taburete. El guiso de patatas y la espuma que se había salido durante la cocción y se había secado en los laterales de la cacerola. La vela solitaria que iluminaba la habitación con un brillo tenue. Los movimientos de mi madre entre el fregadero y la mesa. Su vestido, que se le enredaba en las piernas cuando se movía.

—¿Qué quieres decir? —logré preguntarle.

Ella se detuvo, pero no se volvió para mirarme.

—¿Me estás echando? —continué.

No hubo respuesta.

—¡Di algo! ¿Me estás echando?

Ella miró al fregadero.

—Ya eres una niña grande, Doris, tienes que entenderlo. Te he encontrado un buen trabajo. Como ves, la dirección no está muy lejos. Seguiremos viéndonos.

—Pero ¿qué pasa con la escuela?

Mi madre levantó la mirada y se quedó mirando al frente.

—Papá jamás habría permitido que me sacaras de la escuela. ¡Ahora no! ¡No estoy preparada! —le grité. Agnes gimoteaba nerviosa en su silla.

Me derrumbé sobre la mesa y me eché a llorar. Mi madre vino a sentarse junto a mí y me puso la mano en la frente. Su piel seguía fría y mojada por el agua de fregar los platos.

—Por favor, no llores, mi amor —me susurró acercando su cabeza a la mía. Había tanto silencio que casi podía oír las lágrimas resbalando por sus mejillas, mezclándose con las mías.

—Puedes venir a casa todos los domingos, en tu día libre.

Sus susurros se convirtieron en un leve murmullo en mis oídos. Al final me quedé dormida en sus brazos.

Me desperté a la mañana siguiente con la desgarradora certeza de que me obligaban a abandonar mi casa y mi seguridad por una dirección desconocida. Sin protestar, agarré la bolsa de ropa que mi madre me entregó, pero no pude mirarla a los ojos cuando nos despedimos. Abracé a mi hermana pequeña y me marché sin decir una palabra. Llevaba la bolsa en una mano y tres de los libros de mi padre atados con un cordel en la otra. Había un nombre en el pedazo de papel que llevaba guardado en el bolsillo del abrigo, escrito con la letra florida de mi madre: *Dominque Serafin*. A eso le seguían un par de instrucciones precisas: *Haz una reverencia. Habla con educación.* Recorrí despacio las calles de Södermalm hacia la dirección que aparecía bajo el nombre: *Bastugatan 5*. Allí encontraría mi nuevo hogar.

Cuando llegué, me quedé parada durante un momento frente a aquel edificio moderno. Tenía unas enormes y preciosas ventanas rodeadas por marcos rojos. La fachada era de piedra e incluso tenía un camino que conducía al patio. Distaba mucho de la casa de madera sencilla que había sido mi hogar hasta el momento.

En el portal apareció una mujer. Llevaba unos zapatos de cuero brillantes y un pulcro vestido blanco sin ceñir a la cintura. En la cabeza lucía un sombrero *cloche* beis calado hasta las orejas y de su brazo colgaba un bolso de cuero del mismo tono. Avergonzada, me pasé las manos por la falda de lana, vieja y gastada, y me pregunté quién abriría la puerta cuando llamara, si Dominique sería un hombre o una mujer. No lo sabía, jamás había oído ese nombre.

Caminé despacio, deteniéndome a cada peldaño de la escalera de mármol, que tenía dos pisos de altura. Las puertas dobles, hechas de roble oscuro, eran las más altas que jamás había visto. Di un paso al frente y levanté la aldaba, con forma de cabeza de león. Resonó suavemente y yo me quedé mirando los ojos del animal. Una mujer vestida de negro abrió la puerta e hizo una reverencia. Comencé a desdoblar el trozo de papel para que lo viera, pero otra mujer apareció antes de que pudiera terminar. La mujer de negro se echó a un lado y se quedó pegada a la pared con la espalda muy recta.

La segunda mujer tenía el pelo color caoba y lo llevaba recogido en dos trenzas que formaban un moño prieto en la nuca. En el cuello lucía varios collares de perlas blancas. Su vestido era de una seda verde esmeralda brillante, le llegaba hasta las rodillas y la falda plisada se agitaba suavemente con sus movimientos. Tenía dinero, de eso me di cuenta al instante. Me miró de arriba abajo, dio una calada al cigarrillo que sujetaba con una larga boquilla negra y después expulsó el humo hacia el techo.

—Vaya, qué tenemos aquí. —Hablaba con fuerte acento francés y su voz sonaba áspera por el humo—. Qué chica más guapa. Puedes quedarte. Pasa, pasa.

Sin más, se dio la vuelta y desapareció en el interior de la vivienda. Yo me quedé donde estaba, de pie sobre el felpudo de la entrada, con la bolsa de mis pertenencias frente a mí. La mujer de negro me hizo un gesto con la cabeza para que la siguiera. Atravesamos la cocina hasta el dormitorio del servicio, donde se encontraba la que sería mi cama junto a otras dos. Dejé mi bolsa sobre ella y, sin que nadie me lo dijera, cogí el vestido que estaba encima y me lo puse. No lo sabía entonces, pero sería la más joven de las tres doncellas y, por tanto, me dejarían todas las tareas que las otras no quisieran.

Me senté al borde de la cama y esperé, con los pies muy juntos y las manos entrelazadas en el regazo. Todavía recuerdo la sensación de soledad que me envolvió en aquella pequeña habitación, sin saber dónde estaba o qué me esperaba. Las paredes estaban desnudas y el papel pintado, amarillento. Había una pequeña mesita junto a cada cama con una vela. Dos estaban ya medio consumidas y la tercera era nueva, con la mecha aún intacta.

No tardé en oír los pasos sobre las baldosas y el roce de su falda. Se me aceleró el corazón. Se detuvo en la puerta y no me atreví a mirarla a los ojos.

—Levántate y ven aquí. Con la espalda recta.

Me levanté y ella acercó la mano a mi pelo. Sus dedos largos y fríos me recorrieron. Ladeó la cabeza y se acercó más para inspeccionar cada milímetro de mi piel.

—Limpia y sana. Eso está bien. No tendrás piojos, ¿verdad, niña?

Yo negué con la cabeza. Ella siguió inspeccionándome, levantándome mechones de pelo. Me metió los dedos detrás de la oreja y sentí sus uñas largas rascándome la piel.

—Aquí es donde suelen vivir, detrás de la oreja. No soporto los piojos —murmuró estremeciéndose. Un rayo de sol entró por la ventana e iluminó el vello de su rostro, que emergía por encima de una capa de maquillaje.

El apartamento era grande y estaba lleno de obras de arte, esculturas y preciosos muebles de madera oscura. Olía a humo y a algo más, algo que yo no identificaba. Durante el día todo estaba tranquilo. La vida había sido amable con ella y no tenía que trabajar; no le hacía falta para vivir. No sé de dónde sacaba el dinero, pero a veces fantaseaba con su marido, con que lo tenía encerrado en el ático o algo así.

Por las noches solían venir invitados. Mujeres con vestidos hermosos y diamantes. Hombres con traje y sombrero. Entraban, todavía con los zapatos puestos, y recorrían el salón como si fuera un restaurante. El aire se llenaba de humo y de conversaciones en inglés, francés y sueco.

En mis noches en aquel apartamento descubrí ideas de las que hasta entonces nunca había oído hablar. El salario igualitario para las mujeres, el derecho a la educación. Filosofía, arte y literatura. También conocí nuevos comportamientos. Risas estridentes, discusiones acaloradas y parejas que se besaban en público en los ventanales y rincones. Para mí fue todo un cambio.

Yo me agachaba cuando atravesaba la estancia para recoger copas y secar el vino derramado. Las piernas se movían tambaleantes sobre tacones altos entre las habitaciones; las lentejuelas y las plumas caían al suelo y se colaban entre los tablones de madera del pasillo. Yo me quedaba allí atareada, hasta altas horas de la madrugada, limpiando hasta el último rastro de los festejos con un pequeño cuchillo de cocina. Cuando la señora se levantaba, todo debía estar perfecto. Trabajábamos duro; ella quería tener manteles recién planchados todas las mañanas. Las mesas tenían que brillar y no podía haber motas de polvo en las copas. La señora siempre dormía hasta tarde, pero, cuando por fin salía de su dormitorio, recorría el apartamento inspeccionando cada habitación. Si hallaba algo digno de mención, siempre me llevaba yo la culpa. Siempre la más joven. Enseguida aprendí en qué cosas solía fijarse, así que le daba una última pasada al apartamento antes de que se levantara, arreglando las cosas que las otras habían hecho mal.

Las pocas horas de sueño de que disfrutaba en aquel duro colchón de crin nunca eran suficientes. Estaba siempre cansada y las costuras del uniforme me irritaban la piel. Estaba harta de la jerarquía y de las bofetadas. Y de que los hombres me toquetearan.

La agenda roja

N. NILSSON, GÖSTA

Estaba acostumbrada a que alguna persona se quedara dormida tras haber bebido demasiado. Mi trabajo era despertarla y echarla. Pero aquel hombre no estaba dormido. Estaba mirando al frente. Las lágrimas resbalaban lentamente por sus mejillas, una a una, mientras miraba hacia el sillón donde dormía otro hombre: un joven de pelo rubio y rizado. El joven tenía la camisa abierta, bajo la que se veía una camiseta interior sin mangas, amarillenta. Sobre la piel bronceada de su pecho vi el tatuaje de un ancla, dibujada con tinta verdosa.

—Está disgustado, perdón, yo...

Él se dio la vuelta y apoyó el hombro en el reposabrazos de cuero, de modo que quedó medio tumbado sobre el sillón.

—El amor es imposible —murmuró, señalando hacia la habitación vacía que él llenaba con su mirada.

—Está borracho. Por favor, levántese, tiene que marcharse antes de que se despierte la señora. —Intenté que mi voz sonara firme, pero él me agarró la mano cuando intenté que se pusiera de pie.

—¿No se da cuenta, señorita?

—¿Darme cuenta de qué?

—¡De que estoy sufriendo!

—Sí, me doy cuenta. Váyase a casa a dormir la borrachera y su sufrimiento disminuirá.

—Déjeme quedarme aquí sentado, contemplando la perfección. Déjeme disfrutar de esta electricidad tan peligrosa.

Se enredó en sus palabras al intentar expresar su estado de ánimo. Yo negué con la cabeza.

Era la primera vez que veía a aquel hombre tan delicado, pero sin duda no sería la última. Cuando el apartamento se vaciaba y un nuevo día iluminaba los tejados de Södermalm, solía quedarse merodeando por allí, perdido en sus pensamientos. Se llamaba Gösta. Gösta Nilsson. Vivía en esa misma calle, en Bastugatan 25.

—Por las noches uno puede pensar con claridad, pequeña Doris —me decía cuando le pedía que se marchara. Después se perdía en la oscuridad, tambaleándose con los hombros caídos y la cabeza gacha. Siempre llevaba el sombrero ladeado y la vieja chaqueta ajada que vestía le quedaba grande, le colgaba más de un lado que de otro, como si tuviera la espalda torcida. Era guapo. Con frecuencia estaba bronceado y tenía rasgos de estilo clásico: nariz recta y labios finos. Había mucha bondad en sus ojos, pero solía estar triste. Su chispa se había apagado.

Tardé varios meses en enterarme de que era un artista al que la señora veneraba. Sus cuadros estaban colgados en la pared de su dormitorio, lienzos enormes con cuadrados y triángulos de colores brillantes. No tenían una temática clara, eran más bien explosiones de color y de forma. Era casi como si a un niño le hubieran dado rienda suelta con el pincel. A mí no me gustaban. Para nada. Pero la señora compraba y compraba, porque el príncipe Eugenio hacía lo mismo. Y porque la modernidad surrealista poseía una electricidad que nadie más entendía. Le gustaba el hecho de que, al igual que ella, él fuese un forastero.

Fue la señora quien me enseñó que las personas se presentan en formas diferentes. Que lo que se espera de nosotros no siempre es correcto, que hay muchos caminos para elegir en nuestro viaje hacia la muerte. Que quizá nos encontremos en un cruce difícil, pero que el camino podría volver a enderezarse. Y que las curvas no son nada peligrosas.

* * *

Gösta siempre hacía muchas preguntas.

«¿Prefieres el rojo o el azul?».

«¿A qué país viajarías si pudieras ir a cualquier lugar de la Tierra?».

«¿Cuántos dulces de los que valen un öre puedes comprar con una moneda de una corona?».

Después de aquella última pregunta, siempre me lanzaba una corona. La lanzaba al aire con el dedo índice y yo la atrapaba con una sonrisa.

—Gástala en algo dulce, prométemelo.

Se daba cuenta de que yo era joven. No era más que una niña. Jamás intentó toquetearme como hacían los demás hombres. Jamás hizo comentarios sobre mis labios o mis incipientes pechos. A veces incluso me ayudaba en secreto: recogiendo copas y llevándolas al pasillo que había entre el comedor y la cocina. Cuando la señora se enteraba, me daba una bofetada. Sus gruesos anillos de oro me dejaban marcas rojas en las mejillas. Yo me las tapaba con un poco de harina.

3

—¡Hola, tía Doris!

El niño sonríe y saluda enérgicamente con la mano, tan cerca de la pantalla que solo se ven sus dedos y sus ojos.

—¡Hola, David! —Ella devuelve el saludo y después se lleva la mano a la boca para lanzarle un beso. En ese preciso instante, la cámara gira hacia un lado y el beso acaba en la madre. Sonríe al oír la risa de Jenny, que es contagiosa.

—¡Doris! ¿Cómo estás? ¿Te sientes sola? —Jenny ladea la cabeza y se acerca tanto a la cámara que solo se le ven los ojos. Doris se ríe.

—No, no, no te preocupes por mí. —Niega con la cabeza—. Al fin y al cabo te tengo a ti. Y a las chicas que vienen cada día. No puede haber nada mejor.

—¿Lo dices en serio? —Jenny parece desconfiar.

—¡Desde luego! Pero hablemos de ti, ¿qué has estado haciendo? ¿Qué tal va el libro?

—Ah, no. No empieces ahora con eso. No tengo tiempo para escribir, los niños no me lo permiten. No sé por qué siempre andas con eso. ¿Por qué es tan importante?

—Porque quieres y siempre has querido escribir. A mí no me engañas. Trata de sacar algo de tiempo.

—Sí, quizá algún día. Pero ahora los niños son lo más importante. Espera, deja que te enseñe una cosa. Tyra dio sus primeros pasos ayer, mira qué mona.

Jenny gira la cámara hacia su hija, que está mordisqueando la esquina de una revista en el suelo. Gimotea cuando Jenny la levanta. Se niega a mantenerse erguida ella sola y vuelve a derrumbarse en cuanto sus pies tocan el suelo.

—Vamos, Tyra, camina, por favor. Enséñaselo a la tía Doris. —Vuelve a intentarlo, en sueco esta vez—: Levántate, muéstrale lo que sabes hacer.

—Déjala. Cuando tienes un año, las revistas son mucho más emocionantes que una anciana que vive al otro lado del mundo —dice Doris con una sonrisa.

Jenny suspira y entra en la cocina con el ordenador en los brazos.

—¿Has cambiado la decoración?

—Sí, ¿no te lo había dicho? Queda bien, ¿verdad? —Da una vuelta con el ordenador y los muebles se convierten en líneas. Doris sigue la estancia con los ojos.

—Muy bonito. Tienes ojo para el interiorismo, siempre lo has tenido.

—Oh, no sé. A Willie le parece demasiado verde.

—¿Y a ti qué te parece?

—A mí me gusta. Me gusta el verde pálido. Mamá tenía este mismo color en su cocina, ¿te acuerdas? En ese pequeño apartamento de Nueva York.

—¿Era en el de Nueva York?

—Sí, el edificio de ladrillo, ¿te acuerdas? El que tenía el ciruelo en el jardincito.

—¿Te refieres al de Brooklyn? Sí, me acuerdo. Con esa mesa de comedor tan grande que casi no cabía.

—¡Sí, exacto! Se me había olvidado. Mamá se negó a desprenderse de ella cuando se divorció de aquel abogado, así que tuvieron que partirla por la mitad para que entrase en la habitación. Estaba tan pegada a la pared que yo tenía que meter tripa para poder sentarme.

—Sí, caramba, se hacían muchas locuras en esa casa. —Doris sonríe al recordarlo.

—Ojalá pudieras venir por Navidad.

—Sí, ojalá. Ha pasado mucho tiempo. Pero tengo la espalda demasiado fastidiada. Y el corazón. Me temo que mis días de viajar se han terminado.

—Yo mantendré la esperanza de todos modos. Te echo de menos.

Jenny gira el ordenador hacia la encimera y se sitúa de espaldas a Doris.

—Perdona, pero tengo que preparar algo de comer. —Saca pan y mantequilla mientras sostiene a Tyra en brazos sobre la cadera.

Doris espera pacientemente mientras unta el pan con mantequilla.

—Pareces cansada. ¿Willie te ayuda? —pregunta cuando Jenny vuelve a la pantalla. Tyra está ahora sentada en su regazo, intentando comerse el sándwich. Se mancha las mejillas de mantequilla y saca la lengua para limpiársela. Jenny la sujeta con un brazo y utiliza el otro para levantar un vaso de agua y dar un gran trago.

—Hace lo que puede. Tiene mucho trabajo, ya sabes. No tiene tiempo.

—¿Y para vosotros? ¿Tenéis tiempo el uno para el otro?

Jenny se encoge de hombros.

—Casi nunca, pero la cosa va mejor. Tenemos que superar esto, los años en los que la niña es pequeña. Él se esfuerza mucho también. No es fácil mantener a una familia entera.

—Pídele ayuda. Para que tú puedas descansar un poco.

Jenny asiente y le da un beso a Tyra en la cabeza. Cambia de tema.

—No quiero que pases la Navidad sola. ¿No tienes a nadie con quien poder celebrarla? —le pregunta con una sonrisa.

—No te preocupes por mí, he pasado muchas Navidades sola. Tú tienes muchas cosas en las que pensar. Asegúrate de que los niños pasen unas buenas fiestas y yo estaré feliz. Al fin y al cabo, son unas fiestas para los niños. Vamos a ver, he saludado a David y a Tyra, pero ¿dónde está Jack?

—¡Jack! —grita Jenny, pero no obtiene respuesta. Se da la vuelta y el sándwich de Tyra cae al suelo. La niña empieza a llorar—. ¡Jack! —Tiene la cara roja. Niega con la cabeza y recoge el sándwich del suelo. Lo sopla y se lo devuelve a la niña—. No tiene remedio. Está arriba, pero... es que no lo entiendo. ¡Jack!

—Está creciendo. Como cuando tú eras adolescente, ¿te acuerdas?

—¿Que si me acuerdo? Pues no, para nada. —Jenny se ríe y se tapa los ojos con las manos.

—Oh, sí, eras una niña rebelde. Pero mira lo bien que has salido. Jack cambiará también.

—Espero que tengas razón. A veces ser madre no es nada divertido.

—Forma parte del trabajo, Jenny. Tiene que ser así.

Jenny se estira la camisa blanca, advierte una mancha de mantequilla e intenta limpiársela.

—Puf, mi única camisa limpia. ¿Qué voy a ponerme ahora?

—Si ni siquiera se ve. Esa camisa te sienta bien. ¡Siempre estás tan guapa!

—Últimamente no tengo tiempo para arreglarme. No sé cómo lo hacen las vecinas. Ellas también tienen hijos, pero aun así están perfectas. Labios pintados, pelo rizado, tacones. Si yo hiciera todo eso, al terminar el día parecería una ramera barata.

—¡Jenny! Tienes una idea equivocada de ti misma. Cuando yo te miro, veo una belleza natural. Lo has heredado de tu madre. Y ella lo heredó de mi hermana.

—Tú sí que fuiste una auténtica belleza en tu época.

—Puede que en algún momento. Probablemente ambas deberíamos alegrarnos, ¿no te parece?

—La próxima vez que vaya, tendrás que enseñarme de nuevo las fotos. Nunca me canso de veros a la abuela y a ti cuando erais jóvenes.

—Si sigo viva para entonces.

—¡No digas eso! No vas a morirte. Tienes que seguir aquí, mi querida Doris, tienes que...

—Eres lo suficientemente mayor para darte cuenta de que todo gira en torno a la muerte, ¿verdad, mi amor? Todos vamos a morir; es una de las cosas de las que podemos estar seguros.

—Por favor, déjalo ya. Tengo que irme, Jack tiene entrenamiento. Si esperas un poco, podrás hablar con él cuando baje. Hablamos la próxima semana. Cuídate.

Jenny coloca el ordenador en un taburete que hay en la entrada y vuelve a llamar a Jack. En esa ocasión, el chico baja a la primera. Lleva puesta la equipación de fútbol y tiene los hombros tan anchos como un armario ropero. Baja corriendo las escaleras con la mirada puesta en el suelo.

—Dile hola a la tía Doris —dice Jenny con firmeza. Jack levanta la cabeza y se fija en la pantalla y en la cara curiosa de Doris, que saluda.

—Hola, Jack. ¿Cómo estás?

—*Ja*, estoy bien —dice, intercalando palabras en sueco en su respuesta—. Tengo que irme. *Hej då, Doris!*

Ella se lleva la mano a la boca para lanzarle un beso, pero Jenny desconecta la cámara antes.

La soleada tarde de San Francisco, llena de palabras, niños, risas y gritos, es reemplazada por la oscuridad y la soledad.

Y el silencio.

Doris apaga el ordenador. Mira el reloj que cuelga sobre el sofá, con el péndulo que oscila de un lado a otro sin hacer apenas ruido. Ella se mece en su asiento siguiendo el ritmo del péndulo. No logra levantarse y se queda allí sentada para recuperar las fuerzas. Coloca ambas manos en el borde de la mesa y se prepara para intentarlo de nuevo. Esta vez las piernas le obedecen y logra dar un par de pasos. Justo entonces oye el crujido de la puerta de la entrada.

—Ah, Doris, ¿está haciendo ejercicio? Cuánto me alegro. ¡Pero esto está muy oscuro!

La cuidadora entra en el piso, enciende todas las luces y empieza a recogerlo todo sin parar de hablar. Doris va a la cocina y se sienta en la silla más cercana a la ventana. Organiza lentamente sus cosas. Lo coloca todo para que la sal termine detrás del teléfono.

La agenda roja

N. NILSSON, GÖSTA

Gösta era un hombre lleno de contradicciones. Por las noches, y a primera hora de la mañana, se mostraba frágil, lloroso y lleno de dudas. Pero en las veladas que precedían a esos momentos, necesitaba llamar la atención. Vivía de ello. Necesitaba ser el centro de la conversación. Se subía a una mesa y empezaba a cantar. Se reía con más fuerza que nadie. Gritaba cuando las opiniones políticas diferían de las suyas. Le encantaba hablar del desempleo y del sufragio femenino. Pero, sobre todo, hablaba de arte. Del aspecto divino implícito en el acto de la creación, algo que los falsos artistas nunca entenderían. En una ocasión le pregunté cómo podía estar tan seguro de ser un artista auténtico, cómo sabía que no era de los otros. Me agarró con fuerza y me sometió a un largo discurso sobre cubismo, futurismo y expresionismo. Mi mirada atónita daba pie a sus carcajadas estridentes.

—Algún día lo entenderás, jovencita. La forma, las líneas, el color. Es maravilloso que, con su ayuda, puedas capturar el principio divino oculto detrás de toda vida.

Creo que disfrutaba con el hecho de que yo no lo entendiera. Que le aliviaba que no lo tomara tan en serio como los demás. Era como si compartiésemos un secreto. Podíamos caminar uno junto al otro por el apartamento, él me seguía y de vez en cuando daba saltitos para mantener el paso. «Pronto diré que la joven tiene los ojos más verdes y la sonrisa más hermosa que jamás he visto», me decía al oído y yo siempre me sonrojaba. Quería que fuese feliz. En aquel entorno extraño se convirtió en mi consuelo. Un sustituto de la madre y el padre que tanto echaba de menos. Siempre me buscaba con la mirada cuando llegaba, como si quisiera comprobar que estaba bien. Y hacía preguntas. Es extraño; ciertas personas se sienten especialmente atraídas hacia otras. Así éramos Gösta y yo. Tras solo unos pocos encuentros, me parecía ya un amigo y siempre anhelaba sus visitas. Era como si pudiera oír lo que yo estaba pensando.

De vez en cuando venía con compañía. Casi siempre se trataba de algún joven musculoso y bronceado, muy alejado en cuestiones de estilo y de educación de la élite cultural que generalmente frecuentaba las fiestas de la señora. Esos jóvenes solían quedarse sentados en una silla, esperando, mientras Gösta se tomaba una copa de vino tinto tras otra. Siempre escuchaban con atención las conversaciones, pero jamás participaban de ellas.

Los vi una vez. Era ya muy tarde y había entrado en la habitación de la señora para ahuecar sus almohadas antes de que se fuera a la cama. Estaban de pie, muy juntos, cara a cara, frente a dos cuadros de Gösta que se encontraban apoyados contra la cama. Gösta tenía el brazo alrededor de la cadera del joven. Lo soltó como si se hubiera quemado. Ninguno dijo nada, pero Gösta se llevó un dedo a los labios y me miró a los ojos. Yo ahuequé las almohadas con una mano y después abandoné la habitación. El amigo de Gösta recorrió el pasillo y salió por la puerta principal. Jamás regresó.

Dicen que la locura y la creatividad van de la mano. Que los más creativos son aquellos que se encuentran al borde de la tristeza y de la neurosis. En su momento, nadie pensaba así. Por aquel entonces sentirse infeliz se consideraba algo feo, no era un tema del que la gente hablara. Todo el mundo era feliz todo el tiempo. La señora siempre llevaba el maquillaje impecable, el pelo suave y las joyas brillantes. Nadie oía sus llantos de angustia por la noche, cuando el apartamento estaba en silencio y ella se quedaba a solas con sus pensamientos. Probablemente celebrase fiestas para ahuyentar dichos pensamientos.

Gösta asistía a las fiestas por la misma razón. La soledad le sacaba de su apartamento, donde sus muchos lienzos sin vender se amontonaban contra las paredes, recordándole su pobreza. Con frecuencia le invadía la seriedad de la melancolía que yo había advertido la primera vez que nos vimos. Cuando eso sucedía, se quedaba sentado hasta que le obligaba a marcharse. Siempre decía que quería regresar a su París, a la buena vida que tanto había amado. A sus amigos, al arte, a la inspiración. Pero nunca tenía dinero. La señora le proporcionaba la dosis de esencia francesa que necesitaba para sobrevivir. Un poquito cada vez.

—Ya no puedo pintar —se quejó una noche.

Yo nunca sabía cómo responder a su tristeza.

—¿Por qué dices eso?

—No consigo nada. Ya no veo imágenes. No veo la vida con colores claros. No es como antes.

—No entiendo nada de eso —respondí con una sonrisa forzada y le froté el hombro con una mano.

¿Qué sabía yo? Solo tenía trece años. Nada. No sabía nada del mundo. Nada de arte. Para mí un cuadro bonito era aquel que describía la realidad tal como realmente era. No mediante formas distorsionadas y coloristas que, a su vez, creaban imágenes igualmente distorsionadas. A mí me pareció un golpe de suerte que ya no pudiera crear esos horribles cuadros que la señora amontonaba en su armario para poner comida en su mesa. Pero más tarde me detuve frente a uno de sus cuadros con el plumero en la mano. La confusión de colores y pinceladas solía disparar mi imaginación. Siempre veía algo nuevo. Con el tiempo, aprendí a amar esa sensación.

La agenda roja

S. SERAFIN, DOMINIQUE

La señora estaba inquieta. Se lo había oído decir a las otras chicas. Las fiestas le hacían olvidar el día a día y las mudanzas le hacían olvidar el aburrimiento. Sus trastornos siempre eran súbitos e impredecibles. Siempre se producían por alguna razón. Había encontrado un nuevo apartamento, más grande, mejor, en una zona con un estatus más elevado.

Cuando iba a hacer casi un año de la primera vez que nos vimos, entró en la cocina y se quedó de pie con la cadera y el hombro apoyados contra los ladrillos de la pared situada junto a los fogones. Con una mano jugueteaba con el ala del sombrero, que llevaba anudado bajo la barbilla, con el collar y con los pendientes. Estaba nerviosa, como si fuera ella la doncella y nosotras las señoras. Como si fuera una niña a punto de pedir permiso a los adultos para comer una galleta. Ella, que normalmente iba muy erguida y con la cabeza bien alta. Hicimos una reverencia y puede que todas pensáramos lo mismo: estábamos a punto de quedarnos sin trabajo. La pobreza nos daba miedo. Con la señora no nos faltaba comida y, pese a los duros días de trabajo, llevábamos una buena vida. Nos quedamos en silencio, con las manos entrelazadas a la altura del delantal, mirándola furtivamente.

Ella vaciló. Nos miró alternativamente, como si se enfrentara a una decisión que no deseara tomar.

—¡París! —exclamó al fin levantando los brazos. Un pequeño jarrón que había sobre la repisa de la chimenea cayó víctima de su inesperada euforia. Los fragmentos de porcelana china se desperdigaron entre nuestros pies y yo me agaché de inmediato.

Se hizo el silencio en la habitación. Yo sentí que me miraba y levanté la cabeza.

—Doris, haz la maleta, nos vamos mañana por la mañana. Las demás podéis iros a casa, ya no os necesito.

Esperó una reacción. Vio las lágrimas en los ojos de las demás y advirtió la ansiedad en los míos. Nadie dijo una palabra, así que se dio la vuelta, luego se detuvo un instante y a continuación abandonó la estancia de manera apresurada. Desde el pasillo, gritó:

—Tomaremos el tren de las siete. ¡Hasta entonces tienes el día libre!

De modo que, a la mañana siguiente, me encontré en un vagón de tercera clase de camino al extremo sur de Suecia. A mi alrededor, los desconocidos se retorcían en los bancos de madera, cuyos asientos desgastados hacían que se me clavaran astillas en el trasero. El vagón olía a humedad, como a una mezcla de sudor y a lana mojada, y estaba lleno de personas que se aclaraban la garganta y se sonaban la nariz. En todas las estaciones se bajaba alguien y alguien nuevo subía a bordo. De vez en cuando aparecía algún pasajero que transportaba una jaula con gallinas o patos. Los excrementos de las aves olían a acre y sus graznidos inundaban el vagón.

Pocas veces en mi vida me he sentido tan sola como en aquel tren. Iba de camino a cumplir el sueño de mi padre, el que me había mostrado en los libros cuando mi infancia aún era tranquila. Pero en aquel momento, el sueño parecía más una pesadilla. Pocas horas antes, había corrido por las calles de Södermalm todo lo deprisa que me lo permitían las piernas, desesperada por llegar a casa de mi madre a tiempo para darle un abrazo y despedirme. Ella sonrió como sonríen las madres, se tragó la tristeza y me abrazó. Sentí sus latidos contra mi cuerpo, fuertes y veloces. Sus manos y su frente estaban empapadas en sudor. Tenía la nariz congestionada y no reconocí su voz.

—Te deseo lo suficiente —me susurró al oído—. El sol suficiente para iluminar tus días, la lluvia suficiente para que aprecies el sol. La alegría suficiente para fortalecer tu alma, el dolor suficiente para que aprecies los pequeños momentos de felicidad en la vida. Y los encuentros suficientes para que puedas decir adiós de vez en cuando.

Hizo un esfuerzo por pronunciar las palabras que tanto deseaba decir, pero luego no pudo seguir conteniendo las lágrimas. Al final me soltó y volvió a entrar. La oí murmurar, pero no supe si sus palabras iban dedicadas a mí o a sí misma.

—Sé fuerte, sé fuerte, sé fuerte —repetía.

—¡Yo también te deseo lo suficiente, mamá! —grité.

Agnes se quedó fuera, en el jardín. Se aferró a mí cuando intenté marcharme. Le pedí que me soltara, pero se negó. Al final tuve que separarle los dedos de mis brazos y salí corriendo a toda velocidad para que no pudiera alcanzarme. Recuerdo que tenía tierra bajo las uñas y que su gorro gris de lana estaba adornado con florecitas rojas bordadas. Lloró con fuerza mientras me alejaba, pero pronto se quedó callada. Probablemente porque mi madre salió a buscarla. Todavía hoy me arrepiento de no haberme dado la vuelta. Me arrepiento de no haber aprovechado la oportunidad para despedirme de ellas con la mano.

Las palabras de mi madre se convirtieron en un referente en mi vida, y solo con pensar en ellas encontraba la fuerza que necesitaba. Fuerza suficiente para superar las adversidades que se me presentarían. Que se le presentan a cualquiera a lo largo de la vida.

La agenda roja

S. SERAFIN, DOMINIQUE

Recuerdo la luna, una delgada línea sobre un fondo azul pálido. Los tejados justo debajo y la colada tendida en los balcones. El olor a humo de carbón que salía de los cientos de chimeneas. El traqueteo rítmico del tren, que se había convertido en parte de mi cuerpo durante el largo viaje. Había empezado a amanecer cuando por fin nos aproximamos a la Gare du Nord tras muchas horas y varios cambios. Me levanté y me asomé por la ventanilla. Aspiré el aroma de la primavera y saludé a los niños de la calle, que corrían descalzos junto a las vías con las manos estiradas. Alguien les lanzó una moneda, lo que los detuvo. Se arremolinaron en torno a aquel pequeño tesoro y empezaron a pelearse para ver quién se la llevaba.

Agarré con fuerza mi dinero. Lo llevaba guardado en un pequeño bolso de cuero, anudado a la cinturilla de la falda con una cinta blanca. Cada poco tiempo lo palpaba para comprobar que seguía allí. Deslizaba la mano por las esquinas suaves que sentía bajo la tela. Mi madre me lo había puesto en la mano justo antes de marcharme, y contenía todo el dinero que había estado ahorrando, dinero que ella solo usaba en circunstancias especiales. Quizá sí me quisiera después de todo. Estaba tan enfadada con ella que a veces pensaba que no quería volver a verla, pero al mismo tiempo la echaba muchísimo de menos. No pasaba un solo día sin que pensara en Agnes y en ella.

Aquel bolsito era mi única fuente de consuelo mientras avanzaba hacia mi nueva vida. Sentir su peso contra el vientre me ayudaba a mantener la calma. Las ruedas chirriaron con fuerza al accionarse los frenos y tuve que taparme los oídos con las manos, lo que hizo que el hombre que iba sentado enfrente sonriera. Yo no le devolví la sonrisa y me apresuré a bajar del tren.

Un botones colocó el equipaje de la señora en un carrito de hierro negro. Yo esperé junto a aquella montaña creciente con mi maleta entre los pies. El joven corría de un lado a otro. Tenía la cara sudada y, cuando utilizó la manga de la camisa para secarse la frente, la tela quedó manchada. Sobre el carrito fueron cargando maletas, baúles, sombrereras, sillas y cuadros que se amontonaban unos encima de otros.

La gente se abría paso a empujones. Las faldas largas y sucias de las pasajeras más pobres rozaban los inmaculados zapatos y los pantalones bien planchados de los caballeros de clase alta. Pero las damas elegantes esperaban. Solo cuando el andén quedó vacío, después de que hubieran desaparecido los pasajeros de segunda y tercera clase, descendieron lentamente los tres peldaños de hierro con sus zapatos de tacón alto.

La señora sonrió al verme esperándola. Sin embargo, las primeras palabras que salieron de su boca no fueron un saludo. Se quejó del largo viaje y de sus aburridos acompañantes. Se quejó del dolor de espalda y del incómodo calor. Mezclaba francés y sueco y enseguida me perdí, aunque ella no parecía molesta por mi falta de respuestas. Se dio la vuelta y comenzó a caminar hacia el edificio de la estación. El botones y yo la seguimos. Él iba empujando el carrito y tenía que ayudarse de la cadera para mover tanto peso. Yo agarré la palanca metálica de la parte delantera y le ayudé a tirar. Todavía llevaba mi equipaje en la otra mano. Tenía el vestido empapado en sudor y, a cada paso que daba, se me metía por la nariz su desagradable olor a humedad.

La sala de llegadas, con sus elegantes columnas verdes de cobre, estaba llena de gente que iba de un lado a otro sobre el suelo de piedra. El sonido de sus pisadas retumbaba con fuerza. Un niño pequeño con camisa azul y pantalones cortos de color negro comenzó a seguirnos, agitando en la mano una rosa. Su flequillo lacio le caía por encima de unos ojos azules muy brillantes, que me miraban suplicantes. Negué con la cabeza, pero se mostró testarudo, ofreciéndome la flor. Me pedía dinero con la mano. Tras él iba una niña con coletas y un vestido marrón que le quedaba grande. Vendía pan y tenía el vestido manchado de harina. Me ofreció un pedazo y lo agitó delante de mis narices para que pudiera captar el aroma a recién horneado. Volví a negar con la cabeza y apreté el paso, pero los dos niños hicieron lo mismo. Un hombre vestido con traje expulsó una enorme bocanada de humo frente a mí. Tosí con fuerza, lo que hizo que la señora se riera.

—¿Te sorprende, querida?

Se detuvo.

—No se parece en nada a Estocolmo. ¡Oh, París, cuánto te he echado de menos! —continuó con una sonrisa antes de comenzar a hablar en francés. Se volvió hacia los niños y dijo algo con voz firme. Ellos la miraron, hicieron una reverencia y se alejaron corriendo.

Frente a la estación había un chófer esperándonos. Se encontraba junto a un coche negro alto y sujetaba abierta la puerta del asiento de atrás. Era la primera vez que yo montaba en coche. Los asientos eran de un cuero suavísimo y, cuando me senté, su aroma me envolvió y lo aspiré despacio. Me recordó a mi padre.

El suelo del coche estaba cubierto de pequeñas alfombrillas persas; rojas, negras y blancas. Me aseguré de colocar los pies a cada lado para no mancharlas.

Gösta me había hablado de las calles, de la música y de los olores. De los edificios destartalados de Montmartre. Me quedé mirando por la ventanilla y contemplé las preciosas fachadas blancas mientras avanzábamos. La señora habría encajado allí, en esos barrios exclusivos. Habría sido como las demás damas elegantes, con vestidos preciosos y joyas caras. Pero no nos detuvimos allí. Ella no quería encajar, quería contrastar con lo que la rodeaba, ser alguien que provocara reacciones en los demás. Para ella lo anormal era normal. Por eso coleccionaba artistas, autores y filósofos.

Y fue precisamente a Montmartre donde me llevó. Subimos despacio las inclinadas pendientes y finalmente nos detuvimos frente a un pequeño edificio con el estucado descascarillado y una puerta de madera roja. La señora estaba encantada y su risa inundó el interior del coche. Cuando me hizo pasar a la vivienda, a aquellas habitaciones con olor a humedad, desprendía energía. Los pocos muebles que había estaban cubiertos con sábanas y la señora fue recorriendo las estancias y retirándolas a su paso, dejando al descubierto los tejidos de colores y las piezas de madera oscura. El estilo de la casa me recordaba mucho a su apartamento de Södermalm. Allí también había cuadros, muchos cuadros, colgados en hileras dobles por las paredes. Una mezcla de temas y estilos diversos. Una estupenda combinación de clásico y moderno. Y había libros por todas partes. Solo el salón tenía tres librerías altísimas, empotradas en la pared y llenas de libros encuadernados en piel. Junto a una de ellas había una escalera con guías que permitía alcanzar los volúmenes situados en los estantes más altos.

Cuando la señora hubo abandonado la habitación, me quedé frente a las librerías y estuve leyendo los nombres de los diferentes autores: Jonathan Swift, Rousseau, Goethe, Voltaire, Dostoievski, Arthur Conan Doyle. Nombres de los que siempre había oído hablar a la gente. Allí estaban todos, llenos de ideas que yo había oído, pero que no entendía. Saqué uno de los libros de la librería y descubrí que estaba en francés. Todos estaban en ese idioma. Agotada, me dejé caer sobre un sillón y murmuré las pocas palabras que conocía. *Bonjour, au revoir, pardon, oui.* Estaba cansada del viaje y de todo lo que había visto. No podía mantener los ojos abiertos.

Cuando me desperté, la señora me había echado una manta de ganchillo por encima. Me envolví con ella al sentir el viento que entraba por una de las ventanas, y me levanté para cerrarla. Después me senté para escribirle una carta a Gösta, algo que me había prometido a mí misma que haría nada más llegar. Recopilé todas mis primeras impresiones y las plasmé sobre el papel con el escaso vocabulario de una niña de trece años. Cómo sonaba el suelo bajo mis pies al atravesar el andén, los olores que me rodeaban, los dos niños con el pan y las flores, los músicos callejeros durante el trayecto en coche, Montmartre. Todo.

Sabía que él querría saberlo todo.

4

—La semana que viene vendrá una chica nueva. Una emplea-da temporal. —Ulrika articula cada palabra con demasiada ener-gía—. Yo me marcho a las islas Canarias.

Ella trata de retroceder, pero Ulrika la sigue y alza aún más la voz.

—Será agradable alejarme una temporada y tomarme las cosas con calma. Tienen un club de actividades para los niños y todo. Así podremos relajarnos en las tumbonas. Sol y calor. Imagíneselo, Do-ris, hasta las Canarias. Nunca ha estado allí, ¿verdad?

Doris se queda mirándola. Ulrika está doblando la colada, con prisa y con torpeza, arrugando las mangas de las camisas. Lo amon-tona todo en una pila. Las palabras salen de su boca mientras el montón crece.

—Maspalomas, así se llama el sitio. Quizá sea algo turístico, pero es un hotel muy bueno. Y además no ha sido caro. Solo cos-taba mil coronas más que uno que era mucho peor. Los niños po-drán pasarse el día jugando en la piscina y en la playa. Tienen una playa muy larga llena de dunas de arena. La arena viene desde Áfri-ca arrastrada por el viento.

Doris se gira y mira por la ventana. Agarra la lupa y busca a la ardilla.

—Ustedes los ancianos piensan que estamos locos, yendo de un lado a otro sin parar. Mi abuela siempre quiere saber por qué me marcho cuando aquí lo tengo todo. Pero es divertido. Y es bueno para los niños ver mundo. Bueno, la ropa ya está doblada. Hora de la ducha. ¿Está preparada?

Doris dirige a Ulrika una sonrisa forzada, baja la lupa y la coloca sobre la mesa. En su lugar exacto, la gira ligeramente para situarla en el ángulo correcto. La ardilla no ha aparecido. Se pregunta dónde estará. ¿Y si la ha atropellado un coche? No hace más que cruzar la carretera. Da un respingo cuando siente los dedos de Ulrika clavados en sus axilas.

—¡Una, dos y tres!

Ulrika la ayuda a levantarse y después le sujeta las manos un instante, hasta que se le pasa el mareo.

—Dígame cuándo se siente preparada y caminaremos despacio hasta su *spa* privado.

Doris asiente con debilidad.

—Imagine si tuviera un verdadero *spa* en casa. Con *jacuzzi*, masajes y tratamientos faciales. Sería increíble, ¿verdad? —Ulrika se ríe de su propia fantasía—. Le compraré una mascarilla facial durante mi viaje y, cuando regrese, la mimaré un poco. Será divertido.

Doris asiente y sonríe, pero se abstiene de hacer comentarios sobre aquel gesto.

Cuando llegan al cuarto de baño, extiende los brazos y permite que Ulrika le quite la camisa y los pantalones, dejando al descubierto su cuerpo desnudo. Da un par de pasos cautelosos para entrar en la ducha. Se sienta al borde del taburete blanco con el asiento perforado que le proporcionó la empresa de cuidados a domicilio. Acerca la alcachofa de la ducha a su cuerpo y siente el agua caliente resbalando por su piel. Cierra los ojos y disfruta de esa sensación. Ulrika la deja sola, se va a la cocina. Ella sube la temperatura y encorva los hombros. El sonido del agua al correr siempre ha tenido en ella un efecto tranquilizador.

La agenda roja

S. ~~SERAFIN, DOMINIQUE~~ MUERTA

Encontré un lugar especial. Una plaza abierta a cierta distancia de la casa. La *place* Émile-Goudeau tenía un banco y una bonita fuente: cuatro mujeres sosteniendo una cúpula sobre sus cabezas. La fuente transmitía fuerza y me encantaba el sonido de las gotas de agua que caían sobre sus vestidos. Me recordaba a Estocolmo, a Södermalm, y su cercanía al agua. París solo tenía el Sena, pero se encontraba a cierta distancia de Montmartre, y los largos días de trabajo en casa de la señora hacían que me resultara difícil llegar hasta allí. Por eso la fuente de la plaza se convirtió en mi refugio.

A veces iba allí por la tarde, mientras la señora dormía, y le escribía cartas a Gösta. Nos escribíamos con frecuencia. Yo le describía todo lo que él se estaba perdiendo: la gente, la comida, la cultura, los lugares, las vistas. Sus amigos artistas. A cambio, él me describía lo que ocurría en Estocolmo. Las cosas que yo me perdía.

Querida Doris:

Las historias que me envías se han convertido en el elixir de la vida para mí. Me dan el valor y la fuerza para crear. Estoy pintando más que nunca. El flujo constante de imágenes en tus palabras también me ha permitido ver la belleza que me rodea. El agua. Los edificios. Los marineros del muelle. Muchas cosas que me había perdido hasta ahora.

Escribes muy bien, amiga mía. Quizá algún día te dediques a ello. Sigue escribiendo. Si sientes la más mínima vocación, no lo dejes nunca.

Nacemos con el arte. Es un poder superior que tenemos el honor de gestionar. Yo creo en ti, Doris. Creo que llevas en tu interior el poder para crear.

Hoy llueve a cántaros, la lluvia golpea los adoquines con tanta fuerza que la oigo desde el tercer piso. El cielo está tan gris que temo que las nubes envuelvan mi cabeza si me atrevo a salir. Así que me quedo en el apartamento. Pintando. Pensando. Leyendo. A veces quedo con un amigo. Pero eso significa que él tiene que venir aquí. No quiero exponerme a la depresión sin fin que acompaña al final del otoño en Suecia. La oscuridad nunca me había afectado tanto como ahora. Me imagino el precioso otoño parisino. El clima suave. Los colores vivos.

Emplea tu tiempo con sensatez. Sé que echas de menos tu casa. Aunque nunca lo digas, percibo tu ansiedad. Disfruta de los momentos que estás viviendo. Tu hermana y tu madre están bien, así que no te preocupes por eso. Las visitaré dentro de poco para asegurarme de ello.

Gracias por toda la fuerza que me dan tus cartas. Gracias, mi querida Doris.

Vuelve a escribirme pronto.

Todavía tengo todas las cartas que recibí. Las guardo en una pequeña caja de hojalata bajo la cama y me han acompañado toda mi vida. A veces las leo. Pienso en cómo me salvó durante aquellos primeros meses en París. Pienso en que me dio el valor para ver los aspectos positivos de aquella nueva ciudad, tan diferente a mi hogar. Me hizo registrar todo lo que sucedía a mi alrededor.

No sé qué hizo él con mis cartas, tal vez las quemó en la chimenea junto a la que solía sentarse, pero recuerdo bien lo que escribí. Todavía recuerdo las escenas detalladas que le describía. Las hojas amarillas que caían sobre las calles de París. El aire frío que se colaba por las rendijas de las ventanas y me despertaba por la noche. La señora y sus fiestas, a las que asistían artistas como Léger, Archipenko y Rosenberg. La casa de Montparnasse, en el 86 de la *rue* Notre-Dame-des-Champs, donde en otro tiempo había vivido Gösta. Me colé y vi cómo era la escalera, se la describí con todo detalle. Le escribí qué nombres figuraban en cada piso y eso le encantó. Aún conocía a muchas de las personas que vivían en el edificio y las echaba de menos. Le escribía sobre la señora, le contaba que no celebraba tantas fiestas como en Estocolmo, que prefería vagar por la noche parisina en su lugar, buscando nuevos artistas y autores a los que seducir. Le contaba que cada vez se despertaba más tarde, lo que me daba tiempo para leer.

Aprendí francés gracias a un diccionario y a los libros de sus estanterías. Comencé con los más finos y fui avanzando, novela a novela. Fueron todos esos libros fantásticos los que me enseñaron muchas cosas sobre la vida y el mundo. Todo estaba allí, recogido en sus librerías de madera. Europa, África, Asia, América. Los países, los aromas, los ambientes, las culturas. Y las personas, vivían en mundos tan diferentes y, a la vez, tan parecidos. Llenas de ansiedad, de dudas, de odio y de amor. Como todos nosotros. Como Gösta. Como yo.

Podría haberme quedado allí para siempre. Mi lugar se hallaba entre aquellos libros, era allí donde me sentía a salvo. Pero, por desgracia, aquello no duró mucho.

Un día, cuando volvía a casa de la charcutería con una cesta llena de embutido recién cortado, me pararon por la calle. Por una razón. Hoy en día, cuando mi cuerpo encorvado y mi cara arrugada ocultan hasta el último rasgo de belleza, me gusta admitirlo: hubo una época en la que era muy guapa.

Un hombre vestido con traje negro salió de un coche que había frenado en seco entre el tráfico. Me agarró la cabeza con las manos y se quedó mirándome a los ojos. Mi francés todavía estaba lejos de ser perfecto y él hablaba demasiado deprisa como para entender lo que decía. Algo de que me deseaba. Me entró miedo y me zafé de él. Corrí todo lo deprisa que pude, pero me siguió en el coche. Conducía despacio, justo detrás de mí. Cuando llegué a casa de la señora, entré corriendo y cerré de un portazo a mis espaldas. Eché todos los pestillos.

El hombre aporreó la puerta. Aporreó y aporreó hasta que la señora fue a ver quién era. Iba blasfemando en francés.

Pero, nada más abrir, su actitud cambió y enseguida le invitó a pasar. Ella me miró con odio y me ordenó que desapareciera. Se puso muy recta y empezó a pavonearse a su alrededor como si el hombre formase parte de la realeza. Yo no entendía nada. Desaparecieron en el interior del salón, pero, transcurridos unos minutos, la señora fue a buscarme a la cocina.

—¡Lávate y arréglate! Quítate ese delantal. *Mon dieu*, el señor quiere verte.

Me pellizcó las mejillas con el pulgar y el índice hasta que se me pusieron rojas.

—Ya está. Sonríe, niña. ¡Sonríe! —susurró dándome un empujoncito. Me obligué a sonreír al hombre sentado en el sillón y él se puso en pie de inmediato. Me estudió de arriba abajo, me miró a los ojos y deslizó un dedo por mi piel. Agarró la carne de mi esbelta cintura, suspiró al fijarse en los lóbulos de mis orejas y acariciarlos con los dedos. Me observó en silencio. Después retrocedió y volvió a sentarse. Yo no sabía qué debía hacer, así que me quedé allí parada, mirando al suelo.

—*Oui!* —dijo al fin llevándose ambas manos a la cara. Se levantó de nuevo y me dio una vuelta—. *Oui!* —repitió tras quedarme de nuevo quieta delante de él.

La señora se rio nerviosa. Entonces sucedió algo muy extraño: me invitó a sentarme. En el sofá del salón. Con ellos. Sonrió al ver mis ojos de sorpresa y agitó la mano con firmeza, como para demostrar que hablaba en serio. Me senté al borde del asiento con las rodillas muy juntas y la espalda recta. Alisé el tejido del uniforme de doncella, que estaba arrugado en la zona donde había tenido puesto el delantal, y escuché con atención la conversación en francés que fluía entre ellos dos. Las pocas palabras que entendí no me proporcionaron contexto alguno. Seguía sin saber quién estaba sentado en el sillón frente a mí ni por qué era tan importante.

—Este es Jean Ponsard, niña —dijo de pronto la señora con su sueco afrancesado. Como si yo debiera conocerlo—. Es un famoso diseñador de moda, muy famoso. Te quiere como modelo para su ropa.

Yo arqueé las cejas sorprendida. ¿Modelo? ¿Yo? Apenas sabía lo que significaba eso. La señora se quedó mirándome y vi la expectación en sus ojos verdes. Tenía los labios ligeramente entreabiertos, como si quisiera hablar en mi lugar.

—¿No te das cuenta? Serás famosa. Es el sueño de cualquier chica. ¡Sonríe! —Su fastidio ante mi silencio resultaba tan tangible que me estremecí. Ella negó con la cabeza y resopló. Después me dijo que hiciera las maletas.

Media hora más tarde, me hallaba sentada en el asiento trasero del coche de *monsieur* Ponsard. En el maletero llevaba solo mi ropa. Nada de libros. Esos los había dejado en casa de la señora.

Fue la última vez que la vi. Mucho tiempo después supe que se había emborrachado hasta morir. La habían encontrado en la bañera. Ahogada.

5

—«Por ser una chica excelente, te deseamos todos...». —Doris deja la canción a medias y se queda callada unos segundos—. O mejor dicho: «¡Te deseo yo sola, cumpleaños feliz, querida Jenny!». —Sigue cantando con los ojos fijos en la pantalla, sonriendo a la mujer que tiene delante. Cuando termina, los hijos de Jenny aplauden.

—¡Genial, Doris! ¡Muchas gracias! No puedo creer que te acuerdes siempre.

—¿Cómo iba a olvidarlo?

—Desde luego. Piénsalo... Cuando aparecí en tu vida, nada volvió a ser como antes, ¿verdad?

—No, cariño, ahí fue cuando todo mejoró. ¡Qué dulce eras! Y qué bien educada, riéndote en tu parque.

—Creo que ahí tu memoria se equivoca, Doris. No estaba bien educada. Todos los niños son difíciles, incluso yo.

—Tú no. Tú naciste siendo un angelito. Lo llevabas escrito en la cara, lo recuerdo con claridad. —Se lleva la mano a los labios y lanza un beso, que Jenny finge atrapar con una carcajada.

—Quizá era especialmente simpática cuando venías tú. Te necesitaba.

—Sí, supongo que sí. Y yo te necesitaba a ti. Estoy convencida de que nos necesitábamos la una a la otra.

—Claro que te necesito. ¿Puedes subirte a un avión y venir aquí?

—Qué tonta, claro que no puedo. ¿Te has comido ya tu tarta?

—No, todavía no. Esta noche. Cuando los niños hayan vuelto de sus actividades. Media hora antes de irse a la cama. Entonces la comeremos.

—Desde luego, la necesitas. Estás muy delgada. ¿Comes bien?

—Doris, creo que te pasa algo en la vista. ¿Es que no me ves la tripa?

Se da una palmadita en la tripa y agarra un pedazo de grasa entre los dedos.

—Lo único que veo es a una preciosa y delgada madre de tres hijos. Encima no se te ocurra ponerte a dieta. Estás perfecta. Un poquito de tarta de vez en cuando no te hará ningún daño.

—Siempre se te ha dado bien mentir. ¿Recuerdas cuando iba a clase de baile en la escuela y el vestido me quedaba pequeño? Estaba tan ajustado que se me abrían las costuras. Pero tú encontraste la solución enseguida, con aquel bonito pañuelo de seda que me ataste a la cintura.

Los ojos de Doris brillan a través de la cámara.

—Sí, lo recuerdo bien. Pero sí que estabas un poco rellenita por aquel entonces. Fue cuando apareció aquel apuesto y misterioso muchacho... ¿Cómo se llamaba? ¿Morgan? ¿Michael?

—Marcus. Marcus, mi primer gran amor.

—Sí, te quedaste muy triste cuando rompió contigo. Comías galletas de chocolate para desayunar.

—¿Para desayunar? Las comía a todas horas. ¡Me pasaba el día así! Las tenía escondidas por toda la habitación, como una alcohólica. *Chococólica*. Qué triste estaba. ¡Y engordé tanto!

—Menos mal que al final conociste a Willie. Él puso un poco de orden.

—Lo del orden no lo sé. —Señala la mesa de la cocina y los montones de periódicos, vasos sucios y juguetes.

—Bueno, al menos no estás gorda —dice Doris con una sonrisa.

—No. Vale, ya sé lo que quieres decir —responde Jenny riéndose—. No estoy gorda. No hasta ese extremo.

—Exacto. Eso está mejor. ¿Dónde está Tyra? ¿Durmiendo?

—¿Durmiendo? No, esa niña no duerme. Está aquí. —Jenny orienta la cámara para que Doris pueda ver a la pequeña. Tiene toda su atención puesta en el bote de colores con el que está jugando.

—Hola, Tyra —dice Doris—. ¿Qué haces? ¿Estás jugando? ¡Qué bote tan bonito tienes!

La niña sonríe y agita el bote, haciendo que el contenido suene en su interior.

—¿Así que entiende algo de sueco?

—Sí, por supuesto. Con ella solo hablo en sueco. Casi siempre. Y ve programas infantiles suecos *online*.

—Eso está bien. ¿Y los demás?

—Así, así. Les hablo en sueco y me responden en inglés. No sé cuánto sueco están aprendiendo de verdad. Yo también he empezado a olvidar ciertas palabras. No es fácil.

—Lo haces lo mejor que puedes, mi amor. ¿Recibiste mi carta?

—¡Sí, gracias! Llegó a tiempo. Y el dinero. Me compraré algo bonito.

—Algo que sea solo para ti.

—Sí, o para nosotros.

—No, ya conoces las reglas. Tiene que ser algo que solo tú desees. Ni los niños ni Willie. Te mereces algún capricho de vez en cuando. Una camiseta bonita. O algo de maquillaje. O una visita a uno de esos *spas* a los que va la gente hoy en día. O no sé, sal a cenar con una amiga y pasa la noche riendo.

—Sí, sí, ya veremos. Me gustaría llevarte a ti a cenar y recordar batallitas entre risas. Te juro que el próximo verano vamos. Toda la familia. Tienes...

Doris frunce el ceño.

—Tengo que qué. ¿Vivir hasta entonces?

—No, no me refería a eso. O sí, claro que tienes que vivir. ¡Tienes que vivir para siempre!

—Pobre de mí, soy una viejecita, Jenny. Dentro de poco ni siquiera podré levantarme sola. Será mejor morir, ¿no? —Se queda mirando a Jenny muy seria, pero entonces sonríe y dice—: Pero no tengo planeado morirme antes de poder estrujar esas mejillas tan monas, ¿verdad, Tyra? Tú y yo tenemos que conocernos, ¿verdad?

Tyra levanta una mano y saluda mientras Jenny lanza besos con ambas manos, se despide y apaga la cámara. La pantalla, que hasta entonces estaba llena de vida y de amor, se queda en negro. ¿Cómo puede el silencio ser tan abrumador?

La agenda roja

P. PONSARD, JEAN

Fue casi como si me vendieran. Como si no tuviera más remedio que montarme en aquel coche y alejarme hacia lo desconocido. Despedirme de la seguridad de la vida que había encontrado tras la puerta roja de la casa de la señora. Con ella, que hablaba mi idioma. Con ella, que había recorrido mis calles.

Aunque íbamos sentados el uno junto al otro en el asiento trasero del coche, *monsieur* Ponsard no dijo nada en todo el trayecto. Se limitó a mirar por la ventanilla. Los neumáticos del coche rebotaban en los adoquines mientras bajábamos por las colinas y tuve que clavar los dedos bajo el borde del asiento para sujetarme.

Era muy guapo. Me quedé mirando su pelo, aquellos mechones grises que se mezclaban a la perfección con los negros. Lo llevaba bien peinado. La tela de su traje brillaba con la luz. Sus guantes estaban hechos de cuero blanco y fino; eran perfectos, sin una sola mancha. Llevaba unos zapatos negros y abrillantados. Me quedé mirando mi vestido. La tela negra resultaba mugrienta a la luz del sol que se colaba por la ventanilla. Lo acaricié con la mano, sacudí algunas pelusas y un trozo de masa de pan con el dedo índice. Probablemente la masa seguiría creciendo en casa de la señora.

Él no me preguntó nada sobre mí. Creo que ni siquiera sabía de qué país venía. No le interesaba saber qué me pasaba por la cabeza. Quizá esa sea una de las cosas más degradantes a las que se puede someter a una persona: no preocuparse por lo que piensa.

Solo le interesaba mi aspecto físico. Y no tardó en señalar todos mis defectos: el pelo demasiado seco y encrespado, la piel bronceada, me sobresalían las orejas cuando llevaba el pelo recogido, los pies demasiado grandes para unos zapatos tan pequeños, mis caderas eran demasiado estrechas o demasiado anchas, dependiendo de qué vestido me probara.

Mi maleta se convirtió en mi armario. Nunca pensé que me quedaría allí tanto tiempo. La sacaba y volvía a guardarla debajo de la cama en el piso que compartía con otras cuatro modelos. Éramos todas igual de jóvenes y nos sentíamos igualmente perdidas.

Estábamos a cargo de una gobernanta de ojos severos y labios apretados. Su permanente mirada de desaprobación incluso había dado forma a sus arrugas, que serpenteaban hacia abajo, desde la comisura de los labios hacia la barbilla, formando canales de amargura. Y luego estaban los profundos surcos situados sobre su labio superior, que hacían que pareciera enfadada incluso cuando se quedaba dormida en el sillón del salón. El odio evidente que sentía hacia nosotras, aquellas chicas guapas con las que se veía obligada a convivir, quedaba patente en muchos aspectos, entre otros en el control obsesivo de lo que comíamos. No podíamos comer nada después de las seis de la tarde. Cualquiera que llegara a casa más tarde de esa hora se iba a la cama con el estómago vacío. Tampoco nos dejaba salir después de las siete. Su trabajo era asegurarse de que tuviéramos un sueño reparador.

Nunca hablaba con nosotras. Cuando tenía un momento libre, se sentaba en una silla de la cocina y tejía jerséis para niños. Yo siempre me preguntaba quién sería el niño destinatario de aquellas prendas, si pasaría tiempo con él, si sería su hijo.

Trabajábamos muy duro durante el día, en jornadas muy largas. Nos poníamos vestidos preciosos que mostrábamos en los grandes almacenes y, a veces, en escaparates. Con la espalda bien recta. Las señoras mayores nos pellizcaban aquí y allá para evaluar la calidad del tejido, estudiaban las costuras y se quejaban de pequeños detalles para rebajar el precio. En ocasiones teníamos que permanecer inmóviles delante de una cámara, posando horas y horas. Girando la cabeza, con las manos y los pies muy quietos, hasta encontrar el mejor ángulo. Teníamos que ser estatuas mientras el fotógrafo pulsaba el disparador. Eso formaba parte del trabajo de una modelo.

Con el tiempo aprendí qué aspecto tenía mi cara desde cada ángulo de la cámara. Sabía que mis ojos cambiaban si los entornaba; no tanto como para que se formaran arrugas en mi piel, pero sí lo suficiente para que mi mirada se volviese más intensa y mística. Podía controlar la forma de mi cuerpo solo con inclinar una cadera.

Monsieur Ponsard lo supervisaba todo de cerca. Si estábamos demasiado pálidas, se acercaba y nos pellizcaba él mismo las mejillas. Siempre con la mirada fija en algo que no fuéramos nosotras. Nos pellizcaba con fuerza, con aquellos dedos finos de uñas perfectas, hasta que asentía satisfecho al ver el rubor en nuestras mejillas. Y nosotras teníamos que contener las lágrimas.

6

—¿Está llorando?

La empleada temporal se acerca hasta donde Doris está sentada, con los codos sobre la mesa y la cabeza apoyada en las manos. Da un respingo y se seca las mejillas.

—No, no —responde, pero el temblor de su voz la delata. Aparta un par de fotografías en blanco y negro y les da la vuelta.

—¿Me las enseña?

Sara, así se llama, ha ido a verla ya varias veces. Doris niega con la cabeza.

—No tienen nada de especial, solo son fotos antiguas. Viejos amigos que ya no están con nosotros. Todo el mundo muere. La gente intenta vivir todo lo posible, pero ¿sabe una cosa? Ser la más vieja no es divertido. Vivir no tiene sentido. No cuando los demás han muerto.

—¿Quiere enseñármelas? Muéstreme a algunas de las personas que significaron algo para usted.

Acaricia las fotos con los dedos y después detiene la mano.

—Quizá tenga una foto de su madre —sugiere.

Doris saca una foto del montón y la observa unos instantes.

—No la conocí muy bien. Solo hasta que cumplí trece años.

—¿Qué ocurrió entonces? ¿Murió?

—No, pero es una larga historia. Demasiado larga para resultar interesante.

—No hace falta que me la cuente si no quiere. Elija a otra persona.

Doris le muestra la foto de un joven. Está apoyado en el tronco de un árbol, con los pies cruzados y una mano en el bolsillo. Sonríe y sus dientes blancos iluminan todo su rostro. Doris se apresura a darle la vuelta de nuevo.

—Qué guapo. ¿Quién es? ¿Su marido?

—No. Un amigo.

—¿Aún vive?

—La verdad es que no lo sé. No creo. Hace mucho de la última vez que nos vimos. Pero sería maravilloso que aún estuviera vivo. —Doris sonríe astutamente y acaricia la foto con la yema del dedo índice.

Sara le pasa un brazo por los hombros y no dice nada. No se parece en nada a Ulrika. Es más cariñosa y amable.

—¿Dejará usted de venir cuando Ulrika regrese? ¿No puede quedarse más?

—Por desgracia no. Cuando Ulrika regrese, volveremos al programa habitual. Pero hasta entonces nos aseguraremos de pasarlo bien usted y yo. ¿Tiene hambre?

Doris asiente. Sara saca el envase de la comida y la sirve en un plato. Separa con cuidado las verduras, la carne y el puré de patata, que extiende con una cuchara. Tras calentarlo, corta un tomate en rodajas y lo coloca en forma de media luna.

—Aquí tiene. Tiene buen aspecto, ¿verdad? —pregunta satisfecha al ponerle el plato delante.

—Gracias. Es muy amable al servírmelo así.

Sara se detiene y la mira intrigada.

—¿A qué se refiere con «así»?

—Ya sabe, tan bonito. En vez de todo mezclado.

—¿Normalmente se come la comida mezclada? No suena muy bien. —Arruga la nariz—. Tendremos que cambiar eso.

Doris sonríe con cautela y da un mordisco. En efecto, la comida sabe mejor hoy.

—Pero las fotos son muy útiles. —Sara señala con la cabeza el montón de fotografías sobre la mesa, junto a dos cajas de hojalata vacías—. Nos ayudan a recordar todo lo que, de otro modo, quizá olvidaríamos.

—Y todo aquello que deberíamos haber olvidado hace mucho tiempo.

—¿Por eso estaba triste cuando he llegado?

Ella asiente. Tiene las manos apoyadas sobre la mesa de la cocina. Las acerca y entrelaza los dedos. Están secos y arrugados, y sus venas azules parecen circular por encima de la piel. Le muestra a Sara la foto de una mujer con una niña pequeña.

—Mi madre y mi hermana —dice con un suspiro mientras se seca otra lágrima.

Sara agarra la fotografía y se queda mirándola unos segundos.

—Se parece usted a su madre, tiene el mismo brillo en la mirada. Es maravilloso ver la vida en los ojos de la gente.

Doris asiente.

—Pero ya están todos muertos. Muy lejos. Duele.

—Entonces tal vez deba distribuirlas en dos montones. Uno para las fotos que le transmitan emociones positivas y otro para las emociones negativas.

Sara se levanta y empieza a rebuscar en los cajones de la cocina.

—¡Aquí está! —exclama cuando encuentra lo que busca: un rollo de cinta adhesiva—. Meteremos todas las fotos negativas en una caja y después la envolveremos con cinta adhesiva hasta que no haya modo de acceder a ellas.

—¡Está usted llena de ideas! —responde Doris riéndose nerviosa.

—¡Vamos a hacerlo! —dice Sara. Cuando Doris termina de comer, ella se hace cargo del montón de fotografías. Las levanta una a una y Doris señala en qué caja deberían ir. Sara no hace preguntas, pese a sentir curiosidad por todas las personas y todos los lugares procedentes del pasado. Se limita a guardarlas en las cajas, boca abajo, para que Doris no tenga que verlas. Muchas de las fotografías más viejas en blanco y negro terminan en el montón de las emociones negativas. Las más modernas, en color, con niños sonrientes, van al montón positivo. Sara observa la cara de Doris mientras toma sus decisiones y le acaricia la espalda con cariño.

Pronto terminan de organizar las fotos. Sara envuelve entonces la caja de hojalata con cinta adhesiva. Después rebusca de nuevo en el cajón y encuentra más rollos. Sigue envolviendo la caja con cinta de embalar y termina con un poco de esparadrapo. Se ríe satisfecha cuando coloca la caja frente a Doris.

—¡Intente abrirla ahora! —exclama mientras golpea la caja con los nudillos.

La agenda roja

N. NILSSON, GÖSTA

La hoja de papel que tenía delante estaba en blanco. Me sentía cansada y no me salían las palabras. Me sentía triste. Me encontraba sentada sobre el colchón, acurrucada contra la pared, con un cojín en la espalda. La habitación era verde y aquel color me provocaba náuseas. Quería escapar del patrón simétrico de hojas y flores estampadas en el papel pintado. Las flores eran grandes y vistosas, ligeramente más claras que el verde oscuro del fondo, con tallos y hojas a su alrededor. Desde entonces, siempre que he visto un papel pintado similar, me ha recordado a mis noches en aquella habitación. A la inactividad, al cansancio, a la conversación forzada entre las chicas. A los dolores del cuerpo y al aburrimiento del alma.

Deseaba escribir a Gösta. Deseaba contarle todo aquello que él ansiaba oír, pero no podía. No lograba redactar ni siquiera unas pocas palabras bonitas sobre la ciudad que había llegado a odiar. Los últimos rayos dorados de sol se abrieron paso a través de la ventana e hicieron que el papel pintado se volviera más odioso. Giré la pluma lentamente para que el acero pulido proyectara su brillo en la pared de enfrente. Vi moverse aquella franja de luz mientras rememoraba todo lo que había sucedido últimamente. A la desesperada, traté de transformar mis experiencias en algo positivo.

Me dolía el cuero cabelludo y me recoloqué el pelo lo mejor que pude para aliviar el dolor, con un mechón por delante de la cara. Los incómodos rulos que me ponían en el pelo cada mañana me dejaban marcas rojas, a veces incluso pequeños agujeros en la piel. Las peluqueras podían ser muy poco delicadas, tiraban y retorcían mi cabello para conseguir el estilo idóneo. El objetivo era estar perfecta para la sesión fotográfica o el desfile que tuviéramos aquel día. Pero también se esperaba de mí que estuviese igual de guapa al día siguiente, y al otro. No podía permitir que las heridas del cuero cabelludo echaran a perder la imagen de una mujer joven y guapa. El tipo de mujer que cualquiera querría ser.

Mi apariencia era mi único recurso y lo sacrifiqué todo por ella. Hacía dieta. Embutía mi cuerpo en fajas y corsés ajustados. Me aplicaba cada noche mascarillas caseras a base de leche y miel. Me echaba linimento de caballo en las piernas para mejorar la circulación. Nunca satisfecha, siempre ansiando la belleza absoluta.

Completamente en vano.

Yo era guapa. Tenía los ojos grandes y mis párpados no estaban caídos. El color de mis mejillas era bonito y uniforme; eso era antes de que los rayos del sol aparecieran y echaran a perder la pigmentación. Tenía la piel del cuello bien firme. Pero aun así no existía cura alguna para la manera en que yo me veía. Nunca sabemos lo que tenemos hasta que lo perdemos. Entonces lo echamos de menos.

Supongo que estaba demasiado centrada en mi infelicidad como para ser capaz de escribir a Gösta. El entorno en el que yo vivía distaba mucho de aquel que Gösta asociaba con París. ¿Qué iba a escribir? ¿Que ansiaba volver a casa y lloraba por las noches hasta quedarme dormida? ¿Que odiaba el ruido del tráfico, los olores, la gente, el idioma y el ajetreo? Todo lo que a él le gustaba. París era una ciudad donde se sentía libre, pero yo estaba prisionera. Acerqué la pluma al papel y logré garabatear algunas palabras sobre el clima. Al menos eso sí podría describirlo. El sol testarudo que se empeñaba en brillar día tras día. El calor pegajoso sobre mi piel. Pero ¿qué le importaba eso a él? Hice pedazos la hoja de papel y la tiré. Los trozos cayeron en la papelera junto al resto de cartas que jamás habían sido enviadas.

Los edificios de la zona donde se encontraban los grandes almacenes eran preciosos, muy decorados, pero yo solo veía el suelo. Las largas jornadas laborales no me permitían apreciarlos, descubrir los alrededores. Sobre todo recuerdo los olores cuando volvía a casa. Aún recuerdo mi vida en París cuando paso frente a un basurero. Las calles estaban muy sucias y las alcantarillas llenas de porquería. Junto a las puertas de las cocinas de los restaurantes no era extraño ver montones de tripas de pescado, restos de carne y verduras podridas.

Alrededor de los grandes almacenes todo era bonito y estaba limpio, los barrenderos con sus gorras de *tweed*, sus camisas blancas y sus chalecos, barriendo con sus escobas. Coches relucientes, conducidos por chóferes de traje negro, aparcados alrededor del edificio. A mí me fascinaban las elegantes señoras que recorrían las calles y entraban en los grandes almacenes. Ellas eran nuestro público. Jamás nos dirigían la palabra. Solo nos miraban. De arriba abajo, de abajo arriba.

Por las noches solía remojarme los pies en un cubo con agua helada. Así no se me hinchaban después de un largo día con tacones. Los zapatos que llevaba solían ser demasiado pequeños. Las chicas escandinavas tenían pies grandes, pero nadie prestaba atención a ese detalle. Los zapatos tenían que valerle a cualquiera. Eran de un número treinta y siete, o un treinta y ocho, si tenía suerte, pero yo tenía un treinta y nueve.

Pasaron las semanas. Era la misma rutina una y otra vez. Jornadas eternas, peinados imposibles; pies hinchados, maquillaje que se te derretía en la cara y hacía que te quemara la piel. Me lo quitaba con aceite y un trozo de papel. El aceite se me metía en los ojos y me nublaba la vista, de modo que solía leer con ojos llorosos las cartas que Gösta me enviaba a intervalos regulares.

Querida Doris:
¿Qué ha ocurrido? Estoy muy preocupado. Cada día que pasa sin que el cartero me entregue una carta tuya es una decepción para mí.

Por favor, hazme saber que estás viva y te encuentras bien. Dame una señal.
Con cariño,
Gösta

Su inquietud se convirtió en mi seguridad, fue mi apoyo. Jugué con ella como si fuéramos dos amantes confusos sin esperanzas de futuro. Incluso coloqué una foto suya sobre mi mesilla de noche, un recorte de periódico que había guardado en mi diario. La puse en un pequeño marco dorado que encontré en un mercadillo. El hueco ovalado era tan pequeño que apenas le cabía la barbilla, y tuve que recortarle parte del pelo, de modo que parecía calvo. Sonreía al verla cada noche antes de quedarme dormida. Tenía un aspecto estúpido, pero sus ojos me miraban. Es extraño. Lo echaba de menos más que a mi madre y a mi hermana.

De hecho, creo que estaba un poco enamorada de él. Aunque sabía que él no me veía de ese modo, que no sentía esa debilidad por las mujeres. Pero teníamos algo distinto, algo muy especial. Un vínculo entre nuestros corazones, un arcoíris brillante cuyo lustre aumentaba o disminuía con los años, pero que siempre estaba ahí.

7

Apoya la mano en el montón de hojas impresas y acaricia la superficie. La mide utilizando los dedos. La pila va desde las yemas de los dedos hasta el segundo nudillo del dedo índice. Lo que empezó como una simple carta para Jenny se ha convertido en mucho más.

Son muchos los recuerdos.

Empieza a revisar las hojas de papel. Las organiza en montones según el nombre. Nombres de gente que ya no existe. Abre su agenda. Los nombres son el único rastro físico de aquellos que antes reían y lloraban. Los muertos se vuelven diferentes en el recuerdo. Intenta imaginarse sus caras, recordarlos tal como eran.

Una lágrima brota de su ojo y resbala por su mejilla. Aterriza en la esquina derecha, justo donde acaba de escribir la palabra *MUERTO*. El papel absorbe el líquido y la tinta comienza a correrse. Pequeños surcos de tristeza.

Una casa solitaria es tan silenciosa que hasta el más mínimo ruido se magnifica. Tic. Tic. Tic. Escucha el reloj despertador blanco que tiene números grandes como monedas. Sigue con la mirada la manecilla roja del segundero en su recorrido por el minuto. Lo agita y lo levanta para ver mejor los números. Son las dos en punto, ¿verdad? ¿No es la una? Se acerca el reloj al oído y escucha con atención. No cabe duda de que el segundero sigue avanzando implacable.

Siente que le ruge el estómago; ya ha pasado su hora habitual de la comida. Por la ventana de la cocina observa la nieve caer. No ve a nadie allí fuera, únicamente un coche solitario que sube por la colina. Cuando desaparece, el piso vuelve a quedar en silencio.

El reloj da las dos y media. Las tres. Las tres y media. Las cuatro. Cuando la manecilla de la hora da las cinco, Doris comienza a balancearse suavemente en su silla. No ha comido nada desde el insípido sándwich de queso en lonchas del desayuno. El que quedó en el frigorífico tras la última visita de ayer. Se apoya en la mesa de la cocina y consigue levantarse. Tiene que llegar hasta la despensa. La caja de bombones que Maria le regaló antes de marcharse sigue allí guardada. Una preciosa caja con la foto de la princesa heredera y su marido. La guardó allí de inmediato; era demasiado bonita para comérsela. Pero ahora tiene demasiada hambre para preocuparse por eso. La diabetes de inicio en la edad adulta hace que sea sensible a los niveles bajos de azúcar en sangre.

Tiene los ojos puestos en la puerta. Da unos pasos vacilantes, pero se ve obligada a detenerse porque empieza a ver destellos de luz. Estrellitas blancas que invaden su campo de visión y hacen que la habitación dé vueltas. Extiende el brazo, trata de alcanzar la encimera, pero no lo logra y cae. Se golpea la nuca contra el suelo de madera, también el hombro, y se clava uno de los armarios de la cocina en la cadera. El dolor se extiende por todo su cuerpo y ella se queda allí tumbada, jadeando. El techo y las paredes se vuelven cada vez más borrosos y al final se funden en la oscuridad más absoluta.

Cuando recupera la consciencia, Sara está acuclillada junto a ella, con una mano en su mejilla. Tiene un teléfono pegado a la oreja.

—Ya está despierta. ¿Qué hago?

Doris trata de mantener los ojos abiertos, pero se le cierran los párpados. Siente su cuerpo pesado en el suelo. Los tablones de madera desnivelados del suelo se le clavan en la columna.

Tiene uno de los muslos de lado y la pierna retorcida de un modo antinatural. Se palpa la zona con suavidad y grita de dolor.

—Pobrecita, debe de estar rota. He llamado a una ambulancia. Llegará enseguida.

Sara intenta disimular su preocupación y le acaricia la mejilla con un dedo.

—¿Qué ha ocurrido? ¿Se ha mareado? Es culpa mía. El camión que transportaba la comida ha tenido un accidente y el reparto se ha retrasado. No sabía qué hacer, así que he esperado a que llegara. Y tenía más personas a las que ver. Debería haber venido aquí directa, teniendo en cuenta su diabetes y todo... ¡Qué estúpida soy! ¡Doris, lo siento mucho!

Doris intenta sonreír, pero apenas logra mover los labios, y mucho menos acariciarle la mejilla a Sara con la mano.

—Chocolate —susurra.

Sara mira hacia la despensa.

—¿Chocolate? ¿Quiere chocolate?

Sara corre y rebusca entre latas y paquetes de harina. Al fondo del armario encuentra la caja de bombones, retira el envoltorio de plástico y abre la tapa. Elige con cuidado un bombón y se lo pone a Doris en la boca. Ella gira la cabeza.

—¿No lo quiere?

Suspira, pero no logra decir nada.

—¿Estaba intentando alcanzar los bombones? ¿Eso era lo que quería?

Doris intenta asentir, pero siente un latigazo de dolor en la espalda y cierra los ojos. Sara sigue con el bombón en la mano. Es antiguo y la superficie ha adquirido un tono blancuzco. Probablemente estaría reservándolo para una ocasión especial. Quizá era la clase de regalo demasiado bonito para abrir.

Parte un trozo y se lo acerca a Doris.

—Tome, coma un poco de todos modos. Necesita energía. Debe de estar muerta de hambre.

Doris deja que el chocolate se derrita lentamente en su paladar. Cuando llegan los paramédicos, sigue allí. Cierra los ojos y piensa en el sabor dulce que se extiende por su boca mientras la manosean con sus manos frías. Le desabrochan la blusa y le conectan electrodos al pecho. La enchufan a máquinas que miden sus latidos y su presión sanguínea. Sus voces parecen dirigirse a ella, pero no logra distinguir lo que dicen. No tiene energía para responder. No tiene energía para escuchar. Mantiene los ojos cerrados y sueña que está en algún lugar seguro. Da un respingo cuando le ponen una inyección para el dolor. Gimotea y aprieta los puños cuando intentan estirarle la pierna. Cuando al fin la suben a la camilla, no logra soportar el dolor por más tiempo, grita y golpea al paramédico. Se le llenan los ojos de lágrimas, que resbalan por su sien y se le cuelan dentro del oído.

8

La habitación es blanca. Las sábanas, las paredes, la cortina que rodea la cama, el techo. No es un blanco roto, sino un blanco cegador. Se queda mirando la luz del techo en un intento por mantenerse despierta, pero siente el cuerpo entumecido y solo quiere dormir. Entorna los párpados. El suelo es lo único que no es blanco. La línea irregular entre el amarillo sucio y el blanco le hace darse cuenta de que no está muerta. Aún no. La luz que está contemplando no es el cielo.

La almohada que siente bajo los hombros tiene bultos y el relleno sintético se le clava en la espalda. Se gira despacio, pero el movimiento le provoca un intenso dolor en la pelvis y abre los ojos de golpe. Ahora está retorcida y siente dolor en el costado, pero no se atreve a moverse por miedo a empeorarlo. Los ojos y los dedos son lo único que puede mover con seguridad. Tamborilea una suave melodía con los dedos. Tararea al ritmo de la canción:

—*The falling leaves... drift by my window...*

—Aquí está. Sin visitas, sin familia en Suecia. Tiene muchos dolores.

Doris mira hacia la puerta. Ve a una enfermera de pie junto a un hombre vestido de negro. Están susurrando, pero oye cada palabra como si estuvieran a su lado. Están hablando de ella como si se fuese a morir pronto. El hombre asiente y se vuelve hacia ella. Su alzacuello blanco contrasta con el negro de su traje. Ella cierra los ojos. Desearía no estar tan sola, desearía que Jenny estuviera allí, sujetándole la mano.

«Si Dios existe, haz que se vaya el cura», piensa.

—Hola, Doris, ¿cómo se encuentra? —El hombre acerca una silla y se sienta junto a la cama. Habla en voz muy alta y articula con claridad. Cuando ella suspira, él le coloca la mano sobre la suya. La siente caliente y pesada sobre su piel fría. Ella se queda mirándola. Sus venas sobresalen como lombrices sobre su piel arrugada. Igual que la suya, pero la mano del cura está bronceada y tiene pecas. Es más joven. Se pregunta dónde habrá estado, si se quitará el alzacuello en la playa. Levanta la mirada para ver si distingue una marca blanca en su cuello, pero no ve nada—. La hermana me ha dicho que tiene muchos dolores. Qué horror que se haya caído así.

—Sí —susurra ella, pero aun así se le rompe la voz por el esfuerzo. Intenta aclararse la garganta, pero siente la vibración de la pelvis y gimotea.

—Se pondrá bien, ya lo verá. Estoy seguro de que en poco tiempo estará caminando de nuevo.

—Antes tampoco podía caminar muy bien...

—Bueno, nos aseguraremos de que pueda levantarse, ¿verdad? ¿Necesita ayuda con algo? La hermana me ha dicho que no ha venido nadie a visitarla.

—Mi ordenador. Necesito mi ordenador. Está en mi piso. ¿Puede ayudarme con eso?

—¿Su ordenador? Sí, claro que puedo. Si me da usted sus llaves. He oído que no tiene familia en Suecia. ¿Hay alguien más? ¿Alguien a quien pueda llamar?

Ella resopla y lo mira.

—¿No ve lo vieja que soy? Mis amigos hace mucho tiempo que murieron. Ya lo verá cuando llegue a mi edad. Van muriendo uno a uno.

—Siento mucho oír eso. —El cura asiente compasivo y la mira a los ojos.

—Durante años los funerales fueron las únicas celebraciones a las que iba. Pero ahora ya ni siquiera asisto a funerales. Probablemente debería empezar a pensar en el mío.

—Todos nos morimos algún día, no se puede escapar a eso.

Doris se queda callada.

—¿Qué piensa sobre su funeral?

—¿Que qué pienso? Pienso en la música, quizá. Y en quién asistirá. Si habrá alguien.

—¿Qué quiere que toquen?

—*Jazz*. Me encanta el *jazz*. —Sonríe—. Me gustaría que tocaran un *jazz* animado. Para que se den cuenta de que la vieja se lo está pasando bien en el cielo con sus viejos amigos.

Su risa se transforma en una tos. Y después más dolor.

El cura la mira, nervioso, y vuelve a estrecharle la mano.

—No se preocupe —dice ella entre toses—. No tengo miedo. Si el cielo del que siempre andan hablando ustedes existe de verdad, será genial llegar allí y verlos a todos.

—¿A todos los que echa usted de menos?

—Y a los demás...

—¿A quién tiene más ganas de ver?

—¿Por qué tengo que escoger?

—No, claro, es verdad. Todo el mundo tiene su importancia, su lugar en nuestro corazón. Era una pregunta tonta.

Ella trata de mantenerse despierta, pero el cura se vuelve cada vez más borroso y sus palabras se mezclan. Al final se rinde y deja caer la cabeza hacia un lado. Él permanece en la silla, observando su cuerpo delgado y debilitado. Sus rizos blancos se han quedado aplastados después de tantos días en cama. Entre ellos asoma su piel arrugada y blanquecina.

9

En un hospital nunca oscurece. La luz de las puertas, las ventanas, las lámparas de lectura y los pasillos siempre encuentra la manera de colarse entre tus párpados, sobre todo cuando más necesitas la oscuridad. Da igual lo mucho que cierre los ojos, no funciona, aunque tampoco podría dormir con tanta tensión. El botón de alarma está junto a su mano derecha. Lo acaricia con el pulgar, pero no lo pulsa. La silla que antes ocupaba el cura ahora está vacía. Vuelve a cerrar los ojos e intenta dormir, pero, si no es la luz, es el ruido. Los pitidos cuando los pacientes pulsan sus botones de llamada, alguien que ronca en su habitación, una puerta que se abre y se cierra a lo lejos, pies que caminan de un lado a otro por el pasillo. Algunos sonidos resultan interesantes y le producen curiosidad. Como el ruido del acero o el sonido de un SMS. Otros le provocan náuseas. Gente mayor que llora, que escupe, que se tira pedos, que vomita. Ansía que llegue la mañana, cuando la luz y el ajetreo de la planta logran absorber los peores sonidos. Se olvida de pedir tapones todos los días, pero no quiere molestar a los trabajadores del turno de noche.

El insomnio hace que el dolor sea más tangible, pese a las medicinas. Le llega hasta los pies. Dentro de unos días la operarán. Necesita una prótesis, porque la cadera se le rompió con la caída. Se estremeció cuando la enfermera le mostró el tamaño del tornillo, el que introducirán en su hueso para devolverle la movilidad.

Hasta entonces, tiene que permanecer tumbada, aunque el fisioterapeuta del hospital va a verla todos los días y la tortura con pequeños movimientos que parecen imposibles de llevar a cabo. Estaría bien que el cura regresase pronto con su ordenador. No se atreve a albergar esperanza, porque lo más seguro es que se le haya olvidado por completo. Sus pensamientos van diluyéndose hasta que al fin se queda dormida.

Cuando vuelve a despertarse, entra luz por la ventana. Hay un pajarito en el alféizar, de color gris, con un toque amarillo. ¿Un carbonero común, quizá? O puede que no sea más que un gorrión. No recuerda cuál de ellos es amarillo. El pájaro ahueca las plumas y se atusa el abdomen en busca de molestos insectos. Ella sigue sus movimientos con la mirada y piensa en la ardilla de casa.

La agenda roja

P. PESTOVA, ELEONORA

Nora. Hace mucho que no pensaba en ella. Parecía salida de un cuento de hadas, la criatura más hermosa que jamás he conocido. A quien todas admiraban, en quien querían convertirse. Incluida yo. Era una mujer muy fuerte.

Yo todavía sentía una profunda nostalgia de mi hogar. Aunque no era la única, claro. Por las noches se oían sollozos esporádicos procedentes de las camas del apartamento situado en la *rue* Poussin, pero por las mañanas nos levantábamos y nos poníamos bajo los ojos tarros de cristal helados del compartimento del hielo para reducir la hinchazón. Después nos maquillábamos y nos pasábamos el día sonriendo con falsedad a las mujeres ricas de los grandes almacenes. Sonreíamos tanto que a veces nos dolían los músculos de las mejillas cuando volvíamos a casa.

Algo le sucede a la gente que experimenta un intenso anhelo. Sus ojos se van apagando y pierden la capacidad de ver la belleza que los rodea en el día a día. Yo solo podía mirar hacia atrás. Embellecía todo lo que tuviera que ver con mi pasado, todo aquello de lo que ya no formaba parte.

Pero resistíamos, éramos pobres y las oportunidades nos impulsaban hacia delante. Nos mordíamos la lengua. Soportábamos los alfileres que se nos clavaban en la espalda y los peinados dolorosos. Pero Nora no. Ella siempre sonreía. Quizá no fuera extraño; estaba muy solicitada. Todo el mundo deseaba trabajar con ella. Mientras las demás posábamos y sonreíamos en los grandes almacenes, a ella la fotografiaban para Chanel y *Vogue*.

Eleonora Pestova —hasta su nombre era hermoso— venía de Checoslovaquia. Tenía el pelo corto y castaño y unos ojos brillantes y azules. Cuando se pintaba los labios de rojo era como Blancanieves. Con aquel corsé ajustado a la cintura y al torso, representaba el ideal aniñado al que aún aspirábamos todas a principios de los años treinta. Por entonces, los vestidos eran rectos y las faldas cortas, aunque hubieran comenzado a surgir formas más femeninas. Los periódicos de hoy en día aseguran que los jóvenes son esclavos de la moda, ¡pero deberían haber visto cómo era entonces!

Mientras que las demás debíamos ir andando a nuestro trabajo y éramos las responsables de mantener impecables nuestro maquillaje y nuestro peinado, a Nora la llevaban en coche. Ganábamos el dinero justo para sobrevivir, pero ella ganaba mucho más. Se compraba bolsos y ropa cara, pero los lujos no parecían impresionarla. Pasaba las noches acurrucada en la cama con un libro. En la mesilla de noche que yo compartía con ella, la foto de Gösta convivía con su creciente pila de libros. Igual que yo cuando vivía con la señora, ella utilizaba los libros para escapar de la realidad y, cuando descubrió que yo compartía su interés, me prestó alguno. Yo los leía y después nos sentábamos por las noches en el balcón francés y hablábamos de libros mientras fumábamos. Al menos diez cigarrillos cada noche, esa era parte de la dieta que nos habían prescrito. Las chicas gordas no conseguían trabajo, y los cigarrillos —o cigarrillos dietéticos, como eran conocidos por entonces— eran la panacea del momento. La nicotina nos mareaba y hacía que nos riéramos de cosas que no tenían gracia. Cuando los cigarrillos dejaron de surtir efecto, comenzamos a beber vino. Lo camuflábamos en enormes tazas de té, para que la gobernanta no descubriera lo que tramábamos.

Gracias a Nora y a aquellas veladas tan felices, París por fin empezó a tener color en mi cabeza. Comencé a escribir a Gösta de nuevo. Ya no necesitaba mentir, me limitaba a describir lo que veía a mi alrededor. También tomaba prestadas citas de los autores que había leído y adornaba mis cartas con su visión de la ciudad. Cuando teníamos días libres, visitábamos los lugares sobre los que escribían. Fantaseábamos con el siglo XIX, con las faldas largas de las mujeres, con la vida en la calle, la música, el amor y el romanticismo. Con la vida antes de la depresión que ahora pendía sobre el mundo.

Fue Nora la que me consiguió mi primera sesión fotográfica para *Vogue*. Ella fingió estar enferma y me envió en su lugar. Cuando el coche se detuvo frente a nuestra puerta, me empujó hacia él con una sonrisa.

—Ponte recta y sonríe. No notarán la diferencia. Esperan a una mujer guapa y eso es lo que tendrán.

El coche me llevó hasta un enorme edificio industrial a las afueras de la ciudad. En la puerta había un pequeño cartel metálico. Todavía recuerdo las letras insulsas y angulosas que formaban el nombre del fotógrafo. Claude Levi. Todo sucedió como Nora había dicho. Él me hizo pasar y señaló una silla donde me senté a esperar.

Vi que los ayudantes llevaban ropa que después les ponían a unos maniquís de madera. Claude se acercó varias veces a ellos para estudiar los conjuntos con el editor de Vogue. Eligieron cuatro vestidos, todos en diferentes tonalidades de rosa. Los ayudantes llevaron todo tipo de collares: largos, rojos, otros hechos con cuentas de cristal. Se volvieron hacia mí y me miraron de arriba abajo.

—Parece diferente.

—¿No era morena?

—Es guapa, quedará mejor con una rubia —dijo el editor con un gesto de aprobación. Volvieron a darse la vuelta. Como si yo no estuviera presente, en la misma habitación que ellos. Como si fuera un simple maniquí de madera.

Me quedé allí sentada hasta que alguien se me acercó para cambiarme a otra silla. Hecho el cambio, me pintaron las uñas de rojo, me maquillaron, me rizaron el pelo y le rociaron por encima una solución azucarada que hizo que se quedara rígido y pesado, así que mantuve el cuello estirado y la cabeza muy quieta. No podía echar a perder aquellos mechones tan perfectamente colocados.

La cámara estaba en medio de la habitación, sobre un trípode de madera. Era una pequeña caja negra con un zum plegable hecho de cuero plisado. Claude daba vueltas a su alrededor, moviéndola unos pocos centímetros hacia delante, hacia detrás, hacia un lado. Buscando los ángulos correctos. Yo estaba recostada en una silla, con un brazo colgado sobre el respaldo. Sentía manos por todo el cuerpo. Me alisaban la ropa, recolocaban los collares, me empolvaban la nariz.

Claude ladraba instrucciones.

—¡Mantén la cabeza quieta! ¡Gira la mano un milímetro hacia la derecha! ¡El vestido está arrugado! —Cuando por fin estuvo listo para sacar las fotografías, tuve que quedarme completamente quieta hasta que se cerró el obturador.

Podría haber terminado ahí. Con una bonita portada de una rubia vestida de rosa.

Pero no fue así.

Cuando terminamos con las fotos para la revista, Claude Levi se me acercó. Me pidió que posara para otra fotografía. Una imagen artística, me dijo. Me quedé con el vestido puesto mientras las maquilladoras, las peluqueras, el estilista y el editor recogían sus cosas y se marchaban. La habitación se quedó vacía y entonces Claude me pidió que me tumbara en el suelo. Me extendió el pelo como si fuera un abanico y le puso pequeñas hojas de abedul clavadas con alfileres al suelo. Yo me sentía orgullosa allí tumbada, orgullosa porque me lo hubiera pedido a mí. Reconocida. Se inclinó sobre mí, orientó el trípode y sujetó el cuerpo de la cámara con ambas manos. Me dijo que separase los labios. Yo obedecí. Me dijo que mirase a la cámara con deseo en los ojos. Yo obedecí. Me dijo que me lamiese el labio superior con la punta de la lengua. Yo vacilé.

En ese momento él apartó la cámara a un lado, me agarró de las muñecas y me las sujetó por encima de la cabeza. Con demasiada fuerza. Acercó su cara a la mía y me besó. Me metió la lengua entre los dientes. Yo apreté la mandíbula y pataleé para soltarme, pero tenía el pelo clavado al suelo con los alfileres. Cerré los ojos, me preparé para el dolor y tiré hasta soltarme. Nuestras cabezas chocaron y él se llevó la mano a la frente mientras maldecía. Aproveché la oportunidad y salí corriendo por la puerta. Descalza, sin mis cosas ni mi ropa. Llevaba solo el vestido con el que me habían sacado las fotografías. Él gritaba *putain* detrás de mí y sus palabras rebotaban entre los edificios. ¡Puta!

Corrí y corrí. Atravesé la zona industrial y me corté con piedras y trozos de cristal. Me sangraban las plantas de los pies, pero no me detuve. La adrenalina me hizo seguir hasta saber que estaba a salvo.

Pero me había perdido. Me senté en un murete de piedra. Tenía el vestido empapado en sudor y sentía la tela fría contra la piel. Los parisinos bien vestidos pasaban frente a mí y escondí los pies ensangrentados pegándolos al muro. Nadie se detuvo, nadie me preguntó si necesitaba ayuda.

El día dio paso a la tarde y yo permanecí allí.

La tarde dio paso a la noche y yo me quedé donde estaba.

Habían dejado de sangrarme las plantas de los pies cuando finalmente, y muy despacio, cojeé hasta un patio interior y robé una bicicleta. Una bicicleta oxidada de hombre que estaba sin candado. No montaba en bici desde mi infancia en Estocolmo, y ni siquiera entonces lo hacía con mucha frecuencia, solo cuando el cartero terminaba su ruta y dejaba que los niños utilizáramos la suya. Recorrí las calles. Vi salir el sol y despertarse a la gente. Percibí el olor de los hornos de pan y de las cocinas de leña al encenderse. Saboreé la sal de mis propias lágrimas. Las calles me resultaban cada vez más familiares y, al final, vi a Nora levantarse de un banco junto a la estación de metro de la *rue* d'Auteuil y venir corriendo hacia mí. Soltó un grito al verme. Yo estaba temblando por el cansancio.

Nos sentamos en la acera, muy cerca la una de la otra, como siempre. Ella sacó un cigarrillo del bolsillo y escuchó con paciencia mientras yo le contaba, entre caladas, lo que había sucedido.

—Ya no trabajaremos más con Claude. Te lo prometo —me dijo apoyando su cabeza en la mía.

—No trabajaremos más con él —repetí yo.

—Da igual que sea *Vogue*.

—Sí, da igual que sea *Vogue*.

Pero no daba igual. No fue la última vez que Nora trabajó para Claude. Y tampoco fue mi última vez. Así era la vida de una modelo. No lo cuestionábamos. Un buen trabajo era una confirmación, y decir «no» no era una opción. Pero me aseguré de no volver a quedarme a solas con él nunca más.

La agenda roja

N. NILSSON, GÖSTA

Tuve que pasar varias semanas en cama, con los pies vendados. La habitación apestaba a pus y a enfermedad. *Monsieur* Ponsard se puso furioso, porque no tenía sustituta para mí en los grandes almacenes. Venía a verme todos los días y murmuraba para sus adentros al darse cuenta de que no progresaba. Nunca me atreví a contarle lo que había sucedido. Esa clase de confesiones no se hacía por aquel entonces.

Un día recibí una carta de Gösta. Contenía solo una frase, escrita en letras mayúsculas en mitad de la página.

¡VOY ENSEGUIDA!

¿Enseguida? ¿Cuándo era eso? La idea de verlo me llenó de expectativas, y albergué la esperanza de poder recorrer al fin con él la ciudad que ya consideraba mi hogar. Ver su París, mostrarle el mío. Lo esperé día tras día, pero no vino. Tampoco recibí ninguna otra carta con una explicación o con una fecha de llegada.

Al poco tiempo se me curaron los pies y volví a caminar. Pero Gösta siguió guardando silencio. Cada día, cuando volvía a casa, preguntaba a la gobernanta si había ido alguien a visitarme, o si había recibido alguna carta o llamada. Pero la respuesta siempre era no. Todavía recuerdo su sonrisa sarcástica cada vez que me daba la mala noticia. Con frecuencia yo suspiraba ante su absoluta incapacidad para mostrar entusiasmo.

Nora y yo odiábamos a la gobernanta tanto como ella nos odiaba a nosotras. Cuando lo pienso, ni siquiera recuerdo su nombre. Me pregunto si alguna vez lo supe. Para nosotras era simplemente la *gouvernante*. O, cuando no nos oía, la *vinaigre*.

Pasaron meses hasta que recibí la siguiente carta de Gösta.

Querida Doris:

Corren tiempos difíciles en Estocolmo. Quizá ocurra lo mismo en mi adorado París. Hay mucho desempleo y la gente ahorra el dinero en vez de comprar obras de arte. El pago por tres lienzos que vendí no se ha materializado. No tengo dinero ni para comprar leche. No me queda más remedio que intercambiar mis cuadros por comida. Como resultado, un billete a París se ha convertido en un sueño inalcanzable para mí. Mi querida Doris, una vez más, no podré ir a verte. Me quedaré aquí. En Bastugatan, 25. Me pregunto si alguna vez podré abandonar esta dirección.

Sigo soñando con el día en que vuelva a verte.

¡Vive! Sorprende al mundo. Estoy orgulloso de ti.

Tu amigo,

Gösta

Estoy sentada ahora mismo con esa carta en la mano; aún la conservo. Por favor, Jenny, no tires mis cartas. Si no quieres la caja de hojalata, entiérrala conmigo.

Mi deseo de ver a Gösta se hacía cada vez más fuerte. Todavía veía su cara cuando cerraba los ojos, oía su voz. Aquella voz que me hablaba mientras yo limpiaba el apartamento de la señora por las noches, la que me hacía preguntas y se interesaba por mis pensamientos.

Aquel hombre extraordinario, con los cuadros extraños y los novios que trataba de esconder a ojos del mundo, se convirtió en una fantasía para mí. Un vínculo con mi antigua vida. La sensación de que, pese a todo, había alguien que se preocupaba por mí.

Pero sus cartas fueron volviéndose cada vez más infrecuentes. Y yo cada vez le escribía menos. Nora y yo habíamos cambiado aquellas noches solitarias de lectura por fiestas lujosas en casas fastuosas. Acompañadas por jóvenes ricos que harían cualquier cosa por tenernos.

La agenda roja

P. PESTOVA, ELEONORA

Cada día presenciábamos la transformación cuando nos maqui-
llaban y nos rizaban el pelo. Cuando nos ponían aquellos preciosos
vestidos. El maquillaje de entonces era muy distinto al de ahora.
Nos pintaban y empolvaban la piel con gruesas capas de producto,
al igual que los ojos, que pintaban con pinceladas negras. La forma
de nuestra cara cambiaba al suavizarse nuestros rasgos naturales.
Nuestros ojos se volvían grandes y brillantes.

La belleza es la fuerza más manipuladora de todas y pronto
aprendimos a explotarla. Con el maquillaje y los bonitos vestidos
que nos poníamos, nos erguíamos y disfrutábamos del poder de ser
guapas. A una persona guapa la escuchan y la admiran. Aquello me
quedó súbitamente claro más adelante, cuando mi piel perdió de
pronto su elasticidad y el pelo empezó a volverse gris. Cuando la
gente dejó de mirarme al cruzar una habitación. Ese día les llegará
a todos.

Pero en París, mi apariencia todavía me abría muchas puertas y,
a medida que crecíamos, a medida que conseguíamos trabajos mejor
pagados, también aprendimos a utilizar mejor nuestro poder. Y au-
mentó nuestra confianza en nosotras mismas. Éramos mujeres inde-
pendientes; podíamos mantenernos e incluso permitirnos algún lujo.
Nos gustaba salir del apartamento al atardecer y perdernos por la noche parisina, donde los intelectuales y adinerados se entretenían a ritmo de *jazz*. Nosotras también nos entreteníamos.

Éramos bien recibidas en cualquier parte, pero no eran las fiestas lo que tentaba a Nora, ella estaba mucho más interesada en el champán. Nunca estábamos solas, nunca sin una copa de vino espumoso en la mano. Llegábamos juntas, pero solíamos separarnos después. Nora se quedaba junto a la barra mientras yo bailaba. Ella prefería mantener conversaciones intelectuales con los hombres que le ofrecían copas. Era muy culta y podía hablar de arte, de libros y de política. Si los hombres dejaban de ofrecerle copas, ella dejaba de hablar. Entonces me buscaba, me tiraba del vestido con discreción y nos marchábamos con la cabeza bien alta antes de que el camarero tuviera tiempo de darse cuenta de que nadie pensaba pagar aquellas carísimas bebidas.

Hacía tiempo que la gobernanta había desaparecido. Para entonces ya éramos mujeres y podíamos cuidarnos solas. Deberíamos haber podido cuidarnos solas. Los vecinos siempre nos miraban con desdén cuando volvíamos a casa por las noches, a veces en compañía de un admirador o dos. Éramos jóvenes y libres, pero buscábamos hombres de verdad. Eso era lo que se hacía entonces. Alguien que fuera amable, guapo y rico, como solía decir Nora. Alguien que pudiera alejarnos de la superficialidad que nos rodeaba, que nos diera seguridad. Y encontramos muchos candidatos. Los hombres acudían a vernos a nuestro apartamento con el sombrero en la mano y rosas en la espalda, nos pedían salir a tomar café en alguna de las muchas cafeterías de París. Algunos incluso se arrodillaban y nos pedían matrimonio. Siempre decíamos que no. Siempre había algo que no nos parecía bien. Tal vez fuera su manera de hablar, su ropa, su sonrisa o su olor. Nora buscaba la perfección más que el amor. En eso se mostraba firme. No quería volver a la pobreza en la que había crecido en Checoslovaquia. Sin embargo, yo me di cuenta de que tenía un amor de juventud. Veía la pena en sus ojos cuando colocaba las cartas nuevas sobre la pila de sobres sin abrir que guardaba al fondo de su armario. Resultó que la razón se hallaba indefensa frente al amor, incluso en su caso.

Nora siempre pedía que otra persona abriera la puerta cuando llamaban al timbre, para que, si era para ella, pudiera decidir desde la distancia si deseaba ver a quien fuera que hubiera ido a visitarla. Si alguien la buscaba y ella no aparecía, teníamos que decir que había salido. Una noche fui yo la que abrió la puerta. El hombre que allí me encontré tenía los ojos marrones y amables, la barba negra y recortada y un traje que le quedaba holgado. Se quitó el sombrero y se pasó los dedos por el pelo, que llevaba muy corto. Parecía un granjero que hubiera acabado por accidente en la ciudad. En una mano llevaba una peonía blanca. Dijo el nombre de Nora y yo negué con la cabeza.

—Me temo que no está en casa.

Pero el hombre no respondió. Tenía la mirada fija en algún punto a mis espaldas. Me di la vuelta y allí estaba Eleonora. Era casi como si la energía que había entre ellos formara un vínculo físico. Comenzaron a hablar en un idioma que yo no entendía. Y al fin ella se lanzó llorando a sus brazos.

Al día siguiente, se habían ido.

La agenda roja

P. ~~PESTOVA, ELEONORA~~ MUERTA

La vida estaba vacía sin Nora. No tenía a nadie con quien reírme, nadie que me sacara por París de noche. Los libros se convirtieron de nuevo en mi única compañía, aunque ahora podía permitirme comprármelos yo. Me los llevaba al parque en mis días libres y los leía bajo el sol. Leía a autores contemporáneos: Gertrude Stein, Ernest Hemingway, Ezra Pound y Scott Fitzgerald. Me mantenían alejada de la vida glamurosa que habíamos compartido Nora y yo. Era más feliz entre árboles y pájaros, todo era más tranquilo. A veces llevaba conmigo una pequeña bolsa de migas de pan, que esparcía por el banco en el que estaba sentada. Los pájaros se acercaban y me hacían compañía. Algunos incluso comían directamente de la palma de mi mano.

Nora había dejado una dirección al desaparecer. Al principio le escribía largas cartas, echaba de menos su compañía, pero jamás obtuve respuesta. Fantaseaba con lo que estaría haciendo, con cómo sería su vida ahora, con el hombre de ojos marrones y la vida que llevarían juntos. Me preguntaba si su amor por él sería tan fuerte como para compensarle haber perdido la vida de dinero, lujos y admiradores a la que estaba acostumbrada.

Una noche llamaron a la puerta. Cuando fui a abrir, apenas la reconocí. Nora tenía la cara bronceada y el pelo lacio. Negó con la cabeza al ver mi sorpresa y entró.

—No quiero hablar de ello —dijo en respuesta a la pregunta que yo todavía no había formulado.

La abracé. Quería saber muchas cosas. Sus hermosos rasgos estaban ocultos bajo unas mejillas hinchadas. El chal con el que iba envuelta no lograba disimular su tripa. La sentí al abrazarla.

—¡Vas a tener un bebé! —Di un paso atrás y le puse las manos en la tripa.

Ella se estremeció y me las apartó. Negó con la cabeza y se recolocó el chal.

—Tengo que empezar a trabajar de nuevo, necesito dinero. La cosecha ha sido mala este año. He empleado lo poco que nos quedaba en comprar el billete de tren.

—Pero no podrás trabajar con este aspecto. *Monsieur* Ponsard se pondrá furioso cuando te vea —le dije, asombrada.

—Por favor, no se lo digas —susurró ella.

—No me hará falta, querida. Es evidente, no puedes ocultarlo.

—¡Jamás debería haberme ido con él! —Comenzó a llorar.

—¿Lo amas?

Se quedó callada, pero asintió con la cabeza.

—Te ayudaré, te lo prometo. Puedes quedarte aquí unos días, luego me aseguraré de que vuelvas a casa —le dije—. Con él.

—La vida es mucho más dura allí —dijo entre sollozos.

—Siempre puedes volver aquí cuando hayas tenido el bebé. ¡Todo esto seguirá estando aquí! Y conservarás tu belleza, podrás volver a trabajar.

—Tengo que poder volver a trabajar —susurró ella.

Aquella noche se quedó dormida en mi cama. Dormimos juntas y percibí el ligero olor del alcohol en su aliento. Me levanté de la cama sin hacer ruido y revolví en su bolsa. Encontré una petaca al fondo, le quité el tapón y la olí. Nora había cambiado el champán por las bebidas espirituosas baratas. Había seguido bebiendo incluso después de que se acabaran las fiestas.

Evitó encontrarse con *monsieur* Ponsard. Pasamos juntas aquella última época: conversaciones íntimas y largos paseos por París.

Una semana después volvió a marcharse. Le acaricié la tripa y me despedí de ella en el andén. La fuerte y hermosa Nora... En solo unos pocos meses se había convertido en una sombra de lo que había sido. Justo antes de que partiera el tren, se asomó por la ventanilla y me puso en la mano un pequeño ángel dorado hecho de porcelana. No dijo nada, se limitó a despedirse con la mano. Yo corrí junto al tren, pero ganó velocidad y me quedé atrás. Grité, le pedí que me escribiera y me hablara del bebé. Ella me oyó y, de vez en cuando, aparecía alguna carta en mi buzón. Me hablaba de la pequeña Marguerite, de lo duro que era el trabajo en la granja, de lo mucho que echaba de menos París y la vida que había dejado atrás. Pero, según pasaron los años, las cartas se volvieron cada vez más infrecuentes, y al final recibí una de otro remitente. Contenía un breve mensaje en francés mal escrito: *Eleonora et maintnant mort.* Eleonora ha muerto hace poco.

Nunca me explicaron por qué murió. Quizá fue el alcohol lo que la mató. O un segundo hijo. Quizá no pudo aguantar más.

Pero, desde aquel día, siempre pienso en ella cuando veo un ángel. Todos los ángeles me recuerdan a aquel ángel dorado que me puso en la mano. Cuando me enteré, taché lentamente su nombre en mi agenda y escribí la palabra *MUERTA* en tinta dorada. Dorada como el sol, como el oro.

La agenda roja

S. SMITH, ALLAN

¿Te acuerdas del hombre de mi relicario, Jenny? El que descubriste en un cajón la última vez que estuviste aquí.

Apareció en el parque un día. Yo estaba sentada en un banco debajo de un tilo. Los rayos de sol se abrían paso entre las ramas y las hojas e iluminaban las páginas blancas de mi libro. De pronto advertí una sombra y, al levantar la mirada, me encontré con aquellos ojos. Brillaban, como si estuviera riéndose. Todavía hoy recuerdo perfectamente lo que llevaba puesto: camisa blanca, arrugada; jersey rojo de astracán; pantalón beis. Sin traje, sin cuello almidonado, sin cinturón de hebilla dorada. Sin signos aparentes de riqueza. Pero tenía una piel suave y sedosa, y una boca tan bonita que de inmediato tuve ganas de acercarme y besarlo. Fue una sensación extraña. Se quedó mirando inquisitivamente el asiento vacío junto al mío, yo asentí y entonces se sentó. Traté de seguir leyendo, pero solo podía pensar en la energía que había entre nosotros. Y en su olor; olía de maravilla. Era como si se colara dentro de mi alma.

—Llevaba tiempo con ganas de dar un paseo. —Levantó ambos pies del suelo y me mostró sus zapatos de lona gastados, como si quisiera darme una explicación. Yo sonreí sin dejar de mirar el libro. Estuvimos escuchando el murmullo de las copas de los árboles al moverse con el viento y el trino de los pájaros. Él me miró y yo sentí su mirada.

—La dama no querría por casualidad acompañarme un rato, ¿verdad?

Tras solo unos segundos de reticencia, le dije que sí, y aquella tarde estuvimos paseando hasta que se puso el sol detrás de los árboles. El mundo se detuvo, todo lo demás dejó de importar. Estábamos solos él y yo, y eso quedó claro desde el momento en que dimos los primeros pasos, el uno junto al otro. Me dio un beso de despedida frente a mi puerta. Me sujetó la cabeza entre las manos y se acercó tanto que casi sentí como si nos hubiéramos fusionado. Tenía los labios suaves y calientes. Tomó aire con la nariz contra mi mejilla. Me sostuvo así durante largo rato.

—Reúnete conmigo mañana en el mismo lugar a la misma hora —me susurró al oído. Después retrocedió, me miró de arriba abajo, me lanzó un beso y desapareció en la noche.

Se llamaba Allan Smith y era estadounidense, pero tenía familia cercana en París y había ido a visitarlos. Estaba lleno de entusiasmo y tenía muchos planes, estudiaba para ser arquitecto y soñaba con cambiar el mundo, con redibujar la silueta de la ciudad.

—París se está convirtiendo en un enorme museo. Tenemos que inyectarle cierta modernidad, algo funcional.

Yo le escuchaba con admiración, me dejaba arrastrar hacia un mundo del que antes ni siquiera era consciente. Me hablaba de edificios, de nuevos materiales y de su utilización, pero también me hablaba del modo de vida de los humanos, de cómo vivirían en el futuro. Un mundo en el que trabajarían tanto hombres como mujeres, donde la casa podría llevarse sin doncellas. Le apasionaba todo lo que decía, se subía a los bancos del parque y hacía aspavientos cuando deseaba ilustrar un punto en particular. Yo pensaba que debía de estar loco, pero admiraba su vitalidad. Y entonces me rodeó las mejillas con las manos y me besó en los labios. Sabía a rayos de sol. El calor de sus labios inundó los míos y continuó por el resto de mi cuerpo. Me hizo sentir tan en paz que empecé a respirar más tranquila. Mi cuerpo tenía otro peso cuando estaba con él. Deseaba quedarme allí para siempre. Entre sus brazos.

El dinero, el estatus y el futuro no podrían haberme importado menos que en aquel momento, en aquel lugar, en aquel parque francés, un cálido día de primavera, mientras paseaba junto a aquel hombre de zapatos deportivos andrajosos.

10

—¡Es horrible verte ahí tumbada! ¿Todavía te duele? ¿Quieres que vaya?

—No, Jenny. ¿De qué iba a servir? Tú aquí con una vieja. Eres joven, deberías estar por ahí divirtiéndote, no cuidando de una lisiada.

Gira el ordenador, que el cura en efecto sí que fue a buscar, y saluda a la enfermera que está haciendo la cama de enfrente.

—Hermana, dígale hola a mi Jenny.

La enfermera se acerca y contempla con curiosidad la pantalla y a la única visita de Doris.

—Skype, ¿verdad? Desde luego, no le da a usted miedo la tecnología.

—No, a Doris no. Ella siempre ha estado a la última en todo. Sería difícil encontrar a una chica tan dura —dice Jenny riéndose—. Pero allí cuidan de ella, ¿verdad? ¿Se le pondrá bien la pierna?

—Por supuesto que sí, le proporcionamos el mejor cuidado posible, pero no sé cómo evoluciona. ¿Desea hablar con el médico de Doris? Si es así, puedo concertar una llamada.

—Claro. Si a ti te parece bien, Doris.

—Sí. De todas formas, nunca te crees lo que te digo —responde Doris con una sonrisa—. Pero, si te dice que voy a morirme pronto, tendrás que decirle que ya lo sé.

—¡Deja de decir eso! No te vas a morir. Ya lo hemos acordado.

—Siempre has sido una ingenua, Jenny, querida. Pero ya ves cómo estoy, ¿verdad? La muerte me aguarda en cada arruga, se aferra a mi cuerpo. Pronto me habrá alcanzado. Así es la vida. ¿Sabes una cosa? En realidad no estará nada mal.

Jenny y la enfermera se miran, una arquea una ceja y la otra hincha las mejillas como si estuviera suspirando muy despacio. La enfermera al menos tiene cosas que hacer; le ahueca la almohada a Doris y desaparece por la puerta.

—Tienes que dejar de hablar de la muerte, Doris. Son tonterías que no quiero oír. —De pronto empieza a hablar en inglés—. ¡Jack! Ven aquí, dile hola a la tía. Está en el hospital.

El adolescente desgarbado se acerca al ordenador. Saluda y sonríe. Su sonrisa deja ver el aparato plateado que lleva en los dientes antes de que se dé cuenta y vuelva a cerrar la boca.

—Mira —le dice en sueco antes de cambiar al inglés—. Ya verás lo que hago. —Orienta el ordenador hacia el suelo de la entrada. Después se sube a su monopatín, con los pies muy separados. Echa un pie hacia atrás, lanza el monopatín hacia arriba, lo hace girar en el aire y vuelve a aterrizar encima. Doris aplaude y grita «bravo».

—Nada de monopatín en casa, ya te lo he dicho —murmura Jenny.

Devuelve la atención a Doris.

—Está obsesionado con ese trasto. ¿Qué le ha dado? Un trozo de madera con ruedas ocupa todo su día. Si no hay que cambiarle o apretarle las ruedas, son acrobacias que tiene que practicar. Deberías ver cómo tiene las rodillas. Tendrá que vivir con cicatrices el resto de su vida.

—Déjalo tranquilo, Jenny. ¿Por qué no le compras rodilleras?

—¿Rodilleras? ¿Para un adolescente? No. Ya lo he intentado, pero no quiere. Y no puedo grapárselas a la piel. La protección no mola —dice mientras entorna los ojos, antes de suspirar.

—Es joven, déjale que sea joven. Unas pocas cicatrices no lo matarán. Mejor tenerlas por fuera que por dentro, en el alma. De todos modos, parece feliz.

—Sí, siempre ha sido feliz. Tengo suerte, supongo. Son buenos chicos.

—Tienes unos hijos maravillosos. Ojalá pudiera volar hasta allí y darles un abrazo. Es magnífico poder veros así. Antes era muy difícil mantener el contacto. ¿Te he contado alguna vez lo joven que era la última vez que vi a mi madre?

—Sí, me lo has contado. Sé que debió de ser difícil. Pero al menos lograste volver a Suecia al final, como siempre quisiste.

—Sí, regresé. A veces me pregunto si no habría sido mejor que me quedara contigo. Contigo y con tu madre.

—No, no digas eso. No empieces ahora a arrepentirte. Ya tienes suficientes cosas en las que pensar. Si te apetece ponerte nostálgica, piensa en todas las cosas buenas —le sugiere Jenny con una sonrisa—. ¿Quieres venir aquí? ¿Te busco una residencia aquí en San Francisco?

—Eres un encanto. Me alegro tanto de tenerte, Jenny. Pero no, gracias. Me quedaré aquí como había planeado. No tengo energía para nada más... Y hablando de energía, ahora necesito descansar un poco. Te envío muchos abrazos, mi amor. Saluda a Willie de mi parte. Hablamos pronto, ¿de acuerdo?

—¡Muchos abrazos, Dossi! Sí, ¿a la misma hora dentro de una semana? Para entonces ya te habrán operado.

—Sí —dice Doris—. Así es.

—No te preocupes por eso, todo saldrá bien. En nada estarás otra vez andando, ya lo verás. —Jenny asiente con los ojos muy abiertos.

—A la misma hora dentro de una semana —murmura Doris mientras le lanza los habituales besos. Se apresura a cortar la comunicación y el silencio la envuelve como una manta pesada y húmeda. Se queda mirando la pantalla en negro. No tiene energía para mover las manos y escribir un poco, como había planeado. Le cuesta respirar y percibe cierto sabor acre a bilis después de otro eructo. La medicación que le han puesto para el dolor le revuelve el estómago. Lo tiene hinchado y le duele. Coloca el ordenador, todavía caliente, sobre su tripa, cierra los ojos y permite que el calor haga su trabajo.

Una enfermera entra en la habitación y coloca el ordenador en la repisa que hay debajo de la mesita. Después tapa a Doris con la manta y apaga la luz.

La agenda roja

S. SMITH, ALLAN

Era como si tuviera dióxido de carbono en las venas. Apenas pude dormir aquella noche, y al día siguiente, en el trabajo, me sentía como en una nube. Cuando al fin terminé, salí corriendo del almacén y bajé los escalones de tres en tres. Para cuando llegué al parque, ya estaba esperándome en el banco, con un cuaderno de bocetos en la mano. Estaba dibujando con el lápiz. Una mujer con el pelo cayéndole sobre los hombros. Apartó el cuaderno de mi vista cuando me pilló mirando y sonrió con timidez.

—Solo intentaba capturar tu belleza, de memoria —murmuró.

Hojeó el cuaderno conmigo al lado y fue mostrándome otros dibujos, casi todos de edificios y jardines. Se le daba bien dibujar, captaba detalles y ángulos con líneas elegantes. En una página había dibujado un magnolio con las ramas cargadas de flores.

—¿Cuál es tu flor favorita? —me preguntó distraídamente mientras seguía dibujando.

Yo pensé en su pregunta y recordé las flores de Suecia, las que tanto echaba de menos. Al final le dije que las rosas y le hablé de la rosa blanca que había crecido frente al taller de mi padre. Le conté lo mucho que lo echaba de menos, le hablé de su muerte y de cómo ocurrió. Él me rodeó con sus brazos y me acercó a su cuerpo, hasta que mi cabeza quedó apoyada sobre su pecho. Me acarició el pelo lentamente. Allí, en aquel instante, ya no me sentí sola.

* * *

La oscuridad descendió sobre el parque y el banco en el que seguíamos sentados. Recuerdo un dulce aroma a jazmín en el aire, los pájaros callados, las farolas que se encendían y proyectaban su brillo tenue sobre el suelo de grava.

—¿No lo sientes? —me preguntó de pronto mientras se desabrochaba los dos primeros botones de la camisa—. ¿No sientes el calor?

Yo asentí y él me estrechó la mano y la colocó sobre su frente. Las gotas de sudor brillaban en su pelo. Estaba empapado.

—Tienes la mano muy fría, mi amor. —La estrechó entre las suyas y la besó—. ¿Cómo puedes estar tan fresca cuando hace un calor tan sofocante?

Se le iluminó la cara, como sucedía siempre que tenía una idea. Como si le divirtiera su propia imaginación. Me levantó del banco y dio una vuelta conmigo pegada a él.

—Vamos, quiero enseñarte un lugar secreto —me susurró con la mejilla contra la mía.

Deambulamos por la noche, despacio, como si tuviéramos todo el tiempo del mundo. Era muy fácil hablar con Allan. Podía compartir con él mis pensamientos. Hablarle de mi anhelo, de mi pena. Él me escuchaba y me entendía.

Al final divisamos el gran Viaduc d'Auteuil, el puente de dos niveles que permitía que el tren atravesara el río. Bajamos varios tramos de escaleras en dirección a la playa donde los barcos del río pasaban la noche.

—¿Dónde me llevas? ¿Cuál es ese lugar secreto al que vamos? —Yo vacilé y me detuve a medio camino. Allan corrió a buscarme, ansioso.

—Vamos. No eres parisina hasta que no te hayas bañado en el Sena.

Yo me quedé mirándolo. ¿Bañarme? ¿Cómo podía sugerir algo así?

—¿Estás loco? No pienso desnudarme delante de ti. No pensarás que voy a hacerlo, ¿verdad?

Me aparté de él, pero no me soltó la mano. Resultaba irresistible y no tardé en acabar de nuevo entre sus brazos.

—Cerraré los ojos —me susurró—. No miraré, te lo prometo.

Trepamos a los barcos. Había tres amarrados en fila. El más alejado tenía una escalerilla en la popa. Allan se quitó la camisa y los pantalones y se sumergió en el agua con una zambullida perfecta. Se hizo el silencio y las ondas sobre la superficie oscura del agua fueron desapareciendo. Grité su nombre. De pronto reapareció junto al barco. Se agarró al borde y se incorporó con los brazos. El agua le chorreaba del pelo. Sus dientes blancos, que se veían gracias a aquella amplia sonrisa, brillaban en la noche.

—Me he mantenido alejado para que la dama pudiera saltar sin ser vista. Venga, date prisa —dijo entre risas antes de volver a desaparecer.

Yo sabía nadar, había aprendido en Estocolmo, pero estaba tan oscuro que recuerdo que vacilé, que el corazón se me aceleró por el miedo. Al final me quité los zapatos y dejé caer el vestido al suelo. Llevaba un corsé debajo, ya que era lo normal en la época. Estaba hecho de seda gruesa, era de color crema y tenía las copas rígidas. Me lo dejé puesto. Cuando acerqué el pie a la superficie del agua, Allan me lo agarró. Grité con fuerza y caí al agua entre sus brazos. Sus risas resonaron bajo los ojos del puente.

La agenda roja

S. SMITH, ALLAN

Allan me hacía reír. Ponía mi mundo del revés, aunque yo seguía pensando a veces que estaba un poco loco. Ahora, pasado el tiempo, me doy cuenta de que sus opiniones se basaban en su conocimiento de las personas y en la dirección que estaba tomando el mundo. Cuando veo a las familias jóvenes de hoy en día, descubro a las personas de las que él hablaba hace tanto tiempo.

—Tu hogar es tu pequeño mundo —solía decirme—. Tu dominio. Por eso un hogar debería adaptarse a la manera en que vives tu vida. Una cocina debería adaptarse al tipo de comida que se prepara en ella, a la gente que vive en esa casa. ¿Quién sabe? Puede que en el futuro nuestras casas ni siquiera tengan cocinas. ¿Por qué deberíamos tenerlas si hay restaurantes que la preparan mejor que nosotros?

Me divertía oírle hablar de hogares sin cocina justo cuando empezaban a estar disponibles los primeros frigoríficos y electrodomésticos. Cuando la gente se esforzaba por llenar sus cocinas de comodidades y máquinas.

—Quizá en el futuro nuestras cocinas se parezcan a las de los restaurantes —decía yo entre risas—. Quizá lo normal sea tener tu propio chef y un par de camareras.

Él siempre ignoraba el sarcasmo de mis comentarios y permanecía serio.

—Quiero decir que todo puede cambiar. Los viejos edificios se derrumban y son reemplazados por otros nuevos. La decoración ha sido sustituida por la funcionalidad. Como resultado, las habitaciones adquirirán nuevos significados.

Yo negué con la cabeza, sin saber si bromeaba o si hablaba en serio. Me encantaba su habilidad para utilizar la imaginación, para crear imágenes abstractas tan surrealistas como algunas de las obras de arte que se producían en París en aquella época. Para Allan, la arquitectura era la base de todas las relaciones humanas y, por lo tanto, también la solución a todos los misterios de la vida. Vivía a través de los materiales, ángulos, fachadas, paredes, huecos y rincones. Siempre que salíamos a dar un paseo, podía pararse de pronto y quedarse mirando un edificio hasta que yo le lanzaba algo, un pañuelo o un guante. Entonces me tomaba en brazos y me hacía girar como si fuese una niña. Me encantaba que me tratara como si fuera una posesión, me encantaba que se tomara la libertad de besarme en mitad de las calles abarrotadas de París.

A veces se sentaba y esperaba frente al estudio en el que yo estaba trabajando. Cuando yo salía al terminar el día, totalmente maquillada, me rodeaba orgulloso con un brazo y me llevaba a algún restaurante. Es extraño, Allan y yo teníamos tantas cosas que decirnos que nunca se producían silencios incómodos. Paseábamos por París, ajenos al ajetreo de la vida que nos rodeaba, absortos el uno en el otro.

Él no tenía mucho dinero. Tampoco tenía idea de cómo comportarse en buena compañía. Ni siquiera lograba entrar nunca en los lugares más lujosos, porque el único traje de verdad que tenía le quedaba grande y estaba pasado de moda. Parecía un adolescente con el traje de su padre. De hecho, si no hubiera irradiado tanto encanto la primera vez que nos vimos en el banco del parque, es probable que ni siquiera hubiera hablado con él. El recuerdo de aquel encuentro siempre me hace sentir humildad en lo referente al aspecto de las personas.

A veces no hace falta tener los mismos intereses o el mismo estilo, Jenny. Con hacerse reír el uno al otro es suficiente.

La agenda roja

S. SMITH, ALLAN

Yo seguía trabajando mucho. Sonreía con los labios pintados de rojo, posaba como me decían, llamaba la atención de las damas parisinas de la alta sociedad, ladeaba la cabeza para los fotógrafos. Pero mi mente estaba llena de amor y deseo. Pensaba en Allan sin parar siempre que estábamos separados. Solía sentarme junto a él en el banco del parque. Él dibujaba en su cuaderno y las líneas se convertían en edificios. Tenía una ciudad entera en aquel cuaderno, y con frecuencia fantaseábamos con las casas en las que viviríamos.

De vez en cuando yo tenía que abandonar París por trabajo. A ninguno de los dos nos gustaba eso. En una ocasión, vino a recogerme al apartamento en un coche prestado; todavía recuerdo el modelo: un Citroën Traction Avant de color negro. Dijo que me llevaría hasta el castillo de la Provenza donde yo posaría con joyas y vestidos. No tenía mucha experiencia como conductor, puede incluso que fuera su primera vez. El viaje fue muy movido, no paraba de calársele el motor. Yo me moría de la risa.

—¡No llegaremos nunca si sigues dando tantos tumbos!

—Querida, te llevaría hasta la luna en bicicleta si fuera preciso. Claro que llegaremos. ¡Ahora sujétate, porque voy a acelerar!

Y sin más pisó el acelerador y avanzamos rodeados por una nube de humo negro. Cuando al fin tomamos la carretera que llevaba al castillo, varias horas más tarde, yo estaba cubierta de polvo y de sudor. Seguíamos en el coche, besándonos, cuando *monsieur*

Ponsard abrió la puerta de pronto y se quedó mirando a Allan. El hecho de que estuviera besando a un hombre con el que no estaba casada suponía un escándalo, y así se lo hizo saber a Allan. Tuvo que salir corriendo por el camino de grava para evitar que le pegara. Pese a la gravedad de la situación, yo no podía dejar de reírme. Allan se dio la vuelta a lo lejos y me lanzó un beso.

Cuando terminó el desfile, me escabullí y encontré a Allan dormido en la hierba cerca del castillo. Lo arrastré hasta el coche y escapamos juntos antes de que *monsieur* Ponsard pudiera darse cuenta. Aquella noche dormimos bajo las estrellas al aire libre, acurrucados el uno junto al otro. Contamos estrellas fugaces e imaginamos que cada una de ellas representaba un bebé que algún día tendríamos.

—Mira, un niño —dijo Allan, señalando la primera.

—Y una niña —dije yo, emocionada cuando apareció la siguiente.

—Otro niño —exclamó él entre risas.

Cuando surgió la séptima estrella, me besó y dijo que ya eran suficientes bebés. Yo le acaricié el cuello, enredé los dedos en su pelo, respiré su aroma y permití que formara parte de mí.

La agenda roja

S. SMITH, ALLAN

Nos conocíamos desde hacía poco más de cuatro meses cuando de pronto, y sin previo aviso, desapareció de mi vida. Sin más, se esfumó. Ya no llamaba a mi puerta. Nadie me esperaba con besos y sonrisas después del trabajo. No sabía dónde vivía, no conocía a sus parientes, no sabía con quién podía ponerme en contacto para averiguar qué había ocurrido.

Había advertido que parecía nervioso la última vez que nos vimos, que no estaba feliz y tranquilo como habitualmente, y que iba vestido de manera más sobria. Supuse que se había comprado una chaqueta y unos zapatos de cuero por mí, pero quizá hubiese otra razón. La sensación de preocupación y desesperación crecía a cada día que pasaba.

Regresé al banco del parque, en el que solía sentarse para dibujar sus edificios. Salvo una paloma con una sola pata que daba saltos de un lado a otro con la esperanza de encontrar alguna miga, el lugar estaba vacío.

Seguí volviendo, me quedaba sentada allí durante horas todos los días, pero nunca regresó. Sentada en aquel lugar, casi podía sentir su presencia, como si estuviera a mi lado.

Pasaron los días. Recorría nuestro camino habitual, sola, con la esperanza de que apareciera, con la esperanza de que fuera todo un mal sueño.

Su recuerdo comenzó a parecerse a un sueño lejano. Me maldecía a mí misma por haber sido tan ingenua y egocéntrica en mi enamoramiento. Por hacer tan pocas preguntas, por no interesarme en saber más cosas sobre él.

¿Dónde habría ido? ¿Por qué me habría abandonado? Se suponía que estaríamos juntos para siempre.

La agenda roja

A. ALM, AGNES

Tras la súbita desaparición de Allan, yo era como un alma en pena. Tenía bolsas bajo los ojos y se me quedó la piel pálida y seca tras noches sin dormir llenas de lágrimas. No comía, así que adelgacé y me debilité. Cada minuto de mi tiempo, consciente o inconsciente, lo ocupaba él.

Las separaciones son lo peor que hay, Jenny. Incluso a día de hoy, no soporto decir adiós. Separarte de la persona a la que quieres es como una herida para el alma.

Me duele admitirlo, pero la mayoría de la gente tiende a difuminarse con el paso de los años. No hasta el extremo de que su recuerdo desaparezca. No hasta llegar a no significar nada. Pero esa ansiedad y ese miedo iniciales se atenúan con el tiempo y son sustituidos por algo más neutral, algo con lo que se puede vivir. En ciertos casos, ya ni siquiera quieres reavivar la vieja amistad, y el vínculo que queda se mantiene más por obligación que por entusiasmo. Se convierten en personas con las que mantener el contacto; cartas que escribir, cartas que leer, sobre las que reflexionar antes de plegar el recuerdo de esas personas y guardarlo dentro del sobre para olvidarlo.

Tras unos años en París, hasta la imagen de mi propia madre se difuminó. Lo que se me quedó fue el recuerdo en el que ella se desembarazaba de mí, me empujaba a un mundo adulto del que no sabía nada y dejaba que mi hermana se quedara con ella. Para mí, se convirtió en alguien que había escogido entre sus dos hijas. De vez en cuando pensaba en ella, eso es verdad, pero el anhelo que sentía fue evaporándose gradualmente.

Allan no se difuminó, ni siquiera un poco. Poblaba casi siempre mis pensamientos. El dolor se suavizó ligeramente, pero no el amor. Era abrumador.

Vivía mi vida día a día, hora a hora. Buscaba defectos en mí, razones por las que pudiera haberme abandonado. Al final empecé a dedicar más empeño a depilarme las cejas y meter tripa que a pensar en el futuro. Habían pasado siete años desde que me fui de Suecia. Tenía dinero y era independiente, algo que pocas mujeres de la época podían decir. Mi vida giraba en torno a la ropa y el maquillaje que me transformaban en otra persona, en alguien a quien admirar. Alguien que era lo suficientemente buena. La búsqueda de la perfección ocupaba mis días.

Lo cierto es que, el día en que llegó a mi apartamento un fatídico telegrama, yo había dedicado mi tiempo a comprar unos zapatos de cuero del mismo tono rojo que mi vestido nuevo. Fui de tienda en tienda, comparándolos con la tela del vestido, pidiendo a los tenderos que pulieran el cuero hasta que brillara, solo para después rechazar el zapato porque la hebilla me parecía fea. Tenía una vida despreocupada y, viéndolo con perspectiva, me siento avergonzada. Transformar a las jóvenes en brujas egocéntricas es fácil. Entonces y ahora. Muchas se ven tentadas por el brillo del oro, pero pocas se paran a pensar. Muchas de las modelos de la época procedían de familias ricas y aristocráticas. Gracias a ellas las modelos ganaron prestigio y se convirtieron en algo que admirar, ¿lo sabías?

Pero bueno, volviendo al telegrama, era de la vecina de mi madre, y puso fin a aquella vida tan destructiva que llevaba.

Querida Doris:
Con gran pesar debo informarte de que tu madre ha fallecido tras una larga enfermedad. Junto con algunas de sus amigas y compañeras de trabajo, he conseguido juntar dinero para un billete para Agnes. Llegará a París en tren a las 13 horas del 23 de abril. La dejo a tu cuidado. Las pertenencias de tu madre están guardadas en uno de los desvanes.
Espero que os sonría la suerte a las dos.
Con cariño,
Anna Christina

Una madre muerta a la que ya no conocía. Una hermana pequeña que aparecía en mi mundo como un paquete enviado a la dirección equivocada. La última vez que la había visto tenía solo siete años. Ahora era una chica desgarbada de catorce que deambulaba por el andén, con aspecto de estar perdida. Llevaba en la mano una maltrecha maleta cerrada con un grueso cinturón de cuero. Parecía el viejo cinturón de mi padre, con manchas de pintura blanca. Escudriñó la multitud buscándome a mí, a su hermana.

Cuando me vio, se detuvo en seco y se quedó mirándome mientras la gente pasaba junto a ella. La empujaban y su cuerpo se zarandeaba de un lado a otro, pero tenía los ojos clavados en mí.

—¿Agnes? —La pregunta era innecesaria, ya que era mi viva imagen a su edad, con algunos kilos más y el pelo un poco más oscuro. Me miró a los ojos con la boca entreabierta y los ojos muy abiertos, como si yo fuera un fantasma—. Soy yo, tu hermana. ¿No me reconoces?

Le ofrecí la mano y ella me la estrechó. Justo entonces empezó a temblar y dejó caer la maleta. Me soltó la mano y se rodeó a sí misma con los brazos.

—Ven aquí, pequeña. —La rodeé con un brazo y noté que el temblor de su cuerpo se trasladaba al mío. Respiré tranquila y aspiré su aroma; me resultaba familiar—. ¿Estás muy asustada? —le susurré—. ¿Y triste? Lo entiendo. Debió de ser muy duro para ti cuando ella murió.

—Te pareces a ella. Eres exactamente igual que ella —tartamudeó con la cara hundida en mi hombro.

—¿De verdad? Ha pasado mucho tiempo, apenas lo recuerdo. Ni siquiera tengo una foto de ella. ¿Tú sí?

Le acaricié la espalda lentamente y se le fue calmando la respiración. Me soltó y dio unos pasos hacia atrás. De uno de sus bolsillos sacó una fotografía manoseada y me la entregó. Mi madre estaba sentada en un taburete de piano con su vestido largo azul, el que siempre se ponía para las fiestas.

—¿De cuándo es esta foto?

Agnes no respondió, quizá no lo sabía. Los ojos de mi madre parecían llenos de vida. Fue entonces cuando al fin me di cuenta de que se había ido de verdad, de que jamás volvería a verla, y me invadió la ansiedad. Había muerto creyendo que no me importaba y ahora ya no tendría otra oportunidad.

—Quizá la veamos en el cielo —dije, pero mis palabras hicieron llorar a Agnes. Me tragué mis propias lágrimas. Noté el frío en el pecho y un escalofrío que recorría mi cuerpo—. Shh, no llores, Agnes. —La abracé y me di cuenta por primera vez de lo cansada que estaba. Se le cerraban los párpados y tenía ojeras—. ¿Sabías que el mejor chocolate caliente del mundo lo sirven aquí, en París?

Agnes se secó las lágrimas.

—¿Y sabías que el chocolate es el mejor remedio para las lágrimas? Justo aquí al lado, a la vuelta de la esquina, hay una cafetería preciosa. ¿Quieres que vayamos?

Le di la mano y juntas atravesamos el edificio de la estación. Era el mismo camino que había recorrido con la señora siete años atrás. Entonces no lloré en absoluto, pero mi hermana sí lloraba ahora. Mi hermana pequeña, quien, como yo, se había visto lanzada al mundo de los adultos. Mi trabajo era cuidar de ella y aquello me horrorizaba.

Agnes puso mi vida del revés. Yo tenía que actuar como una madre, y la preocupación me invadió por completo. Necesitaba una buena escuela, aprender francés. Jamás tendría que limpiar o trabajar como doncella. Y yo nunca permitiría que se pusiera delante de la cámara para ofrecer esas sonrisas falsas. Agnes tendría todo aquello con lo que yo siempre había soñado: formación, oportunidades y, sobre todo, una infancia que durase más que la mía.

Al día siguiente anuncié que me iba del apartamento que compartía con otras dos modelos. Revisé mi agenda. Tenía trabajo fijo. Desfiles en los grandes almacenes. Sesiones de fotos para Lanvin y Chanel. Lo que al principio había ido unido al miedo y a la ansiedad se había convertido en mi día a día.

Muchos pretendientes seguían poniéndose en contacto conmigo. Quedaba con ellos a cada oportunidad que tenía, aceptaba los regalos que me compraban y les daba un poco de conversación, pero ninguno habría sido capaz de ocupar en mi corazón el lugar de Allan. Ninguno tenía su mirada, ninguno veía mi alma como lo hacía él. Ninguno me hacía sentir tan a salvo.

Tampoco podrían ocupar el lugar de Agnes. Desde el día en que llegó, me apresuraba a vender los regalos que me hacían para comprarle los libros de la escuela con el dinero obtenido. Y ya no me pasaba el tiempo tratando de encontrar zapatos que hicieran juego con la tela de los vestidos.

11

—Espero que lo entienda usted.

Ella se da la vuelta y se queda mirando las nubes a través de la ventana. El viento juega con ellas y hace que las pequeñas bolas blancas se muevan a diferentes velocidades: la capa superior está quieta, pero las que están por debajo pasan a toda velocidad y desaparecen.

El hombre sentado junto a ella se aclara la garganta. Un poco de saliva sale proyectada de su boca y aterriza sobre su barba. Dice su nombre. Ella se gira y lo mira mientras habla.

—No puede vivir sola si apenas puede usted caminar. ¿Cómo se las arreglaría? Ni siquiera podrá ir al baño sin ayuda. He leído aquí que antes tampoco podía. Doris, confíe en mí, estará mejor en una residencia. No será a largo plazo, e incluso podrá llevarse con usted parte de sus muebles.

Es la tercera vez que el trabajador social del hospital viene a verla con sus papeles. Y ella ha tenido que aguantar tres veces su discurso sobre la importancia de vender su piso y guardar en un almacén todos los muebles y recuerdos que no quepan en la residencia. Ha tenido que aguantar tres veces el impulso de golpearle en la cabeza con algo contundente. Ella nunca abandonaría Bastugatan. Esta será la tercera vez que el hombre tendrá que marcharse sin su firma.

Y aun así sigue allí sentado. El sonido de sus dedos tamborileando sobre el papel le retumba en los oídos. Doris gira la cabeza y desafía al dolor que le produce moverse.

—Por encima de mi cadáver —murmura—. No pienso firmar, ya se lo he dicho, y no he cambiado de opinión.

Él suspira y golpea la hoja de papel contra la mesita de noche. O al menos lo intenta: una simple hoja de papel no genera mucho ruido.

—Pero ¿cómo va a arreglárselas sola, Doris? Explíquemelo.

Ella lo mira fijamente.

—Me las arreglaba perfectamente antes de que ocurriera todo esto. Y volveré a hacerlo. No es más que una cadera rota. ¡No estoy lisiada! Tampoco estoy muerta, al menos de momento. Y, cuando me muera, no será aquí ni en ese lugar llamado Bluebell. Por cierto, debería desearme suerte con la rehabilitación en vez de hacernos perder el tiempo a los dos. Deme unas semanas y ya verá como vuelvo a caminar bien otra vez. O quizá deba intentar romperse la cadera y que le coloquen una prótesis nueva, a ver si se muestra arrogante en las semanas siguientes.

—Hay lugares mucho peores que Bluebell. He tenido que convencer al director de la residencia para que la admitan, porque no suelen aceptar a pacientes en su situación. Aproveche la oportunidad, Doris. La próxima vez puede que no tenga tanta suerte y acabe en una residencia a largo plazo.

—Las amenazas no funcionan con las viejas. Usted mejor que nadie debería saberlo, después de ir y venir tantas veces. De no ser así, entonces ha aprendido hoy algo nuevo. Puede irse a acosar a otro, yo quiero dormir.

—¿Es así como lo ve usted? —Tiene el ceño fruncido y los labios apretados—. ¿Cree que la acoso? Lo que quiero es ayudarla. Tiene que darse cuenta de ello, por su propio bien. No puede vivir sola, no tiene usted a nadie que la ayude.

Cuando por fin abandona la habitación, las lágrimas resbalan por las mejillas de Doris, se cuelan entre sus arrugas y le llegan hasta la boca. El sabor de la sal se extiende por el interior de sus labios resecos. El corazón aún le late con furia. Levanta la mano, la que tiene magullada por la vía, y se frota la mejilla. Después se queda mirando la pared. Mueve el pie con determinación, hacia delante y hacia atrás, diez veces, como le ha enseñado el fisioterapeuta. Después trata de levantar el pie unos milímetros, se queda mirándose el muslo y visualiza su talón en el aire. Un breve segundo en el aire, después lo deja de nuevo sobre la almohada. Ha empleado toda la fuerza que tenía en ese movimiento. Descansa unos segundos antes de pasar al ejercicio tres. Presiona la rodilla contra la cama para que se tensen los músculos del muslo, después la relaja y lo repite. Por último, tensa las nalgas para que las caderas se eleven unos milímetros. Siente una punzada en la herida de la operación, pero ahora ya puede mover ligeramente la cadera sin que le duela demasiado.

—¿Cómo se encuentra, Doris? ¿Qué tal la pierna? —Una enfermera se sienta al borde de la cama y le estrecha la mano.

—Bien. No me duele —miente—. Mañana quiero levantarme y caminar, o al menos intentarlo. Ya debería poder dar unos pasos.

—Ese es el espíritu —dice la enfermera dándole una palmadita en la mejilla. Doris se aparta—. Lo escribiré en su historial para que los de la mañana sepan lo que quiere.

Y, sin más, Doris se queda sola de nuevo. Esta noche las camas de enfrente están vacías. Se pregunta a quién ingresarán mañana. Será lunes. Lunes, martes, miércoles. Cuenta con los dedos. Solo quedan tres días para volver a hablar con Jenny.

La agenda roja

A. ALM, AGNES

Un apartamento cerca de Les Halles. Una habitación con cocina. Agua y retrete en el patio. No era el mejor vecindario, pero el apartamento era nuestro y podíamos ser nosotras mismas. Agnes y yo. Dormíamos juntas, en la misma cama. El crujido cuando una de las dos se movía acabó convirtiéndose en una especie de melodía. Todavía lo oigo cuando cierro los ojos. Hasta el más leve movimiento hacía que se encogieran los muelles oxidados y la estructura de hierro desvencijada. A veces me preocupaba que pudiera venirse abajo.

Agnes era muy dulce. Esa es la palabra que mejor la describe. Siempre servicial y comprensiva, tranquila y, en ocasiones, algo melancólica. Por las noches se retorcía en sueños, gimoteaba y las lágrimas le caían por las mejillas, sin despertarse. Se pegaba a mí y, si yo me apartaba, ella me seguía hasta que yo quedaba al borde del colchón.

Una mañana, cuando estábamos acurrucadas en la cama con tazas de té, Agnes empezó a hablar. Lo que dijo me hizo entenderla, al menos en parte. Había tenido una vida horrible, una vida que podría haber sido la mía. Eran tan pobres que nunca tenían suficiente para comer. No podía ir a la escuela. Las echaron del apartamento y tuvieron que pasar los últimos meses con Anna Christina.

—Mamá tenía una tos terrible —me dijo con una voz tan débil que apenas podía oírla—. Acababa con sangre en la mano; una

117

sangre oscura y densa como las flemas. Dormíamos juntas en la cama de la cocina, y yo sentía cómo su cuerpo temblaba de dolor con la tos.

—¿Tú estabas allí cuando murió? —le pregunté, y ella asintió—. ¿Qué dijo? ¿Dijo algo?

—Te deseo lo suficiente... —Agnes se quedó callada. Yo le estreché las manos y entrelacé mis dedos con los suyos.

—De eso ya hemos tenido. Suficiente mierda. ¿No te parece?

Nos reímos de aquello, íntimamente, como solo pueden hacer las hermanas, pese al hecho de que en realidad no nos conocíamos muy bien todavía.

Nunca olvidaré aquel primer verano con Agnes. Si alguna vez quieres conocer realmente a una persona, Jenny, comparte cama con ella. No hay nada más eficaz que acurrucarse juntas por la noche. En ese momento eres tú misma, sin evasiones, sin excusas. Yo doy las gracias a esa cama oxidada por hacer que volviéramos a ser hermanas. Hermanas que lo compartían todo.

Cuando yo no estaba trabajando, deambulábamos por las calles de París, ambas ataviadas con sombrero y guantes para protegernos del sol. Hablábamos francés entre nosotras. Todas las palabras que aprendió las descubrimos en la calle. *Coche, bicicleta, vestido, sombrero, adoquín, libro, cafetería.* Se convirtió en un juego. Yo señalaba algo y decía la palabra en francés, luego ella la repetía. Buscábamos palabras en todas partes. Agnes aprendía deprisa y estaba deseando empezar las clases. Yo conseguí vivir en parte una infancia que había perdido demasiado temprano.

Entonces surgieron las preocupaciones. Los rumores de una guerra inminente que circulaban por todas las cafeterías resultaron ser ciertos y, en septiembre de 1939, se convirtieron en un hecho. La terrible Segunda Guerra Mundial. El calor sofocaba las calles de París junto con el miedo ante lo que se avecinaba. Hasta entonces Francia se había librado y la vida en París proseguía con normalidad, pero era como si alguien le hubiera robado la sonrisa a la gente. «Soldado» y «rifle» fueron las nuevas palabras que Agnes y yo descubrimos en la calle.

De pronto empecé a tener menos trabajo. Las firmas de alta costura querían ahorrar dinero, lo que supuso una catástrofe económica para nosotras. Hasta los grandes almacenes dejaron de contratar a modelos. Agnes seguía yendo a clase todos los días mientras yo esperaba a que empezara a sonar el teléfono de nuevo y me ofrecieran los trabajos a los que estaba acostumbrada. Al final empecé a preguntar por otros empleos, pero nadie se atrevía a contratar: ni el carnicero, ni el panadero, ni las familias aristocráticas. Yo todavía tenía algo de dinero ahorrado, pero el saldo iba bajando cada día.

Teníamos una vieja radio en el apartamento; de madera oscura, tela amarillenta y diales dorados. La escuchábamos todas las noches, no podíamos evitarlo. Los partes eran cada vez más brutales y los muertos se contaban por docenas, después por cientos. La guerra estaba muy cerca y, al mismo tiempo, parecía muy lejana, muy incomprensible.

Agnes solía taparse los oídos, pero yo siempre la obligaba a escuchar, para que tuviera cultura general.

—Déjalo, por favor, déjalo, Doris. Me imagino cosas terribles —me decía.

En una ocasión incluso salió corriendo de la habitación y del apartamento. Fue cuando en las noticias anunciaron que los alemanes habían ocupado Varsovia y habían acabado con la resistencia polaca.

La encontré en el patio trasero, acurrucada encima de la leñera. Tenía los brazos alrededor de las piernas y miraba al frente. El suave arrullo de las palomas llegaba desde los tejados. Estaban por todas partes y sus excrementos salpicaban los adoquines.

—Puede que para ti solo sean números —me dijo Agnes—, pero son personas. Personas que estaban vivas y que ahora están muertas. ¿Te das cuenta?

Las últimas palabras las gritó con tono de reprobación, como si yo no entendiera lo que significaba la palabra «muerto». Me acurruqué junto a ella.

—Yo no quiero morir —me dijo entre sollozos, con la cabeza apoyada en mi hombro—. No quiero morir. No quiero que los alemanes vengan aquí.

La agenda roja

S. SMITH, ALLAN

Un día Agnes llegó a casa con un sobre. Estoy segura de que en algún momento debió de ser blanco, pero estaba amarillento, sucio y lleno de sellos, restos de pegamento y direcciones garabateadas. Dentro había una carta procedente de Estados Unidos.

Había pasado más de un año desde su súbita desaparición, y ahora, en medio de la ansiedad provocada por la guerra, por fin me había escrito una carta, como si hubiera percibido la pena infinita que me produjo su pérdida. Dentro del sobre había un folleto sobre viajes a Nueva York y un fajo de billetes de dólar. Y las pocas frases escritas que han quedado para siempre grabadas en mi memoria:

Querida Doris, mi hermosa rosa. Me vi obligado a abandonar París precipitadamente y no pude hacer frente a una despedida. Perdóname. Mi padre vino a buscarme, mi madre me necesita aquí. No tenía elección.

Ven a verme, te necesito. Cruza el Atlántico para que pueda estrecharte de nuevo entre mis brazos. Te amaré siempre. Ven lo antes que puedas. Aquí está todo lo que necesitas para viajar. Yo cuidaré de ti cuando llegues.

Pronto volveremos a vernos. Te echo mucho de menos.

El remitente era Allan Smith. Mi Allan.

Leí la carta una y otra vez. Al principio estaba enfadada por todo el tiempo que había tardado en ponerse en contacto y porque su misiva era tan breve, pero después me invadió la alegría. Fue como si empezara a vivir de nuevo, como si la parálisis de la pena me dejara libre al fin. Él seguía allí, yo no tenía nada de malo, me amaba.

Le leí la carta a Agnes.

—¡Nos vamos! —exclamó ella, con los ojos muy serios y el ceño fruncido—. ¿Por qué quedarnos aquí cuando solo podemos esperar la guerra?

Corría el rumor de que los alemanes estaban tomando a civiles como prisioneros. Los sacaban de sus casas y robaban cualquier cosa de valor. No sabíamos qué les ocurría después, pero Agnes tenía miedo. Le daban miedo las horribles historias que había oído en clase, donde todo se contaba de manera distorsionada.

Las noches siguientes nos sentábamos en la cocina y hablábamos del viaje. Agnes estaba convencida, quería marcharse, no podía soportar el miedo por más tiempo. No tardamos en tomar la decisión. Ambas deseábamos marcharnos, pero a mí me impulsaba más el deseo que el miedo. Vendí casi toda mi ropa, sombreros y zapatos, así como nuestros cuadros y muebles. Lo poco que nos quedamos lo metí en dos enormes maletas, junto con cartas, fotografías y joyas. Vacié mi cuenta corriente y metí los billetes de más valor en una vieja caja metálica de bombones que Allan me había regalado en una ocasión. La llevaba bien guardada en el bolso.

De nuevo, tenía mi vida metida en maletas, pero era la primera vez que me sucedía siendo adulta. Me sentía a salvo y llena de esperanza. Mi familia estaba a mi lado y Allen y yo volveríamos a encontrarnos.

La agenda roja

J. JENNING, ELAINE

Era un día lluvioso y gris de noviembre de 1939. Yo llevaba mi abrigo rojo, el de cachemira. Resaltaba entre los demás abrigos, negros, grises y marrones. Me había atado un pañuelo gris alrededor de la cabeza y, al recorrer la pasarela del barco, dejé atrás Europa y mi carrera con elegancia. Seguía siendo Doris, la modelo. El muelle estaba lleno de gente con y sin billete. Algunas personas me reconocían de las portadas de las revistas, susurraban y me señalaban. Otras estaban absortas en sus tristes despedidas con sus seres queridos. Mientras recorría la pasarela, me di la vuelta y saludé al mundo, como si fuera una estrella de cine. Nadie me devolvió el saludo. Agnes no se dio la vuelta. Para ella, París no era más que un paréntesis que pronto pasaría a ser un recuerdo borroso, pero para mí París representaba una época que siempre valoraría. Cuando el barco, uno de los últimos a los que se permitió zarpar, salió del puerto de Génova, yo contemplé la costa alejarse a través del ojo de buey de mi camarote con cierta tristeza.

El SS Washington era un barco enorme y precioso. Nos dieron un camarote grande con salón y una cama doble. La cama no crujía y el colchón no se hundía en el centro, lo que significaba que podríamos dormir separadas. Aquella primera noche nos quedamos las dos despiertas.

—Dime que es guapo. Y rico. ¡Cuéntamelo todo! Dios, qué romántico... —susurró Agnes.

Yo no sabía qué decir. Veía su cara cuando cerraba los ojos, recordaba el aroma que había aspirado tantas veces durante nuestros abrazos, pero, a decir verdad, no sabía casi nada de él. Había pasado demasiado tiempo.

—Es arquitecto y visionario. Tiene muchas ideas extrañas, pero te gustará, porque se ríe mucho.

—Pero ¿es guapo? —Agnes se rio nerviosa cuando le tiré un cojín a la cara. No paraba de hacer preguntas. Le conté todo lo que recordaba. Cómo nos habíamos conocido, su impulsividad, su alegría, su pasión. Sus ojos verdes. Su sonrisa.

Me preguntaba por qué me habría escrito después de tanto tiempo. ¿Por qué no antes? ¿Sería porque por fin le habrían llegado los rumores sobre la guerra? Aunque su desaparición me había causado muchas lágrimas, ahora me sentía de nuevo enamorada sabiendo que todavía pensaba en mí. Estaba consumida por el deseo.

Antes de embarcar había enviado dos cartas. Una era de despedida para Gösta. Nuestra correspondencia se había vuelto mucho más esporádica con el paso de los años, pero quería decirle dónde estaría. Le proporcioné una última instantánea de París. La segunda carta era para Allan. Contenía los detalles de nuestra llegada y un breve mensaje, tan corto como el que él me había enviado a mí. Pronto volveríamos a vernos. Me imaginaba la escena como sacada de una grandiosa película. Él estaría en el muelle, esperándonos a nuestra llegada, con su traje demasiado grande y el pelo revuelto por el viento. Yo con mi elegante abrigo rojo. Cuando me viera, sonreiría y saludaría con la mano. Yo correría hacia él, me lanzaría a sus brazos y lo besaría. Di rienda suelta a mi fantasía durante aquellas noches de mar picado. También se desbocaron mis nervios.

Nuestros días en el mar estuvieron llenos de actividades, planificados hasta el último detalle por la entusiasta tripulación: tiro al plato, bolos, bailes, concursos. Hicimos muchos amigos. Antes de marcharnos, apenas me había parado a pensar en el idioma inglés; había tomado una decisión impulsiva basada en el amor, no en la lengua. Conocía solo unas pocas palabras en inglés, y Agnes ninguna.

Pero, por pura suerte, conocimos a Elaine Jenning, una anciana dama estadounidense que hablaba francés y se convirtió en nuestro ángel de la guarda. Nos daba clases de idiomas en el comedor todos los días. Jugábamos con ella al mismo juego al que habíamos jugado mi hermana y yo por las calles de París. Señalábamos, ella decía la palabra en inglés y nosotras la repetíamos. Pronto aprendimos todas las palabras de los objetos que había a bordo del barco. A Elaine le gustaba poder enseñarnos su lengua materna y pronunciaba cada palabra con cuidado, para que nos resultara fácil de seguir.

Elaine había enviudado hacía poco. Su marido había sido comerciante y habían vivido por todo el mundo; los últimos diez años los habían pasado en Francia. Al igual que yo, conocía bien la buena vida de París. Sus vestidos estaban confeccionados a medida y llevaba varios collares de perlas. A veces me imaginaba que la había visto en los grandes almacenes, que ella era una de las señoras que me tiraban de la ropa en busca de algo que les hiciera parecer elegantes. El polvo blanco de la cara se le apelmazaba en las arrugas cuando sudaba, y utilizaba un pañuelo bordado para limpiárselo, lo que significaba que tenía la piel siempre manchada. Llevaba el pelo cuidadosamente recogido en un moño gris a la altura de la nuca. De vez en cuando levantaba la mano para recolocar una horquilla que estaba a punto de sucumbir al peso de su melena. Disfrutábamos pasando el tiempo con ella. Era nuestro gran consuelo en el mar, de camino a lo desconocido.

La mayoría de las personas a bordo de aquel barco viajaban huyendo de algo, pero Elaine volvía a casa. A una vida que había dejado atrás hacía más de treinta años.

La agenda roja

S. SMITH, ALLAN

Agnes y yo estábamos en la cubierta del barco bajo un paraguas negro, sorprendidas por los rascacielos que se elevaban hacia el cielo gris. Había niebla y las gotas de lluvia, pequeñas y densas, se abrían paso bajo nuestro paraguas con la ayuda del viento. Yo me abroché mi abrigo rojo hasta el cuello y escondí la barbilla bajo el pañuelo. Incliné ligeramente el paraguas para protegernos, pero Agnes volvió a ponerlo recto. No podíamos perdernos un solo detalle de camino a los muelles. Gritó al ver la Estatua de la Libertad, aquel inmenso regalo de Francia. La estatua nos miraba con la antorcha levantada, y justo en ese instante supe con certeza que tendríamos una buena vida en Estados Unidos. Pese a eso, tuve que ir al baño varias veces. Agnes se rio al verme regresar la cuarta vez.

—Estás nerviosa, ¿verdad? —preguntó con una sonrisa y sin dejar de mirar hacia tierra firme.

Sus palabras no me tranquilizaban, así que resoplé.

—Claro que estoy nerviosa. Hace mucho que no lo veo. ¿Y si no lo reconozco?

—Camina despacio y sonríe, aparenta saber hacia dónde vas. Todo saldrá bien.

—¿Qué quieres decir con caminar despacio y sonreír? Eso es algo que diría mamá. Ella tenía muchas ideas extrañas.

Agnes se rio.

—Sí, así es. ¿A ti te decía eso de «sé fuerte»? Era su frase favorita.

126

Asentí y me reí, porque aquellas palabras me resultaban muy familiares. Y, cuando por fin bajamos del barco, hice justo eso. Nos despedimos de Elaine con un fuerte abrazo y ella me puso un trozo de papel en la mano. En él aparecía escrita una dirección.

—Si necesitáis ayuda, ya sabéis dónde estoy —susurró.

Tras besar en las mejillas al resto de pasajeros que habíamos conocido, bajé lentamente la estrecha pasarela con mi abrigo rojo. Así vestida, él podría verme de inmediato. Sonreí, consciente de que me estaría observando.

Nos detuvimos después de pasar por inmigración. La sala estaba llena de gente que esperaba a alguien. Los minutos posteriores me parecieron horas. Nos envolvían palabras y frases en idiomas que apenas entendíamos. Nos sentamos sobre nuestras maletas, que un botones había bajado del barco. El viento frío se me metía por debajo de la falda y me estremecí. Agnes se quedaba mirando a todo aquel que pasaba. Veía la esperanza en esos ojos azules, pero en los míos solo había lágrimas. Ninguna de esas personas era Allan.

Había pasado casi una hora cuando un hombre de traje oscuro se nos acercó. Llevaba una gorra con visera, que se quitó al dirigirse a nosotras.

—¿Señorita Alm? ¿Señorita Doris Alm? —preguntó, y yo me puse en pie de un salto.

—Sí, sí —respondí en inglés. Le mostré la única foto que tenía de Allan, la que había metido en un antiguo relicario. A veces lo llevaba colgado al cuello, pero nunca antes se lo había mostrado a nadie. Agnes se inclinó hacia mí con curiosidad.

—¿Por qué no me habías dicho que tenías una foto? Pero ese no es Allan —dijo señalando al hombre—. ¿Quién es?

Él murmuró algo en inglés. Del bolsillo interior de su chaqueta sacó un sobre que me entregó. Yo leí las pocas líneas escritas en francés.

Querida Doris:

Recibí tu carta con gran consternación. No sé qué te ha traído aquí, ha pasado más de un año. Doris, mi amor, ¿por qué has venido ahora? Te esperé durante meses. En vano. Tenía que quedarme aquí, mi madre estaba muy enferma y no podía abandonarla.

Al final ya no pude esperar más. Pensé que te habías olvidado de mí. Seguí con mi vida. Ahora estoy casado y, por desgracia, no podré verte. El chófer te llevará a un hotel donde encontrarás una habitación a tu nombre. Podrás quedarte ahí dos semanas con los gastos pagados. No podemos vernos. Lo siento terriblemente. A.

Y allí me desmayé.

Agnes me abofeteó las mejillas.

—¡Doris, tienes que sobreponerte! No lo necesitamos. Ya nos las apañábamos antes, y tú te has arreglado sola todos estos años. Déjate de sueños y levanta.

Yo no podía respirar, sentía un peso enorme en el pecho. ¿Eso era Allan para mí ahora? ¿Un sueño? Agnes me ayudó a levantarme y tuvo que guiarme hasta el coche del hombre. No recuerdo nada del trayecto. Ni las calles, ni a la gente, ni los olores, ni las palabras. Había pasado un año desde que me envió su carta. Debería haberme dado cuenta al ver el sobre amarillento, al ver todas las direcciones tachadas. Pensaba que, si hubiera llegado a tiempo, sería yo la que se habría casado con él, pero ahora había otra mujer a su lado. Sentí un nudo en el estómago al pensarlo. Quería vomitar.

Agnes y yo nos acurrucamos en la enorme cama del hotel, escondidas del inhóspito mundo exterior. Por segunda vez en nuestra vida, nos encontrábamos en un país desconocido cuyo idioma no hablábamos. No teníamos planes y tampoco mucho dinero, pero no podíamos regresar. Habíamos dejado atrás una Europa en guerra.

Por la ventana, a tan solo treinta centímetros de distancia, estaba el muro de ladrillo del edificio de al lado. Me quedé mirándolo hasta que las filas de ladrillos comenzaron a difuminarse. Al cuarto día, me levanté, me lavé, me empolvé la cara, me pinté los labios de rojo y me puse mi vestido más bonito. Después salí a las calles de la ciudad, que vibraban con voces y vida. Con un inglés torpe logré averiguar dónde se encontraban los grandes almacenes de los vecindarios más cercanos. Fui a visitarlos todos, pero resultó que las modelos en Estados Unidos eran diferentes. Se comportaban más como anfitrionas, hablaban con las clientas, les mostraban el lugar. En París, no hacía falta que dijéramos nada, de hecho, no se nos permitía hablar, pero en Nueva York se esperaba que vendieran mientras lucían la ropa.

Tras deambular por las calles, conseguí un trabajo de prueba, al menos durante un día, en Bloomingdale's. Estaría en el almacén. La famosa modelo de París pasaría el tiempo desempaquetando mercancía y planchando vestidos con sus delicadas manos y sus uñas pintadas de rojo. Pero estaba decidida a hacerlo bien y conservar el trabajo. Entonces solo necesitaríamos un lugar donde vivir.

12

El hombre está de nuevo a su lado y ella mira hacia la pared, igual que antes.

—No puede quedarse usted aquí y no puede irse a casa, por eso hemos de trasladarla a una residencia. Algo temporal, si quiere llamarlo así, pero, tal como están las cosas, no puede desenvolverse sola. La enfermera me ha dicho que no ha podido caminar cuando lo ha intentado hoy. ¿Cómo iba usted a poder vivir en su piso si ese fuera el caso? Usted sola.

Ella sigue mirando a la pared sin decir nada. Los únicos sonidos son los del pitido de una alarma que suena a lo lejos en el pasillo y los pasos amortiguados de las enfermeras.

—Sería mucho mejor si pudiéramos hablar de ello, Doris, si intentara entenderlo. Sé que está acostumbrada a apañarse sola, pero su cuerpo se ha rendido. Es difícil, lo entiendo.

Ella gira lentamente la cabeza y lo mira con rabia.

—¿Lo entiende? ¿Qué es lo que entiende exactamente? ¿Lo triste que es estar aquí tumbada? ¿Lo que es tener ganas de irse a casa? ¿Lo mucho que me duele la cadera? ¿O quizá entiende lo que deseo y lo que no deseo? Creo que sería mucho mejor si se largara. Fuera. Pfff —resopla furiosa. Aprieta los labios y siente que le tira la piel de la barbilla. La manta del hospital solo la tapa a medias, así que intenta echársela por encima de las piernas, pero el dolor se lo impide. El hombre se levanta y se queda allí parado unos instantes, observándola en silencio. Ella siente su mirada y sabe lo que está pensando: que es una vieja cabezona que jamás podrá volver a valerse por sí sola. Bueno, que piense lo que quiera, pero no puede obligarla a hacer nada, y ambos lo saben. Desea que se marche y, como si le hubiera leído el pensamiento, el hombre da dos pasos hacia atrás, se da la vuelta y se marcha sin decir palabra. Doris oye el sonido de un papel al rasgarse por la mitad. Una vez más, por puro fastidio, el formulario acaba en la papelera. Ella sonríe. Al menos es una cuarta victoria, aunque pequeña.

La agenda roja

S. SMITH, ALLAN

Era nuestro quinto día en Nueva York. Teníamos que empezar a pensar en el futuro, pero no sabíamos cómo íbamos a sobrevivir en nuestro nuevo país. Además, ambas sentíamos una terrible nostalgia de nuestro hogar. Yo añoraba las calles de París y Agnes las de Estocolmo. Anhelábamos todo aquello que habíamos dejado atrás. Escribí a Gösta. Me quejé como solo podía hacer con él y le pedí ayuda, aunque sabía que jamás podría prestárnosla.

Me fui a Bloomingdale's en mi primer día de trabajo en el almacén. Estaba preparada para el fuerte contraste con la vida laboral que llevaba en París, sabía que sería algo que no disfrutaría haciendo. Dejé a Agnes en nuestra pequeña habitación con unas pocas órdenes: no salir del cuarto, no abrir la puerta, no hablar con nadie.

Había ruido por todas partes y palabras desconocidas. La gente gritaba, los coches tocaban el claxon. Muchos más coches que en París. Salía vapor de las rejillas de la calle mientras recorría las pocas manzanas hasta el almacén. Las bordeaba, porque no me atrevía a pasar por encima.

El encargado que me recibió hablaba deprisa. Señaló, hizo gestos, asintió, sonrió y volvió a hablar. Frunció el ceño al darse cuenta de que yo no lo había entendido. Su pronunciación distaba mucho de la articulación clara de Elaine. Carecer de la capacidad de hablar significa que te colocan en lo más bajo del escalafón, y allí fue donde acabé ese primer día. Me disculpé por mi ignorancia agachando la cabeza.

Me mostré fuerte y esperanzada en mi primer turno, pero, según pasaron los días, empezaron a pesarme los pies y empeoró el dolor de hombros de tanto levantar cosas. Me permitieron continuar unos pocos días más, pero entonces el encargado negó con la cabeza y me entregó mi salario en efectivo. Había demasiados problemas con el idioma, yo no desempeñaba correctamente mis tareas. Traté de razonar, pero él se limitó a negar con la cabeza y señaló la puerta. ¿Qué íbamos a hacer? Solo nos quedaban dos noches en el hotel. Durante el camino de vuelta a casa mi preocupación fue en aumento. ¿Dónde viviríamos? ¿Cómo conseguiríamos encontrar una rutina y una vida en ese nuevo país?

Reconocí ese pelo castaño revuelto desde la distancia. Me detuve y me quedé mirando, dejando pasar a la gente. Él también se había quedado completamente quieto, pese al hecho de que también me había visto. El vínculo entre ambos era muy fuerte, como un imán que nos atraía. Cuando se levantó de los escalones de la entrada del hotel, empecé a correr, me lancé a sus brazos y lloré como una niña abandonada. Él correspondió a mi abrazo y me secó las lágrimas con sus besos, pero aquel intenso sentimiento de alegría pronto se convirtió en rabia y empecé a golpearle el pecho con los puños.

—¿Dónde has estado? ¿Por qué me abandonaste? ¿Por qué te marchaste?

Él me detuvo agarrándome con fuerza por las muñecas.

—Cálmate. —Su francés era música para mis oídos—. Cálmate, *ma chérie*. Mi madre estaba enferma, como te escribí —me susurró—. Tenía que estar junto a ella. Te escribí aquella carta nada más regresar. ¿Por qué tardaste tanto?

Me rodeaba fuertemente con los brazos.

—Lo siento. Lo siento mucho, Allan... Cariño..., recibí tu carta hace poco. Vine de inmediato.

Me acarició la cabeza para calmarme. Yo hundí la cara en su chaqueta y respiré su aroma. Era justo como recordaba. Tantos recuerdos. Tanto consuelo.

No iba vestido como yo estaba acostumbrada a verlo. Llevaba un traje cruzado de raya diplomática, y le quedaba de maravilla, no como en París. Deslicé la mano por su chaqueta.

—Llévame a tu habitación —me susurró.

—No puedo, mi hermana está en ella. Vino a vivir conmigo a París después de que te marcharas y ahora está ahí arriba.

—Conseguiremos otra habitación. ¡Vamos!

Me agarró de la mano y tiró de mí hacia el interior del hotel. El recepcionista nos reconoció, asintió y escuchó con atención mientras Allan hablaba. Le entregó una llave y nos metimos en el ascensor. Cuando se cerraron las puertas, agarró mi cabeza entre sus manos y nuestros labios se fusionaron. Fue uno de esos besos que hace que el tiempo se detenga. No he experimentado muchos así a lo largo de mi vida. Cuando llegamos a la habitación, me llevó a la cama, se tumbó encima de mí y presionó su cuerpo contra el mío. Me desabrochó la blusa y me acarició la piel desnuda mientras me besaba. Hicimos el amor y fue como si nos convirtiéramos en un solo ser.

Después nos quedamos tumbados en silencio, respirando al unísono. Estábamos muy cerca. Incluso ahora se me acelera el corazón cuando pienso en aquel momento, en lo que sentí, en lo feliz que fui al quedarme dormida entre sus brazos.

Cuando al fin me desperté, era de noche. Él estaba despierto a mi lado, con las manos detrás de la cabeza. Me acurruqué junto a él y apoyé la cabeza en su pecho.

—Mañana por la mañana me marcho a Europa —me susurró mientras me acariciaba la espalda y me besaba la frente.

Yo encendí la lámpara de la mesilla de noche y lo miré a los ojos.

—Perdona, ¿qué has dicho? ¿A Europa? Pero no puedes, el continente está en guerra. ¿No lo sabías?

—Es precisamente por la guerra por lo que me voy. Soy ciudadano francés, es mi deber estar allí. Mi madre era francesa y yo nací allí, es donde están mis raíces. No puedo traicionar a mi familia, a mi sangre. Cuentan conmigo.

Se quedó mirando a la pared con cara de pena. La mirada intensa a la que yo estaba acostumbrada se había apagado y ahora solo veía tristeza.

—Pero yo te quiero —le susurré.

Él suspiró, se sentó al borde de la cama con los codos apoyados en las rodillas y la frente en las manos. Yo me coloqué detrás de él y le besé en el cuello, después le rodeé las caderas con las piernas.

—Tendrás que arreglártelas sin mí, Doris. Cuando regrese, seguiré estando casado.

Apoyé la cara en su espalda y besé su piel caliente.

—Pero yo te quiero, ¿no me has oído? He venido aquí por ti. Habría venido antes, pero tu carta me llegó muy tarde. Pensaba que había sido la guerra lo que te hizo escribirme. Agnes y yo hemos venido lo antes posible.

Él se apartó de mis brazos, se levantó y comenzó a abrocharse la camisa. Traté de alcanzarlo y le pedí que regresara. Él se agachó, me dio un beso y vi el brillo de las lágrimas en sus ojos. Después me soltó y terminó de vestirse.

—Siempre estarás en mi corazón, mi querida Doris. Ojalá hubiera vuelto a escribirte al no saber nada de ti, pero pensé que no me querrías.

Me levanté de la cama e intenté retenerle. Estaba completamente desnuda y recuerdo que primero me besó un pecho y después el otro, antes de darse la vuelta. De la cartera sacó un fajo de billetes. Yo negué con la cabeza, horrorizada.

—¿Estás loco? No quiero tu dinero. ¡Te quiero a ti!

—Toma el dinero, lo necesitarás. —Su voz sonaba firme, pero noté que estaba luchando por contener las lágrimas.

—¿Cuándo tienes que irte?

—Ahora. Tengo que marcharme. Cuídate, cariño, mi rosa preciosa. Nunca dejes que la vida o las circunstancias te derroten. Eres fuerte. Mantente firme, hazte respetar.

—Volveremos a vernos, ¿verdad? Por favor, dime que te veré pronto.

No respondió a mi pregunta y, durante todos estos años, siempre me he preguntado qué estaría pensando, cómo lograría ser tan frío, cómo pudo marcharse, cómo logró cerrar esa puerta.

Yo me quedé allí, sentada en una cama deshecha que olía a sudor y a amor.

La agenda roja

J. JENNING, ELAINE

Todo el mundo experimenta reveses en su vida. Eso nos cambia. A veces nos damos cuenta, otras veces suceden sin que nos enteremos, pero el dolor está siempre presente, alojado en nuestro corazón, como puños apretados a punto de lanzar un derechazo. En nuestras lágrimas y en nuestra rabia. O, en el peor de los casos, en nuestra frialdad e introversión.

Incluso ahora, cada vez que veo un programa en la televisión y escucho a alguien hablar de la Segunda Guerra Mundial, me imagino cómo murió. Lo he visto acribillado por las balas, he visto su sangre salir volando en todas direcciones y su rostro descompuesto por la desesperación y el terror. Lo he visto corriendo por los campos, huyendo de un tanque que al final lo aplastará y mutilará, con la cara contra el barro. He visto cómo lo empujaban por la borda y moría ahogado. Lo he visto aterido hasta morir, solo y asustado, en el fondo de una trinchera. Lo he visto apuñalado en un callejón oscuro, descubierto por los soldados de las SS. Sé que es raro, pero sigo teniendo esas visiones, no puedo evitarlo. Su presencia me ha acompañado a lo largo de mi vida.

Aquella noche ha quedado para siempre grabada en mi memoria.

Mi amor..., estábamos hechos el uno para el otro, y al mismo tiempo no lo estábamos. Esa idea aún me confunde.

* * *

Después de que Allan se marchara, pasé mucho tiempo sentada en el suelo, con la espalda apoyada en el borde de la cama y sus billetes doblados esparcidos a mi alrededor. No podía levantarme. No podía llorar. Y no podía creer que aquella fuese la última vez que me abrazaría. Al final la luz del sol se abrió paso entre las cortinas y me sacó de mi ensimismamiento. Dejé el olor de Allan, de nosotros, tras una puerta marcada con el número 25. Mientras él iba en barco de camino a Europa, hacia la guerra, yo intenté enterrar su recuerdo en aquella habitación de hotel.

Agnes me gritó cuando aparecí. Estaba pálida y cansada, agotada por haber pasado la noche sin dormir en un país desconocido.

—¿Dónde has estado? ¡Respóndeme! ¿Qué ha ocurrido?

Yo no encontraba palabras para responder, así que continuó gritando. No podía explicar aquello, que hasta a mí me costaba entender. En su lugar, rebusqué en nuestro equipaje para dar con el pequeño pedazo de papel donde sabía que había escrito el apellido de la mujer del barco, Elaine. Lo lancé todo por los aires, sobre la cama y por el suelo, pero, aunque vacié todos los bolsillos y sacudí todas las prendas que tenía, no lo encontré.

—¿Qué estás buscando? ¡Respóndeme! —La voz de Agnes sonaba ahora más fuerte, como si el pánico que yo sentía se hubiera apoderado también de ella. Al fin me agarró del brazo y me obligó a sentarme sobre la cama—. ¿Qué ha ocurrido? ¿Dónde has estado? —me preguntó con más calma.

Yo negué con la cabeza y los ojos se me llenaron de lágrimas. Ella se sentó y me rodeó con un brazo.

—Cuéntamelo, por favor, dime qué ha ocurrido. Me estás preocupando.

Me volví hacia ella, pero lo único que logré decir fue una palabra. Su nombre.

—A... Allan... Allan.

—Doris, tienes que olvidarte de él...

—He estado con él. Toda la noche, aquí en el hotel. Perdóname, no pensé que... Lo olvidé... Pero vino a buscarme.

Agnes me apretó con más fuerza y yo dejé caer la cabeza sobre su hombro.

—¿Dónde está ahora?

Sentí su jersey mojado por mis lágrimas.

—Se ha ido... Ha vuelto a abandonarme. Se va a Europa, a la guerra.

Sollocé incontrolablemente. Agnes me mantuvo abrazada y ambas permanecimos calladas algún tiempo. Al fin levanté la cabeza y la miré a los ojos. Aquello me tranquilizó y logré recuperar el habla.

—Esta es nuestra última noche en el hotel —le dije sin apenas voz—. Tenemos dinero para unas pocas noches más, pero eso es todo. Tenemos que encontrar un lugar donde vivir. Tenía un trozo de papel con el apellido y la dirección de Elaine, pero no lo encuentro.

—Yo me acuerdo. Se apellida Jenning.

Me quedé callada unos segundos, intentando ordenar en la medida de lo posible mis pensamientos.

—¿Dijo dónde vivía?

—No, pero su hijo era pescador y vivía en la costa. En una península, creo. Dijo que vivía en la punta, mirando al mar.

—Dios mío, eso podría ser cualquier parte. Estados Unidos es un país grande, debe de haber cientos de penínsulas. ¡Dónde estará ese trozo de papel!

Agnes se quedó mirándome con los ojos muy abiertos. Ninguna de las dos dijo anda. Revolvimos las maletas y los bolsillos. De pronto mi hermana exclamó:

—¡Un momento! Cuando nos despedimos de ella, dijo que estaba deseando llegar a casa, que solo le quedaban unas pocas horas de camino... Eso debe de significar que vive cerca de Nueva York.

Yo no dije nada, estaba demasiado preocupada, pero Agnes no se rindió.

Me preguntó cómo se decía «pescado» en inglés.

Recordé a Elaine señalando todos los tipos de comida del barco y se lo dije.

Agnes salió corriendo de la habitación y regresó pocos minutos después con un mapa. Me lo mostró y vi que había tres localidades junto al mar rodeadas con un lápiz.

—¡Mira, podría ser aquí! El recepcionista ha rodeado algunos lugares, pero este es el único que está en una península. Justo en la punta, como dijo ella. Lo que significa que es aquí, en Montauk.

En aquel momento no tenía otra opción que escuchar a mi hermana pequeña y permitir que su entusiasmo ahogara mis preocupaciones. Recogimos nuestras cosas, dejamos las maletas junto a la puerta y pasamos la última noche en el hotel. Todavía recuerdo las grietas del techo, que yo recorría con la mirada, buscando nuevas rutas en aquel cielo gris bajo el que me encontraba. Más tarde Agnes me dijo que ella también había pasado la noche en vela. Nos reímos de que ninguna de las dos hubiera dicho nada, de que ambas nos hubiéramos quedado muy quietas para no despertar a la otra. Quizá, de haber hablado, nuestras preocupaciones habrían parecido menos tangibles.

La falda que me puse a la mañana siguiente me quedaba holgada. Recuerdo que me enrollé el dobladillo de la blusa dos veces para intentar llenarla, pero no sirvió de nada. Se me seguía cayendo. La vida en Estados Unidos me estaba pasando factura.

Llevamos el equipaje entre las dos. Cada una agarraba un asa de la maleta más pesada. Nos turnábamos para llevar la otra durante distancias breves: primero yo, después ella. Nos dolían las manos, los brazos y los hombros, pero ¿qué alternativa teníamos? Logramos llegar a la estación. Utilizando el mapa y el lenguaje de signos de Agnes, conseguimos comprar billetes para Montauk. No teníamos ni idea de lo que haríamos si Elaine resultaba no estar allí; ni siquiera nos atrevíamos a contemplar esa opción. Cuando el autobús salió de la estación, ocupamos asientos separados, junto a las ventanillas, para poder mirar el paisaje. Estábamos fascinadas por los altísimos edificios, cuyas azoteas apenas podíamos ver, por los semáforos y los cables de la luz que colgaban sobre la carretera, por el ajetreo de la gente y de los coches.

13

Tiene el ordenador sobre el regazo y se mueve cada vez que respira. Lleva haciendo equilibrios ahí toda la mañana, que ella ha pasado medio dormida. Los analgésicos que está tomando hacen que le entre sueño, pero lucha por mantener los ojos abiertos. Si se queda dormida, la noche será movidita. La mayor parte de la pantalla está cubierta por un documento de Word, aunque ha dejado un pequeño espacio para la ventana de Skype, en la esquina superior derecha. Está esperando a Jenny, contando las horas que quedan para que termine la noche en San Francisco.

Escribe algunas palabras, ordena nuevos recuerdos y se pregunta si los ha puesto en el orden correcto o si ya los ha escrito en otro capítulo. Son muchos los acontecimientos, muchas las personas fallecidas que significaron tanto para ella. Vuelve a dar vida a los nombres de su agenda, a todas esas personas que conoció y dejaron una huella en ella. Pocas han logrado permanecer con vida tanto tiempo como ella. Se estremece, y la soledad de esa habitación fría se hace más tangible que nunca.

El desayuno sigue en la mesa plegable junto a la cama. Alcanza el vaso medio lleno de zumo de manzana. Solo ha dado un bocado al sándwich de queso que hay en el plato. El pan sabía a goma. Todavía no ha logrado acostumbrarse al pan sueco: no cruje, no sabe como debería saber el pan. Siente la lengua seca y áspera, y la golpea contra el paladar varias veces antes de llevarse el vaso a los labios y dejar que las gotas de zumo recorran su garganta. Siente el líquido extendiéndose por su pecho, saciando su sed. Da otro trago, después uno más. Mira la hora. Ya casi ha amanecido en California, y Jenny y los niños se levantarán pronto. Se reunirán en la cocina verde, devorarán sus desayunos y se irán a enfrentarse a las aventuras que el día les depare. Doris sabe que Jenny siempre se conecta a Skype cuando se queda sola con la pequeña. Solo faltan unos minutos.

—Hora de descansar un poco, Doris. Puede dejar el ordenador un rato. —La enfermera la mira con severidad y cierra la tapa del portátil. Doris protesta y vuelve a abrirla.

—No, no puedo. Déjelo, estoy esperando a alguien. —Acaricia con los dedos el wifi portátil conectado a uno de los puertos USB—. Es importante.

—No. Tiene usted que descansar, y no lo hará si está siempre con el ordenador. Parece agotada. Su cuerpo necesita descanso si quiere volver a caminar.

Es difícil ser vieja y estar mala, incapaz de decidir por ti misma cuándo estás cansada o descansada, y lo que deberías y no deberías hacer al respecto. Doris se rinde y deja el ordenador, que la enfermera coloca sobre la mesita, pero lo señala con el dedo de todos modos.

—Déjelo encendido, con la tapa levantada, para poder ver si alguien trata de ponerse en contacto conmigo.

—De acuerdo. —La enferma orienta la pantalla hacia Doris y le entrega un vasito con pastillas—. Aquí tiene. Tómese las medicinas antes de quedarse dormida.

Doris se las traga con lo que le queda del zumo de manzana.

—¿Ya está contenta? —le pregunta a la enfermera con una sonrisa.

—¿Le duele mucho? —pregunta ella.

—No mucho —responde Doris agitando una mano. Entorna los ojos y lucha contra el efecto sedante de la medicina.

—Duerma un poco, lo necesita.

Ella asiente y deja caer la cabeza hacia un lado. Tiene la vista fija en la pantalla del ordenador, pero lo ve todo cada vez más borroso. Aspira su propio olor a través de las fosas nasales. Huele a hospital. No es el olor de su detergente en polvo habitual, ni el de su perfume. No es más que un leve olor a sudor y a desinfectante barato. Cierra los ojos. Lo último que ve es una cortina naranja que se agita.

La agenda roja

J. JENNING, ELAINE

La luna redonda de la parte trasera del autobús estaba cubierta casi en su totalidad por una cortina hecha de gruesa tela naranja. Se agitaba de un lado a otro a medida que el autobús avanzaba por la carretera llena de baches. Yo miraba por la ventanilla, seguía mirando todo aquello que habíamos dejado atrás. Los edificios altos de Manhattan, los coches, las afueras y sus preciosas casas. El mar embravecido. Así me quedé dormida durante un rato.

La parada en la que nos bajamos del autobús algunas horas más tarde era un simple cartel a un lado de la carretera, junto a un banco castigado por el clima. El aire olía a sal y a algas. El fuerte viento llevaba consigo pequeños granos de arena que se nos clavaban en las mejillas como alfileres. Nos encogimos y caminamos despacio junto a la carretera desierta, acompañadas por las olas que rompían en la playa. El viento era tan intenso que teníamos que inclinarnos hacia la derecha para no perder el equilibrio.

—¿Estamos en el lugar correcto? —susurró Agnes, como si no se atreviera a pronunciar las palabras en voz alta. Yo negué con la cabeza y me encogí de hombros. Aunque quería culparla, no lo hice. Traté de decirme a mí misma que nuestra situación no había cambiado realmente; no era ni mejor ni peor. Seguíamos en un país desconocido y necesitábamos ayuda. Necesitábamos un techo e ingresos de algún tipo. La lata metálica que llevaba en la maleta estaba vacía, y el poco dinero que teníamos lo guardaba en el sujetador.

Estaba más seguro ahí. A nuestros pocos dólares había sumado el dinero de la cartera de Allan. Eso hacía un buen fajo de billetes, y su peso era una presencia constante contra mi pecho. Si no encontrábamos a Elaine, tendríamos que buscar otro lugar donde vivir, todavía podíamos permitirnos unas noches más.

Dicho esto, estábamos más perdidas que nunca. Nos dimos cuenta de ello cuando empezamos a pasar por delante de ventanas tapiadas junto a la carretera. Las casas de madera se alzaban como sombras vacías, sin veraneantes, sin risas, sin vida.

—Aquí no hay nadie. Esto es un pueblo fantasma —murmuró Agnes al detenerse. Yo también me detuve, y ambas nos quedamos sentadas en la maleta, acurrucadas. Agarré un poco de grava del suelo y la tamicé entre los dedos. De una prometedora carrera como modelo en París, con tacones altos y un armario lleno de vestidos, a tener ampollas y una blusa sudada en una carretera regional de Estados Unidos. Todo en cuestión de pocas semanas. No pude contener las lágrimas que provocaron aquellos pensamientos. Brotaron con libertad, como un río desbordado, y resbalaron por mis mejillas empolvadas.

—Volvamos a Manhattan. Allí puedes seguir buscando trabajo. Yo también puedo trabajar. —Agnes apoyó la cara en mi hombro y suspiró.

—No, avancemos un poco más. —Sentía que recuperaba las fuerzas y me limpié la nariz y las lágrimas con la manga del abrigo—. Aquí hay autobuses, así que debe de haber algo, debe de vivir alguien aquí. Si Elaine está aquí, la encontraremos.

La maleta que llevábamos se balanceaba mientras caminábamos. La esquina inferior se me clavaba en la espinilla cuando perdíamos el equilibrio, pero seguimos andando por la carretera. Sentía la grava a través de las suelas de los zapatos, y en muchos aspectos era tan doloroso como caminar descalza, pero al final, gracias a Dios, el número de casas fue en aumento y la grava se convirtió en asfalto. Vimos a algunas personas caminando por la acera con la cabeza agachada, vestidas con gruesos abrigos de lana y sombreros de punto.

—Quédate aquí y vigila las maletas —le dije a Agnes cuando llegamos a lo que parecía ser el centro. Había un par de hombres sentados en un banco y, al acercarme a ellos con una sonrisa, me encontré con una retahíla de palabras que no entendía. El hombre que las decía tenía una poblada barba blanca y ojos que parecían sonreír, gracias a las pequeñas arrugas que los rodeaban. Respondí en sueco, pero él negó con la cabeza. Razoné y empecé a hablar en inglés, aunque con dificultad.

—¿Conoce Elaine Jenning? —Se quedó mirándome—. Buscar Elaine Jenning —continué.

—Ah, ¿buscas a Elaine Jenning? —preguntó, y dijo algunas cosas más que no entendí. Le sonreí avergonzada. Se detuvo, me dio la mano y señaló—. Ahí. Elaine Jenning vive ahí —dijo lentamente, con mucha claridad, señalando una de las casas al final de la calle. Una edificación de madera blanca con una puerta azul aciano. La casa era estrecha, con una torrecilla circular en un extremo que me recordó más a un barco que a una vivienda. La pintura estaba descascarillada en la fachada. Las contraventanas blancas protegían los cristales del fuerte viento. Asentí e hice una reverencia para dar las gracias, después retrocedí y corrí hacia Agnes.

—¡Ahí! —le grité mientras señalaba la casa—. ¡Vive ahí! ¡Elaine vive ahí!

Las palabras en francés que salieron de la boca de Elaine cuando abrió la puerta y nos vio allí fueron como un cálido abrazo de bienvenida. Nos hizo pasar, nos dio mantas y té y nos permitió contarle todo lo que había ocurrido desde que nos separamos en el muelle. Lo de Allan. Lo de la carta que había llegado demasiado tarde. Lo del hotel de Manhattan. Ella suspiró, pero no dijo nada.

—¿Podríamos quedarnos aquí unas semanas? Para aprender más inglés.

Elaine se puso en pie y comenzó a retirar las tazas de té. Yo esperé a que respondiera.

—Tenemos que ganarnos la vida en Estados Unidos y no sé cómo —continué tras una pausa.

Ella asintió y dobló el mantel de encaje.

—Intentaré ayudaros. Primero el idioma, después un trabajo y luego un lugar para vivir. Podéis quedaros aquí, pero habréis de tener cuidado. Mi hijo puede ser un poco peculiar.

—No queremos causarte ningún problema.

—No le gustan los desconocidos. Tendréis que permanecer escondidas si queréis quedaros aquí. De lo contrario, sería imposible.

Se hizo el silencio en la habitación. Habíamos encontrado ayuda, pero tal vez no como esperábamos. De pronto Elaine se levantó y sacó una caja rectangular que colocó sobre la mesa.

—Vamos a dejar de lado todos esos asuntos serios por ahora. ¿Jugamos al Monopoly? —preguntó—. ¿Habéis jugado alguna vez? No hay nada mejor para la pena y el dolor que una buena partida de Monopoly. Me lo dio uno de mis vecinos como regalo de bienvenida cuando llegué.

Le temblaban las manos al desplegar el tablero, colocar las fichas y agarrar una pequeña botellita de cristal llena de un líquido rojo oscuro. Le entregó a Agnes lo que parecía ser un perro en miniatura.

—¿Te parece bien este, Agnes? En inglés se dice *dog*.

Agnes repitió la palabra y se quedó mirando la figurita que tenía en la mano. Elaine asintió con aprobación.

Pasados unos segundos de incertidumbre, yo agarré una ficha para mí.

—*Boot* —dijo Elaine, pero yo estaba perdida en mis pensamientos—. Repite conmigo. *Boot*.

Di un respingo.

—¡No quiero jugar a nada, Elaine! —Dejé caer mi ficha, que rebotó en el tablero y cayó al suelo—. Quiero asegurarme de que podemos quedarnos. ¿Qué quieres decir con que hemos de permanecer escondidas? ¿Dónde vamos a escondernos? ¿Por qué?

—Bueno, es posible que necesitemos un poquito de jerez. —Nos dirigió una sonrisa forzada y se puso en pie. Nos quedamos sentadas en silencio y la vimos moverse por la cocina—. Hay una habitación en el desván, podéis quedaros allí. No podréis bajar cuando mi hijo esté en casa, solo durante el día. Es un poco tímido, nada más.

Nos llevó a la habitación del desván. Había un estrecho colchón apoyado en una de las paredes. Lo tiró al suelo y la estancia se llenó de polvo mientras sacaba las mantas y las almohadas. Nos ayudamos la una a la otra con las maletas. Cuando estuvo todo listo, nos dio una bacinilla y después cerró la puerta con llave.

—Os veré por la mañana. Intentad no hacer ruido —dijo antes de cerrar.

Aquella noche dormimos la una con la cabeza en los pies de la otra, bajo las gruesas mantas de lana. El viento aullaba en el exterior. Las ráfagas de aire frío se colaban entre las rendijas e hicieron que acabáramos tapándonos con la manta por encima de la cabeza.

La agenda roja

N. NILSSON, GÖSTA

Pronto adquirimos una rutina en aquella casita blanca junto al mar. Un día era igual a otro. Cuando el hijo de Elaine cerraba la puerta de entrada por las mañanas, ella subía al desván y abría la nuestra. Vaciábamos la bacinilla en la letrina del jardín y nos sentábamos a la mesa de la cocina, donde nos daba té caliente y una rebanada de pan. Después empezaba la clase de inglés. Elaine señalaba y hablaba mientras nosotras la ayudábamos con las tareas de la casa. Limpiábamos, horneábamos, cosíamos, zurcíamos calcetines y aireábamos alfombras, siempre con Elaine charlando y nosotras repitiéndolo todo. Al finalizar la segunda semana, ella ya había dejado de hablar en francés. Nosotras captábamos los matices de su idioma y la pronunciación de cada palabra, que empleábamos para formar frases sencillas. Ella nos pedía que fuéramos a buscar cosas o a hacer determinadas tareas. A veces no entendíamos lo que quería decir, pero nunca se rendía. En ocasiones simplificaba, utilizaba menos palabras o hacía gestos hasta que nos reíamos. Solo entonces explicaba, con un guiño, lo que había querido decir. Nuestras clases con Elaine nos ayudaron a olvidar la realidad durante un tiempo.

Cuando se aproximaba el ocaso, nos hacía volver al desván. Oíamos la llave en la cerradura y sus pasos alejarse por las escaleras. Siempre salía al porche a esperar a su hijo, Robert, sin importarle el clima. Desde la ventana del desván, a través de una rendija en la fina cortina de encaje, nosotras la veíamos. Siempre se levantaba y sonreía con cariño, pero Robert nunca le decía nada, pasaba frente a ella mirando al suelo. Día tras día lo vimos castigarla con el silencio; noche tras noche, veíamos cómo la ignoraba.

Al final, un día Agnes ya no pudo aguantar más.

—¿Vosotros dos nunca habláis?

Elaine negó tristemente con la cabeza.

—Yo lo dejé atrás. Mi nuevo marido consiguió un trabajo en Europa y no pude hacer otra cosa que irme con él. Robert nunca me lo ha perdonado. Regresé en cuanto tuve oportunidad, pero habían pasado muchos años. Ahora es demasiado tarde. Me odia.

Dirigía su rabia contra ella. Le oíamos gritar cada vez que algo salía mal. Ella tenía que soportarlo y se disculpaba siempre por todo. Juraba amor y rogaba perdón al hijo que había perdido para siempre. Estaba en la misma situación que nosotras: sola, recién llegada a un país que ya no conocía, viviendo con alguien que ya no quería tener nada que ver con ella.

Las horas que pasábamos en el desván siempre discurrían más lentas que el tiempo que disfrutábamos en compañía de Elaine. Todavía recuerdo el olor del aire rancio de allí arriba. Me sentía triste y echaba de menos a Allan; él estaba tan presente en mis pensamientos como siempre, no entendía cómo había podido volver a abandonarme, cómo se había ido con otra mujer tan rápidamente, cómo podía estar casado. Me preguntaba quién sería ella, y si el tiempo también se detendría cuando estaban juntos.

Las preocupaciones parecían amontonarse en aquel lugar cerrado, y yo intentaba pensar en otra cosa recuperando el contacto con Gösta. Le escribía largas cartas a la luz de una pequeña lámpara de parafina todas las noches, contándole todo sobre nuestro nuevo hogar. Le hablaba del mar y de la arena que veíamos desde la casa, del viento que me soplaba en la cara cuando salía al jardín a tomar el aire, del inglés y de cómo me sonaba. Le decía que, cuando la gente hablaba demasiado deprisa, sus voces se convertían en ruido para mis oídos. Le había contado lo mismo sobre el francés cuando llegué a

París. Le hablé de Elaine y de su extraño hijo. Ella enviaba las cartas todos los días y yo esperaba pacientemente su respuesta. Pero Gösta guardó silencio, y tuve miedo de que le hubiera ocurrido algo. Sabía que la guerra seguía asolando Europa, pero era difícil averiguar algo más. En Estados Unidos, la vida seguía como si nada hubiese ocurrido, como si Europa no estuviese envuelta en llamas.

Y entonces, un día, llegó. El sobre contenía una nota escrita a mano con unas pocas frases y una página arrancada de un periódico. El artículo trataba sobre Gösta y sus cuadros. El tono era crítico y el texto terminaba con una frase que auguraba que aquella sería la última exposición de aquel artista. Yo nunca había entendido los cuadros de Gösta, así que no me sorprendió mucho aquella crítica tan negativa. Para mí siempre habían sido explosiones de color abstractas y retorcidas, surrealistas en toda su perfección geométrica. Pero el artículo explicaba su silencio, y las pocas líneas escritas por Gösta revelaban su estado anímico. Entendí que solo hubiera escrito una educada frase en alusión a nuestras desventuras, que solo añadiera sucintamente que se alegraba de que estuviéramos vivas.

Recuerdo que me sentí muy triste por él. Estaba decidido a aferrarse a algo para lo que claramente le faltaba talento y que solo le hacía infeliz. Entonces lo eché de menos incluso más que antes. Añoraba nuestras conversaciones. Habían pasado nueve años desde la última vez que lo vi. En el artículo aparecía una foto suya, la recorté con cuidado y la clavé junto a la cama. Me miraba con expresión seria y ojos tristes. Cada noche, cuando apagaba la lamparita de parafina, me preguntaba si volvería a verlo. Si volvería a Suecia alguna vez.

La agenda roja

J. ~~JENNING, ELAINE~~ MUERTA

Nuestra vida secreta llegaría a su fin, era algo que probablemente sabíamos desde el principio. Y, claro está, una mañana fuimos descubiertas. Agnes se había dejado la chaqueta de punto en una silla del salón, y le oímos gritar.

—¿De quién es esta chaqueta? ¿Quién ha estado aquí?

—Una amiga que vino a tomar el té ayer por la tarde —respondió Elaine.

—¡Ya te he dicho que no se te permite traer a nadie a esta casa! ¡Ni un alma debería cruzar mi puerta! ¿Entendido?

Agnes se me acercó, pero sus movimientos hicieron crujir las tablas de madera del suelo y las voces cesaron de inmediato. Oímos pasos en la escalera y la puerta se abrió de golpe. Al vernos allí, nos dirigió una mirada asesina. Nos pusimos en pie de un respingo y buscamos nuestra ropa en la oscuridad. Medio vestidas, pasamos corriendo frente a él y salimos a la calle. Vino detrás de nosotras lanzándonos nuestras cosas. La bisagra de la maleta grande se rompió y la tapa salió disparada por la carretera, justo antes de que lo hiciera nuestra ropa. Los preciosos vestidos de París acabaron tirados en un montón de barro. Los agarramos y los metimos en las bolsas, pero lo que más recuerdo de aquel momento, pese a todo, es lo rápido que me latía el corazón. Desde detrás de la cortina de encaje nueva que Agnes había cosido durante nuestras horas en el desván, vi que Elaine se asomaba. Levantó una mano, pero no la agitó. Nos había dado mucho. Nada menos que su idioma. Ese era el mayor regalo. Sus ojos aterrorizados tras la cortina de encaje fueron lo último que vi de ella. Robert estaba en los escalones de la entrada con las manos en las caderas mientras nosotras recogíamos las bolsas y abandonábamos su propiedad. Solo cuando el autobús se detuvo en la parada del final de la calle, se dio la vuelta y volvió a entrar en la casa.

El lateral de acero del autobús reflejó los primeros rayos de sol del día, que nos cegaron al subir a bordo. Los asientos de vinilo rojo y blanco ya habían sido calentados por el sol. Nos sentamos en la parte de atrás y nos asomamos por la ventanilla mientras el autobús arrancaba. Allí sentadas, no teníamos ni idea de lo que estaría sucediendo en la casita blanca. Pese a todo, experimentamos cierta sensación de alivio. El idioma que hablaban los demás pasajeros ya no nos era ajeno; podíamos hablar con el conductor, decirle dónde íbamos. De vuelta a Manhattan. Nuestros meses en la casa de Montauk nos habían endurecido y preparado para la vida en libertad. Agnes incluso empezó a reírse. Sin previo aviso le invadió la risa como si fuera la ola de un océano infinito, y a mí me contagió.

—¿De qué nos reíamos? —pregunté cuando conseguí parar.

Agnes volvió a ponerse seria.

—Parece que acabamos de escapar de la cárcel.

—Sí, ese desván comenzaba a darme claustrofobia. Quizá sea mejor que haya ocurrido por fin, ¿quién sabe?

Ya había amanecido. Para cuando llegáramos a Manhattan, sería casi por la noche y no teníamos a dónde ir. Cuando el autobús por fin llegó a la estación, Agnes dormía profundamente sobre mi hombro. Recogimos nuestras cosas, bajamos del autobús y caminamos hacia la terminal de llegadas. Al dejar el equipaje en un rincón, Agnes habló con resignación.

—¿Dónde vamos a ir ahora? ¿Dónde dormiremos?

—Tendremos que mantenernos despiertas si no encontramos ningún sitio donde quedarnos. Tú vigila las maletas y yo iré a buscar un hotel barato.

Agnes se sentó con la espalda apoyada en la pared.

Un hombre de pelo rubio apareció de pronto ante nosotras.

—Disculpad, pero ¿no seréis suecas, por casualidad?

Lo reconocí del autobús. Llevaba un sencillo traje negro con camisa blanca debajo. Agnes respondió en sueco, pero él negó con la cabeza y dijo «no, no», en inglés. No era sueco, pero su madre sí. Hablamos durante un rato y se ofreció a ayudarnos, a proporcionarnos un lugar donde quedarnos hasta encontrar otra cosa.

—Seguro que a mi madre le encantará hablar un poco de sueco —dijo.

Nosotras nos miramos, indecisas. Irnos con aquel desconocido a su casa no era la opción más sensata, pero parecía amable y sincero. Finalmente Agnes asintió y yo le di las gracias por el ofrecimiento. El hombre agarró nuestra maleta más pesada y salimos con él de la estación.

No supimos lo que le pasó a Elaine cuando nos fuimos de Montauk hasta mucho más tarde, cuando regresamos a visitarla. La casa estaba tapiada y tuvimos que preguntar a una vecina. Nos contó que, poco después de que abandonáramos la casa aquel día, a Elaine se le paró de pronto el corazón, en mitad de una discusión con Robert. Él se quedó destrozado. Por primera vez pudo expresar la pena por haber perdido a su madre. La vecina dijo que había abandonado la casa y se había echado al mar aquella misma semana. Nadie había vuelto a verlo desde entonces.

14

Al otro lado de la cortina tose la mujer que ingresó anoche. El sonido rebota en las paredes. Tiene neumonía y no debería estar aquí, pero no podían ingresarla en el pabellón de infecciones por una escara. Cuando tose, parece que va a vomitar todo lo que tiene en el estómago. Doris se estremece asqueada y se tapa los oídos con las manos.

—¿Me pueden alcanzar mi ordenador?

Doris grita a la habitación vacía. Repite la pregunta en voz baja. Tiene la garganta seca y eso hace que el sonido se quiebre contra su paladar. La fría habitación del hospital permanece en silencio, sin el ruido de los pasos de las enfermeras que acudan a ayudarla.

—Apriete el botón —murmura la mujer de la tos cuando Doris grita por tercera vez.

—Gracias, pero no es tan importante.

—Es lo suficientemente importante para que esté ahí gritando. Apriete el botón —contesta la mujer con tono de fastidio.

Doris no responde. Cuando no quiere ayuda, las enfermeras siempre están ahí incordiándola, pero ahora que realmente las necesita no aparecen por ninguna parte. ¿Y si intentara alcanzarlo ella misma? Ve el ordenador en la mesa donde lo dejó la enfermera antes, ahora con la tapa cerrada. Le había dicho que la dejara abierta,

¿por qué no le habrá hecho caso? Seguro que puede levantarse y alcanzarlo ella sola, no está tan lejos. Si alguna vez quiere irse a casa, tendrá que empezar a practicar. Agarra el control remoto de la cama e intenta pulsar uno de los botones. La cama da un respingo y la mitad inferior comienza a elevarse. Ella trata de detenerlo pulsando todos los botones a la vez. Ahora empieza a moverse la cabecera, y la mitad inferior comienza a elevarse bajo sus rodillas. Asustada, pulsa el botón rojo de alarma mientras agita el control remoto y sigue apretando todos los botones. Por fin la cama se detiene.

—Dios mío, ¿qué ocurre aquí? —La enfermera que entra corriendo en la habitación se ríe. Doris está sentada muy erguida, con las piernas levantadas, como una navaja de bolsillo. Pero ella no se ríe, parpadea para contener las lágrimas de dolor.

—El ordenador. Quería alcanzarlo. —Señala mientras las piernas empiezan a bajar y el dolor va remitiendo de manera gradual.

—¿Por qué no ha pulsado usted el botón de alarma? Si lo hace, vendremos a ayudarla lo antes posible. Ya lo sabe, Doris.

—Quería intentar caminar un poco. Quiero salir de aquí. La fisioterapia sin más no es suficiente. Voy demasiado despacio.

—Paciencia, Doris. Tiene usted que aceptar sus límites. Tiene noventa y seis años, ya no es una cría. —La enfermera habla despacio y con voz un poco alta.

—Paciencia y testarudez —murmura Doris—. Si supiera lo testaruda que soy.

—Eso he oído. ¿Lo intentamos entonces? —Doris asiente y la enfermera le baja las piernas por el borde de la cama y le levanta el tronco. Doris cierra los ojos—. ¿Ha sido demasiado deprisa? ¿Se siente mareada? —La enfermera la mira con compasión y le acaricia el pelo. Doris sacude la cabeza.

—Paciencia y testarudez —dice apretando las manos contra el colchón.

—Uno, dos, tres y arriba —dice la enfermera, tira de ella y la levanta colocándole las manos con firmeza bajo las axilas. Ella siente un latigazo de dolor en la cadera, que después se extiende por una pierna—. Paso a paso, ¿de acuerdo? —Doris no dice nada, se limita a mover el pie de la pierna mala unos milímetros. Después el otro. El ordenador está justo ahí, casi a su alcance. Tiene los ojos puestos en la funda negra. Está a solo dos metros, pero en ese momento es como si estuviera al otro lado de un barranco—. ¿Necesita descansar? —La enfermera enreda el pie en un taburete y se lo acerca, pero Doris niega con la cabeza y se mueve milímetro a milímetro hacia la mesa. Cuando al fin lo consigue, apoya ambas manos en el ordenador y respira, dejando caer la cabeza—. Dios mío, sí que es usted testaruda.

La enfermera sonríe y le pasa un brazo por los hombros. A Doris le cuesta respirar. Ya no siente las piernas y encoge los dedos para intentar reactivar la circulación. Mira a la enfermera a los ojos y entonces se derrumba.

La agenda roja

A. ANDERSSON, CARL

Carl nos guio hasta la calle sin dejar de hablar. Nosotras llevábamos la maleta más pequeña de las dos y él la más grande. Dijo que nos había oído hablar en el autobús, que entendía algunas palabras en sueco. Había una fila de taxis amarillos frente a la estación, pero él pasó de largo, ignorando a los taxistas que nos gritaban a nuestro paso. Caminaba deprisa, con zancadas largas, y siempre iba un par de pasos por delante de nosotras.

—¿Y si nos quiere timar? ¿Y si es peligroso? —susurró Agnes, tirando de la maleta para que me detuviera. Yo me volví, la miré a los ojos y le hice un gesto para que siguiera. Ella murmuró algo antes de empezar a caminar de nuevo a regañadientes. Continuamos, siguiendo aquella cabeza rubia que sobresalía al menos diez centímetros por encima del resto de los transeúntes. Sí que parecía sueco, quizá por eso decidí confiar en él.

Anduvimos y anduvimos. De vez en cuando Carl se daba la vuelta, como para comprobar que siguiéramos allí. Yo tenía ampollas en la mano cuando al fin se detuvo frente a un estrecho edificio de ladrillo. Había dos maceteros de hierro con narcisos a cada lado de la puerta, de color rojo.

—Ya hemos llegado —nos dijo señalando la entrada con la cabeza—. Ella no se encuentra muy bien —explicó antes de abrir la puerta.

La casa tenía tres pisos, con solo una habitación por planta. Entramos directamente a la cocina. Dentro había una anciana sentada en una mecedora. Tenía las manos en el regazo y miraba al frente.

—Mamá, mira quién ha venido. Son dos chicas de Suecia. —Ella no levantó la mirada, no pareció advertir que alguien hubiera entrado—. Mamá, ellas pueden hablar en sueco contigo. —Le acarició la mejilla. La mujer tenía los ojos azules y vidriosos, con las pupilas pequeñas. El pelo le caía lacio sobre los hombros, y algunos mechones rebeldes le tapaban uno de los ojos. Tenía un chal de punto sobre los hombros, aunque no parecía limpio—. Se llama Kristina. En realidad, no habla desde que mi padre desapareció. A veces dice algunas palabras en sueco, así que pensaba que... —Nos dio la espalda para ocultar su pena, se aclaró la garganta y continuó—. Pensaba que quizá vosotras podríais hacerle hablar. Además, necesito a alguien que me ayude con la casa.

—Voy a intentarlo. —Agnes se aproximó con cautela a la mecedora y se sentó en el suelo, de espaldas a la mujer—. Voy a quedarme aquí sentada un rato —dijo en sueco—. Me quedaré toda la noche si es preciso. Si quiere decir algo, la escucho.

La mujer no respondió, pero, pasados unos segundos, su silla comenzó a mecerse levemente. Yo me senté también. La casa estaba en silencio, salvo por el suave crujido de la mecedora y el ruido lejano de la calle. Acordamos que nos quedaríamos unos días, y Carl nos preparó la cama en el salón, situado en el piso de arriba. Incluso sacó un colchón para Kristina y la tumbó en él con suavidad. La mujer era demasiado pesada para poder subirla hasta el dormitorio.

Carl venía con frecuencia al salón a hablar con nosotras. Nunca hablaba de Kristina. Nos contaba historias de lo que había hecho ese día, del banco donde trabajaba y de Europa y la guerra. La situación había empeorado durante los meses que habíamos pasado con Elaine, él nos mantenía informadas, pero no podía decirnos si Suecia estaba involucrada o no. En Estados Unidos, la gente hablaba de Europa como si fuera un único gran país.

Al principio nosotras no queríamos preguntarle dónde había ido su padre, pero, cuanto mejor lo conocíamos, más personales se volvían nuestras conversaciones. Pasadas unas semanas, al fin logramos reunir el valor. La respuesta no nos sorprendió.

Había sido todo muy inesperado. Un día, al llegar a casa, se encontraron al padre de pie con la maleta hecha. Dijo unas pocas palabras y se marchó. Los dejó sin dinero, pero con una casa en la que poder vivir.

—Dejó a mi madre por otra. Algo en ella murió cuando él desapareció. Siempre se había sentido muy perdida en Nueva York, pero él era su refugio. Se encargaba de todo, incluso hablaba por ella.

Nosotras escuchamos en silencio.

—Han pasado tres años desde que se fue. Yo no lo echo de menos, no echo de menos sus cambios de humor ni su actitud dominante. De hecho estamos mejor sin él. Ojalá mi madre se diera cuenta de eso también, pero ella estaba cada vez más deprimida. Dejó de ver a gente, dejó de preocuparse por la casa y por su apariencia. Al final, se sentó en la mecedora y no se ha levantado desde entonces. Apenas habla.

Nos turnábamos para sentarnos junto a Kristina y hablar con ella. No le gustaba moverse de la mecedora y a veces a mí me preocupaba que se fuese a convertir en piedra allí sentada. ¿Cuánto tiempo podía aguantar una persona sentada así, sin decir nada, antes de quedarse petrificada? Pasaron los días, las semanas. Carl insistía en que nos quedáramos, decía que le hacíamos bien a Kristina. Y tenía razón. Por fin, una mañana, mientras calentábamos el agua para el té, ocurrió.

—Habladme de Suecia —dijo en voz baja. Fue maravilloso oír aquellas palabras en sueco.

Nos acercamos a ella, nos colocamos una a cada lado, y empezamos a hablar. De las montañas de nieve en las que solíamos jugar; de las patatas y el arenque; del olor de la lluvia en primavera; de los primeros tusílagos; de los corderos que corrían por la isla de Djurgården, en el centro de Estocolmo; de las bicicletas que circulaban por Strandvägen en una noche de verano. Con cada imagen que dibujábamos, algo empezó a brillar en sus ojos. No dijo nada más, pero comenzó a mirarnos cada vez con más frecuencia. Si nos quedábamos calladas, arqueaba una ceja y asentía para que continuásemos.

Pasaron los días y nosotras seguimos intentando hacer feliz a Kristina. Un día, cuando Carl volvió a casa, se encontró con la mecedora vacía.

—Está vacía —nos dijo—. ¡Está vacía! ¿Dónde está? ¿Dónde está mi madre?

Nos reímos y señalamos el fregadero. Allí estaba Kristina, lavando los platos de la comida. Estaba pálida y delgada, pero se mantenía en pie ella sola y las manos aún le funcionaban. Cuando Carl se acercó, ella le sonrió. La abrazó con fuerza y nos miró por encima de su hombro, con los ojos llenos de lágrimas.

Buscábamos información sobre Suecia, pero nadie nos daba respuestas. En las noticias hablaban de Hitler y de sus avances, de los franceses que lloraban cuando los soldados alemanes entraron en París y ocuparon la ciudad. Nosotras mirábamos aquellas imágenes en blanco y negro; nos costaba encontrarle sentido a todo lo que estaba ocurriendo en la ciudad que yo tanto amaba y extrañaba. No se parecía en nada a cuando nos marchamos, todo había cambiado. Le escribí unas líneas a Gösta, pero, igual que antes, no obtuve respuesta.

Seguíamos viviendo con Carl y Kristina. No teníamos que pagar alquiler, pero ayudábamos con la cocina y la limpieza. Era la manera que tenía Carl de darnos las gracias. Hablábamos con Kristina mientras él estaba trabajando. Ella no podía explicar por qué había estado callada tanto tiempo, decía que sentía como si hubiera estado durmiendo durante meses. Pero, según pasaron los días y fue mejorando, empecé a pensar de nuevo en el futuro. Teníamos que encontrar trabajo y casa, debíamos enfrentarnos al mundo después de casi un año en el exilio.

A Agnes no le interesaban en absoluto mis planes, y con frecuencia me frustraba con ella. Dejó de contarme las cosas y, cada vez que le decía algo, la notaba distraída, ensimismada. Empezó a responder en inglés, incluso cuando yo le hablaba en sueco. Con el tiempo, observé que buscaba a Carl antes que a mí: se quedaban en el banco de la cocina por las noches, susurrando. Como hacíamos Allan y yo en otra época.

Una noche se hizo tarde. Kristina estaba cosiendo un mantel en su mecedora y yo estaba leyendo el periódico, buscando como siempre noticias sobre la guerra. Veía a Allan en cada soldado muerto que mencionaban. Estaba tan absorta en la lectura que no los vi de pie frente a mí, de la mano. Agnes tuvo que repetir lo que acababa de decir.

—Carl y yo vamos a casarnos.

Yo me quedé mirándola. Después lo miré a él. No lo entendía. Ella era muy joven, demasiado joven para casarse. ¿Y además con Carl?

—¿No te alegras? —me preguntó mi hermana, ofreciéndome la mano para mostrarme su anillo de oro—. Te alegras por nosotros, ¿verdad? ¡Es tan romántico! Queremos casarnos en primavera en la iglesia sueca. Y tú serás mi dama de honor.

Y así fue. Los cerezos acababan de florecer y el ramo de Agnes era del mismo color: una combinación de rosas, hiedra y mimosas blancas. Yo lo sujeté con fuerza mientras Carl le ponía otro anillo de oro en la mano izquierda. Se le enganchó en el nudillo, pero él lo retorció hasta que entró. Mi hermana llevaba un vestido blanco de Chanel, el que con frecuencia me ponía yo en París. Era como si lo hubiesen confeccionado para ella, y estaba más guapa que nunca. Llevaba el pelo ondulado, con algunos mechones recogidos con horquillas cubiertas de perlas blancas.

Debería haberme alegrado por ella, pero lo único que sentía era lo mucho que echaba de menos a Allan. Seguro que piensas que no paro de hablar de él, Jenny, pero es difícil. Hay ciertos recuerdos que no pueden olvidarse. Se te enquistan como un forúnculo infectado, a veces explotan y provocan dolor, un dolor terrible.

La agenda roja

A. ANDERSSON, CARL

Según pasaron los meses, fue quedando muy claro cuál de las dos era la señora de la casa. Agnes se puso al mando y esperaba que yo le diera la razón e hiciera lo que me decía. Como una niña jugando a ser mayor. Me ponía furiosa.

Una mañana, estaba dando vueltas por el recibidor. Las tablas de madera del suelo crujían en dos puntos, y yo evitaba pisarlos para no hacer ruido, pero seguí dando vueltas de un lado a otro. Eran casi las ocho y Carl pronto se iría a trabajar. Cuando apareció, me detuve y me despedí de él con la cabeza. El ruido de la calle irrumpió en la casa cuando abrió la puerta y salió, pero de nuevo todo volvió a quedar en silencio y yo seguí caminando. Me había mordido tanto las uñas de la mano derecha que me dolían, pero no podía parar. Entré en la cocina.

—No pienso quedarme aquí más tiempo. No quiero ser tu doncella el resto de mi vida.

Agnes se quedó mirándome al escuchar las palabras en francés que salieron de mi boca. Era un idioma que solo ella entendía, así que lo usaba con frecuencia. Lo repetí hasta que asintió e intentó callarme. Yo ya había hecho la maleta, la maleta enorme que habíamos traído de París, y me había quitado el vestido para ponerme algo más sobrio. Llevaba el pelo recogido y los labios pintados de rojo. Estaba preparada para enfrentarme al mundo exterior, para recuperar mi lugar en el escalafón. Como modelo, alguien admirada. Alguien que llevaba demasiado tiempo lejos del candelero.

—Pero ¿qué vas a hacer? ¿Dónde vivirás? ¿No sería mejor que primero organizáramos algo?

Yo resoplé al oír sus preguntas.

—Deja la maleta, no seas tonta. —Agnes hablaba con tranquilidad. Se pasó la mano por el vestido que le había regalado Carl hacía poco. Le compraba ropa y ella le confeccionaba a él la suya.

—Espera unos días más. Por favor, quédate. Carl conoce a gente, podrá ayudarte.

—Carl, Carl, Carl. Solo piensas en eso. ¿De verdad crees que es la solución para todo? Yo me las arreglaba bien en París sin él y sin ti. ¡Me las arreglaré también en Nueva York!

—Carl, Carl, Carl. ¿He oído mi nombre? ¿De qué estáis hablando? ¿Ocurre algo? —Había regresado a por el paraguas, rodeó a Agnes con un brazo y le dio un beso en la mejilla.

—No ocurre nada —murmuró ella.

Él me miró con una ceja levantada.

—*Pas de problème* —dije dándome la vuelta para marcharme. Agnes corrió tras de mí.

—Por favor, no me abandones —me suplicó—. Somos hermanas. Hemos de estar juntas. Aquí tienes un hogar, con nosotros. Te necesitamos. Al menos espera a haber encontrado trabajo y tener un lugar donde vivir. Carl y yo te ayudaremos.

Llevó la maleta de nuevo hasta mi cama y yo no tuve energía para protestar. Más tarde, aquella noche, me quedé mirándome en el espejo roto del baño. Tanto el viaje hasta Estados Unidos como el tiempo que habíamos pasado allí me habían pasado factura. La piel que rodeaba mis ojos, que antes era lisa y tersa, ahora aparecía hinchada, blanda y gris. Arqueé las cejas y me las levanté hacia el pelo. Me brillaron los ojos al hacerlo, como antes, cuando era más joven y más guapa. Como debería seguir siendo mi aspecto. Sonreí ante mi reflejo, pero la sonrisa de la que antes estaba tan orgullosa ya no se veía por ninguna parte. Negué con la cabeza y mi boca recuperó su línea recta habitual.

El maquillaje que había llevado desde París apenas lo había tocado. Abrí la tapa de los polvos y me embadurné la cara con una brocha. Las marcas rojas de mi piel desaparecieron bajo la gruesa capa blanca, y también se me borraron las pecas. Después me pinté las mejillas; pequeños toques rosas en los pómulos, que se convertían en círculos más grandes de color cereza. No pude evitarlo. Me pinté de negro la raya de los ojos, hasta casi las sienes. Me dibujé las cejas con lápiz grueso, me puse sombra de ojos gris oscuro, me pinté los labios de rojo, tan exagerados que parecían haber doblado de tamaño. Me quedé mirando aquel reflejo tan grotesco. Con las lágrimas resbalando por mis mejillas, acabé por dibujar una enorme cruz sobre mi reflejo.

La agenda roja

P. POWERS, JOHN ROBERT

Aguanté un poco más, pero la atmósfera en aquella casa me resultaba cada vez más claustrofóbica. Esta vez planifiqué mi huida un poco mejor. Cuando recogí mis cosas y me fui, Carl ya estaba en el trabajo y Kristina seguía durmiendo. Pensé que sería mejor así, para que mi hermana y yo pudiéramos despedirnos en condiciones. Agnes lloró y me dio todo el dinero que tenía.

—Volveremos a vernos pronto, te lo prometo —le susurré mientras nos abrazábamos.

La aparté de mí y me fui sin mirar atrás, porque era demasiado doloroso verla llorar. Pasé las primeras noches en un pequeño hotel de la calle siete. Apenas había espacio para estar de pie, porque la cama y la mesita de noche ocupaban casi toda la habitación. Una de mis primeras noches allí, me senté a escribirle una carta a Gösta. Escribí con sinceridad lo que sentía y lo que había ocurrido. En esa ocasión su respuesta tardó solo dos semanas en llegar, enviada a la oficina de correos de la estación. Estaba acostumbrada a ir allí todos los días sin éxito, así que, cuando el cartero me entregó la carta, me emocioné tanto que la abrí de inmediato. Estaba escrita con letra delgada, y sonreí al ver su caligrafía. Había albergado la esperanza de que contuviera un billete de vuelta a Estocolmo, o al menos algo de dinero, pero allí solo había palabras. Me decía que no tenía dinero, que la vida en Estocolmo estaba difícil. La guerra afectaba a todos. Él conseguía sobrevivir cambiando sus cuadros por comida y vino.

Si yo pudiera, querida Doris, enviaría un barco a buscarte. Un barco que te traería hasta los hermosos muelles de Estocolmo. Me quedaría apostado en mi ventana con unos binoculares, viendo entrar el barco en el puerto. Y, cuando te viera, correría hacia el agua y te esperaría con los brazos abiertos. Eso sería fantástico, mi querida Doris. ¡Volver a ver a una amiga después de tantos años separados! Eres bien recibida siempre que quieras, ya lo sabes. Mi puerta siempre está abierta. Nunca olvidaré a la joven que me servía vino en Bastugatan 5.

Con cariño,
Gösta

La carta estaba decorada con flores rojas, moradas y verdes. Se enredaban por el lado derecho de la página y doblaban la esquina para rodear el texto. Yo deslicé el dedo índice por las flores, que ilustraban el cariño que Gösta sentía por la joven doncella que conociera en otra época. La pintura era gruesa y yo sentía cada pincelada sobre el papel rugoso. Las flores eran más bonitas que cualquiera de los lienzos que le había visto pintar en el pasado.

Todavía conservo esa carta, Jenny, junto a todas las demás en mi cajita de hojalata. Puede que ahora incluso valga algo, dado que sí se hizo famoso después de todo. Mucho después de muerto.

Me quedé en la oficina de correos durante algún tiempo, con la carta en una mano y el sobre en la otra. Era como si me hubieran arrebatado mi último salvavidas, y el mundo a mi alrededor perdió su color. Por fin doblé la hoja de papel y me la guardé en el sujetador, cerca del corazón. Mi sensación de abatimiento fue superada por el deseo tenaz de regresar a Estocolmo lo antes posible. Corrí a los servicios. Allí me pellizqué las mejillas hasta que se me sonrojaron y me pinté los labios. Me estiré la chaqueta beis que llevaba y me subí la falda, que mis caderas todavía no lograban llenar. Después me fui directa a la agencia de modelos de John Robert Powers. Carl me había dicho que esa agencia trabajaba con chicas muy guapas. Así era como encontraban trabajo en Nueva York, no a través de grandes almacenes o firmas de alta costura como en

París. El corazón me latía desbocado cuando puse la mano en el picaporte de la puerta. No sabía a qué se dedicaba una agencia de modelos, pero estaba dispuesta a intentarlo. Mi belleza era mi único recurso.

—Hola —dije con timidez, de pie frente a un enorme escritorio tras el que había sentada una mujer. Llevaba un vestido ajustado de cuadros rojos y negros. Me miró de arriba abajo con las gafas apoyadas en la punta de la nariz—. He venido a ver a John Robert Powers —tartamudeé en inglés.

—¿Tiene cita?

Negué con la cabeza y ella me dirigió una sonrisa de superioridad.

—Señorita, esta es la agencia de John Robert Powers. No se puede entrar aquí sin más y asumir que la puede recibir.

—Pensaba que tal vez querría conocerme. He venido de París, donde trabajé para algunas de las grandes firmas de costura europeas. Chanel, por ejemplo. ¿Conoce Chanel?

—¿Chanel? —Se levantó de un salto y señaló una de las sillas grises que había junto a la pared.

—Siéntese. Enseguida vuelvo.

Me quedé allí sentada durante lo que me pareció una eternidad. Al final la mujer regresó acompañada de un hombre bajito. Llevaba puesto un traje gris. Vi un chaleco debajo de la chaqueta y una fina cadena de oro que colgaba de un bolsillo. Al igual que la recepcionista, me miró de arriba abajo antes de abrir la boca.

—¿Así que trabajabas para Chanel? —Levantó la mirada desde mis pies, pero evitó mirarme a los ojos—. Date la vuelta. —Enfatizó las palabras levantando una mano y girándola en el aire. Yo hice un giro de ciento ochenta grados y lo miré por encima del hombro—. Debió de ser hace mucho tiempo —declaró, se dio la vuelta y se alejó. Yo me quedé mirando a la recepcionista sin entender qué estaba pasando.

—Eso significa que puede irse —explicó señalando hacia la puerta.

—Pero ¿no quieren que me pruebe ropa?

—Señorita, estoy segura de que fue una preciosa modelo en algún momento, pero esa época ya pasó. Aquí solo tenemos sitio para chicas jóvenes.

Pareció casi satisfecha. Quizá cada vez que el señor Powers rechazaba a una chica lo considerase como un triunfo personal. Yo me pasé la mano por la mejilla. Aún era suave como la de un niño, así que me aclaré la garganta y dije:

—Quizá pueda pedir una cita para otro día, cuando el señor Powers tenga más tiempo.

Ella negó tajante con la cabeza.

—Me temo que no tiene sentido. Será mejor que busque otro tipo de trabajo.

15

—¿Qué te ha pasado en la cara? —Jenny se acerca más a la pantalla y señala. Doris lleva la mejilla cubierta con una enorme venda blanca.

—Nada. Me caí y me golpeé, pero no es nada por lo que preocuparse. No es más que un arañazo.

—Pero ¿cómo ocurrió? ¿No te ayudan cuando te levantas para caminar?

—Fue una tontería. Me excedí y la enfermera no logró agarrarme. Tengo que intentar seguir moviéndome, de lo contrario me enviarán a una residencia.

—¿Una residencia? ¿Quién ha dicho eso?

—El trabajador social. No quería decirte nada, pero viene a verme de vez en cuando con un formulario. Quiere que lo firme para que puedan enviarme allí voluntariamente.

—¿Y cómo te hace sentir eso?

—Preferiría morirme.

—Entonces tendremos que asegurarnos de que no suceda. La próxima vez que vaya a verte, llámame.

—¿Y qué dirás entonces, querida? ¿Que puedo vivir en casa? Porque no puedo. Ahora mismo no. En ese sentido tiene razón. Ahora mismo no sirvo para nada. Pero no pienso darle la satisfacción de admitirlo.

—Hablaré con él —dice Jenny con serenidad—. Pero ¿cómo

estás pasando el tiempo? ¿Tienes algo que leer? ¿Te envío algunos libros nuevos?

—Gracias, pero todavía me quedan algunos de los que me enviaste la última vez. Me gustó mucho el de Don DeLillo, el de 11 de Septiembre.

—*El hombre del salto*. A mí también me gustó. Veré si puedo enviarte un... ¡Doris! ¡Doris! ¡Hola!

Doris tiene la cara congelada por el dolor. Se lleva la mano derecha al pecho y agita la otra.

—¡Doris! —grita Jenny desde la ventanita de la pantalla—. Doris, ¿qué ocurre? ¡Dime qué pasa!

Oye un siseo. Doris la mira con resignación mientras su cara va poniéndose gris. Jenny grita con todas sus fuerzas.

—¡Enfermera! ¡¡Hola, enfermera!! —Grita, pero de su boca apenas salen sonidos. Doris ha bajado el volumen del ordenador para no molestar a los demás pacientes, pero la mujer de la cama de al lado oye que algo sucede. Se asoma por el borde de la cama y ve a Doris aparentemente dormida. Pulsa el botón de alarma. Jenny grita y chilla. Por fin aparece una enfermera y la mujer señala la cama de Doris. La enfermera le quita el ordenador del vientre y lo coloca sobre la mesita.

—¡Está sufriendo un ataque al corazón! —grita Jenny, y la enfermera da un respingo.

—¡Dios mío, qué susto!

—¡Atienda a Doris! Se ha llevado la mano al pecho y después se ha desmayado.

—¿Qué está diciendo? —La enfermera pulsa el botón de alarma y trata de encontrarle el pulso a Doris. Al no lograrlo, empieza a hacerle el boca a boca. Entre bocanadas de aire, grita pidiendo ayuda. Jenny lo ve todo desde su cocina en California. Aparecen un médico y dos enfermeras más. El médico enciende el desfibrilador y coloca las paletas en el pecho de Doris. La descarga hace que su cuerpo se eleve de la cama y vuelva a caer. Vuelve a cargarlo y le da una segunda descarga.

—¡Ya tengo pulso! —anuncia la enfermera, presionando la muñeca de Doris con los dedos índice y corazón.

—¿Está viva? —grita Jenny—. ¡Díganme si está viva!

El doctor se da la vuelta sorprendido y mira a las enfermeras con una ceja levantada. Jenny le oye murmurar:

—¿Por qué nadie ha apagado el ordenador?

La mira y asiente con la cabeza.

—Siento que haya tenido que ver esto. ¿Es usted pariente?

Jenny asiente.

—Soy su única pariente. ¿Cómo está?

—Es muy mayor y está débil. Haremos todo lo que podamos por mantenerla con vida, pero el corazón no puede aguantar mucho cuando tiene tantos años como el de Doris. ¿Había sufrido antes un ataque al corazón?

Jenny niega con la cabeza.

—No que yo sepa. Siempre ha estado fuerte y sana. Por favor, ayúdenla, no me imagino la vida sin ella.

—Entendido. El corazón vuelve a latir. La llevaremos a cuidados intensivos y pasará allí la noche. ¿Podemos desconectar ya el ordenador?

—¿No puedo ir con ella?

—Creo que es mejor que descanse un poco. —Señala con la cabeza a Tyra, que está gimoteando detrás de ella. Jenny la levanta y la sienta en su cadera para conseguir calmarla.

—No pasa nada. Quiero quedarme un rato con Doris, si es posible.

El doctor niega con la cabeza.

—Lo siento. No podemos llevar el ordenador a cuidados intensivos. Interfiere con el equipo. Quédese aquí, una de las enfermeras le tomará los datos. Nos aseguraremos de que reciba información sobre su estado. Adiós.

—No, espere, necesito preguntarle... —Pero el doctor y las dos enfermeras desaparecen de la pantalla de Jenny.

16

El rugido de las olas al romper en la playa queda ahogado por el flujo constante de coches de la carretera que circunda paralela al mar. La casa tiene unas bonitas vistas, pero no pensaron mucho en el tráfico cuando se mudaron. Nadie se sienta nunca en el porche pintado de blanco a contemplar el mar.

Al menos hasta hoy.

Cuando Willie llega a casa del trabajo, lo primero que ve es a Jenny. Está sentada con Tyra en el regazo en la hamaca que colgaron varios años atrás, cuando estaban locamente enamorados y siempre querían estar el uno cerca del otro. Se columpia lentamente y las cadenas crujen en los ganchos.

—¿Qué haces aquí sentada, con todo el humo? No es bueno para el bebé. —Él les sonríe, pero Jenny está seria.

—¿Por qué la llamas «bebé»? Tiene casi dos años.

—Tiene año y medio y acaba de empezar a andar.

—Tiene veinte meses, dos semanas y tres días. Casi dos años.

—Vale, vale, entonces la llamaré Tyra. —Willie se encoge de hombros y abre la puerta.

—Estaba pensando en ir a Suecia.

La puerta se cierra de golpe y Tyra empieza a gimotear.

—¿Eh? ¿A Suecia? ¿Qué pasa?

—Doris ha tenido hoy un ataque al corazón. Se está muriendo.

—¿Un ataque al corazón? Creía que se había roto la pierna.

—Es grave. Tengo que estar con ella ahora. No puedo dejar que muera sola. Estaré fuera el tiempo que... me necesite.

—¿Cómo vamos a hacerlo? ¿Quién va a cuidar de los niños? No podremos hacerlo sin ti.

—¿Qué? ¿Eso es lo único que tienes que decir?

—Siento lo de Doris, es mayor, pero la vida sigue, y nosotros te necesitamos aquí.

—Puedo llevarme a Tyra. Los chicos están en el colegio durante el día, te las arreglarás.

—Pero no puedes abandonarnos.

—No os estoy abandonando. ¿Es eso lo que crees?

Willie toma aire y aparta la mirada. Ella le pone una mano en el hombro.

—No pasará nada. Te las apañarás.

—Sé que es importante para ti, pero ¿es más importante que tu propia familia? No puedes dejarnos sin más. Yo tengo que ir al trabajo. Un trabajo que nos mantiene a todos. No puedo estar en casa cuando los chicos vuelvan del colegio. ¿Quién se ocupará de ellos?

—Tiene que haber una manera. Tendremos que pagar a alguien.

Willie no responde. Aprieta los labios, entra en la casa y da un portazo tan fuerte que Tyra da un respingo. Jenny se tumba en la hamaca, ajusta el cojín bajo su cabeza y deja que la niña se tumbe encima, con el vientre contra el suyo. Pero Tyra no quiere hacer eso e inmediatamente se incorpora y empieza a gruñir.

—Shh, túmbate. Duerme un poco —le dice mientras la abraza.

Willie asoma la cabeza por la puerta.

—Por favor, dime que estás de broma.

Jenny niega con la cabeza y él pone los ojos en blanco, molesto.

Ella se queda mirándolo con el ceño fruncido y lágrimas en los ojos.

—Se está muriendo, ¿es que no lo entiendes?

—Lo sé, y es horrible, pero me temo que no podré con el trabajo si no estás. No puedo cuidar de los niños y hacer las cosas de la casa mientras trabajo.

Jenny se incorpora y deja a Tyra sentada al otro extremo de la hamaca. Willie sale de la casa, se apoya en la pared y le acaricia la mejilla con una mano.

—Lo siento... ¿Me dices qué ha ocurrido?

—Estábamos hablando hoy. Todo iba bien al principio, ella estaba normal. Se había caído y tenía un apósito en la mejilla, pero bromeaba al respecto. Ya sabes cómo es Doris. Pero de pronto se llevó la mano al pecho, no podía respirar. Era como en la tele, como un episodio de *Anatomía de Grey*. Yo he empezado a gritar con todas mis fuerzas. Al final han venido corriendo con máquinas.

Willie se sienta a su lado y le estrecha la mano.

—¿Así que de verdad ha sido un ataque al corazón?

—Sí. El médico ha dicho que está muy débil. El hueso roto y la operación le han pasado factura. Le han tenido que hacer una angioplastia, me lo ha dicho luego la enfermera.

—Todavía podría vivir mucho tiempo, cariño, no se sabe. ¿Qué vas a hacer allí? ¿Quedarte de brazos cruzados esperando a que se muera? No creo que eso sea bueno para ti.

Le acaricia la mano, pero Jenny la aparta.

—¿No crees que sea bueno para mí? ¡Estás pensando en ti mismo! Es más cómodo para ti que me quede, por eso lo dices. Pero ¿sabes una cosa? Ella es lo único que me queda, mi única conexión con Suecia. Mi último vínculo con mi madre y mi abuela.

Willie casi logra disimular un suspiro.

—Al menos medítalo, ¿de acuerdo, cariño? Sé que has tenido un día duro, pero al menos podrías esperar a ver cómo evoluciona. Quizá se recupere.

La abraza y ella se relaja un poco. Apoya la cabeza en su pecho y respira ese aroma tan familiar y tranquilizador. Tiene la camisa húmeda y ella le desabrocha un par de botones para retirar la tela y poder apoyar la mejilla en su piel desnuda.

175

—¿Por qué ya nunca nos sentamos aquí? —susurra y cierra los ojos mientras la brisa del mar le acaricia la cara. Pasa un camión con gran estruendo y ambos se ríen.

—Por eso —responde Willie antes de darle un beso en la coronilla.

17

—Buenos días, Doris. —La enfermera se inclina sobre la cama y le dedica una sonrisa compasiva.

—¿Dónde estoy? ¿Estoy muerta?

—Está usted viva. En cuidados intensivos. Ayer tuvo un pequeño ataque al corazón.

—Pensaba que había muerto.

—No, no ha muerto todavía. Su corazón vuelve a estar estable. El médico logró despejar el bloqueo. ¿Recuerda que la operaron?

Doris asiente débilmente, con incertidumbre.

—¿Cómo se encuentra?

Ella chasquea la lengua contra el paladar.

—Tengo sed.

—¿Quiere un poco de agua?

Doris consigue sonreír.

—Zumo de manzana, si hay.

—Iré a buscárselo. Ahora descanse un poco, pronto se encontrará mejor —dice la enfermera dándose la vuelta.

—Las cosas no pintan bien para la vieja.

La enfermera se vuelve de nuevo.

—¿Qué ha dicho?

—Las cosas no pintan bien para la vieja.

La enfermera se echa a reír, pero se queda callada al ver la expresión seria de Doris.

—Puede que ahora no se encuentre usted en su mejor momento, pero mejorará. No ha sido más que un pequeño ataque al corazón, ha tenido suerte.

—Tengo más de noventa y seis años. Mi suerte es limitada.

—Sí, exacto, ¡aún le queda mucho para los cien! —La enfermera le guiña un ojo y le estrecha la mano.

—Muerte, muerte, muerte —murmura Doris cuando se queda sola. Hay una máquina junto a la cabecera de la cama. Ella se gira y sigue los números y las líneas con interés. El pulso, que oscila alrededor de ochenta, la línea en zigzag del electrocardiograma, los niveles de oxígeno.

La agenda roja

A. ~~ALM, AGNES~~ MUERTA

Todo se desmoronó. Allí mismo, frente a la agencia de modelos. Sin trabajo, sin lugar donde vivir, sin amigos. Solo con una hermana recién casada a pocas manzanas de allí. Recuerdo que me quedé parada durante un rato, con la mirada fija en el tráfico denso de la calle. No sabía hacia dónde ir, izquierda o derecha; pero no hace falta que te diga en qué dirección quería ir realmente, Jenny. Gösta me había hecho prometer en una ocasión que sería fiel a mí misma, que no permitiría que las circunstancias de mi vida alterasen mi destino. Pero en aquel momento rompí esa promesa, como había hecho tantas veces antes. No creía que tuviese otra opción. Así que comencé a caminar lentamente hacia la casa que había abandonado hacía poco.

Carl todavía no había llegado a casa. Agnes estaba cosiendo junto a Kristina. Me miraron cuando entré por la puerta y mi hermana se puso en pie de un salto.

—¡Has vuelto! ¡Lo sabía! —exclamó abrazándome con fuerza.

—Pero no voy a quedarme mucho —murmuré yo.

—Sí que vas a quedarte. Kristina y tú podéis ocupar la cama de arriba —dijo señalando con la cabeza hacia la escalera—. Carl y yo dormiremos aquí, en el sofá cama.

Yo negué con la cabeza, no podía permitir aquello.

—Ya lo hemos hablado. Esperábamos que regresaras. Hay espacio de sobra aquí y puedes ayudarme con las tareas de la casa.

Volvió a abrazarme y sentí su tripa contra la mía.

—Ahora me toca a mí ayudarte a ti. Tú me has ayudado mucho y vamos a necesitarte aquí. —Me agarró las manos y las colocó sobre su tripa. Yo arqueé una ceja y me quedé con la boca abierta al entender lo que me estaba diciendo.

—¿Estás embarazada? ¿Por qué no me lo habías dicho antes? ¡Vas a tener un bebé!

Ella asintió con alegría. No pudo evitar sonreír y después soltó una risita nerviosa y agitó los brazos.

—¡Es fantástico! —gritó—. ¡Tendremos un bebé en casa! —Levantó el trozo de tela que estaba bordando. Era una mantita amarilla. Me dio un vuelco el corazón al pensar en todos los bebés que Allan y yo habíamos hablado de tener, pero ignoré aquel pensamiento. Era el bebé de Agnes, el momento de Agnes, así que me alegré por ella.

No podía hacer otra cosa que quedarme. Tenía muchas ganas de que naciera el pequeño. Carl y Agnes, Kristina y yo. Una familia atípica esperando la llegada de una nueva vida. Elise, tu madre.

Cada mañana Agnes se ponía de perfil en la cocina y se acariciaba la barriguita. Y cada mañana estaba más grande. Nosotras compartíamos su alegría por el embarazo y ella me dejaba tocarle la tripa siempre que quería. Había un bebé creciendo dentro de ella, y hacia el final incluso vi la forma de un pie cuando daba patadas. Intenté agarrarlo, pero Agnes me apartó la mano y dijo que le estaba haciendo cosquillas.

Los días pasaban más deprisa ahora que me sentía útil. Ayudaba a Agnes a hacer la compra y a cocinar, limpiaba y lavaba. Ella fue perdiendo movilidad, adelgazó y se quedó con la cara chupada. Su vientre era como un balón en aquel cuerpo tan delgado. Yo le preguntaba continuamente si se encontraba bien, pero ella restaba importancia a mis preocupaciones y decía que solo estaba cansada. Al fin y al cabo estaba embarazada.

—Todo será maravilloso cuando nazca el bebé y pueda volver a ser yo misma —susurraba cada vez con más frecuencia.

Un día, cuando bajé las escaleras, me la encontré sentada en el sofá de la cocina con los labios amoratados. Tenía la piel azulada y llena de manchas. Sus ojos estaban hinchados y le costaba respirar. No puedo escribir más sobre ello. Es un momento que preferiría olvidar. Como el momento que viví con mi padre, pero en esta ocasión no fue mi madre la que gritó, sino yo.

Lograron que naciera la pequeña Elise antes de que Agnes, tu abuela, muriera. Durante el parto. El embarazo había envenado su cuerpo y había hecho que le fallaran los órganos internos. Sin más, de un día para otro, nos dejó. Y nos quedamos con un bebé que no paraba de llorar. Era como si supiera que le habían arrebatado el amor de su madre.

Tuve a tu madre en brazos todos los días, casi constantemente. La calmaba e intentaba quererla. Le dábamos leche de vaca, calentada a la temperatura corporal, pero le producía dolores de estómago y lloraba sin parar. Recuerdo que cuando le ponía la mano en la tripa, sentía que burbujeaba como si tuviera algo viviendo ahí dentro. Kristina se hacía cargo algunas veces, intentaba consolarnos a ambas, pero era mayor y estaba cansada.

Carl no soportaba los llantos y el dolor. Empezó a salir de casa antes y a regresar más tarde. Cuando logró encontrar a una nodriza, una mujer con un bebé que estaba dispuesta a compartir parte de su leche con otro bebé, se recuperó la sensación de paz en casa.

La vida volvió a la normalidad. Elise creció y empezó a gorjear. Yo echaba mucho de menos a Agnes, pero intentaba contenerme por el bien de la niña.

Un día salí de casa. Tenía planeado dar solo un pequeño paseo para ir a comprar carne y verdura. Pero mis pies me llevaron hasta la oficina de correos, lugar al que hacía mucho tiempo que no iba. Sentía curiosidad por saber si Gösta me había escrito. No lo había hecho, pero había otra carta para mí. Desde Francia.

Doris:

No puedo describir con palabras cuánto te echo de menos. La guerra es terrible. Más terrible de lo que puedas imaginar. Rezo cada día para sobrevivir, para volver a verte. Tengo una foto tuya aquí, en el bolsillo. Sigues siendo la hermosa rosa que conocí en París. Aquí todo resulta muy evidente. Llevo tu imagen en el corazón y espero que sientas mi amor al otro lado del Atlántico.

Tuyo hasta la eternidad,
Allan

Allí estaba yo, en Nueva York, donde debería haber estado él, donde al fin deberíamos haber estado juntos. Pero él estaba en Francia. Me pasé las siguientes semanas aturdida, incapaz de pensar en algo que no fuera Allan. O nosotros.

Cada noche, cuando acostaba a Elise y la veía dormir profundamente, me olvidaba de mis ideas de abandonar el país. Ella estaba tan indefensa, era tan pequeña y tan dulce. Me necesitaba. Y aun así, comencé a ahorrar parte del dinero que Carl me daba para comida.

Al final ya no aguanté más. Hice la maleta y seguí mi camino. No me despedí de Kristina, aunque ella me vio agarrar mi maleta y marcharme. No le dejé una nota a Carl. No di un beso a Elise, de lo contrario jamás lo habría conseguido. Cerré los ojos durante unos segundos tras cerrar la puerta y después me fui directa hacia el puerto. Estaba harta de Estados Unidos. Iba a volver a Europa, necesitaba estar donde estuviera Allan. Mi amor me impulsaba hacia él.

18

El médico tiene la mirada fija en el montón de papeles que hay en la carpeta de plástico azul oscuro.

—Sus estadísticas están mejor. —Hojea las primeras tres páginas, leyendo las notas y los resultados de las pruebas. Después se quita las gafas, se las guarda en el bolsillo de la bata y la mira a los ojos por primera vez desde que entró en la habitación—. ¿Cómo se encuentra?

Ella niega levemente con la cabeza.

—Cansada. Pesada —susurra.

—Sí, los problemas de corazón le roban a uno la energía, pero no creo que necesite usted una operación más seria. Todavía está fuerte y la angioplastia ha funcionado bien. Sobrevivirá. —Extiende el brazo y le acaricia la cabeza, como si fuera una niña. Doris le aparta la mano.

—¿Fuerte? ¿A usted le parezco fuerte ahora mismo? —Levanta lentamente la mano donde tiene puesta la vía. Se le ha formado un hematoma y le duele la piel en torno a la aguja cuando la mueve.

—Sí, para su edad, lo está. Sus estadísticas son buenas para su edad. Solo necesita un poco de reposo, nada más. —Y con esas palabras se da la vuelta y se marcha.

Ella se estremece y se tapa con la manta hasta la barbilla. Siente los dedos fríos y rígidos, y se los lleva a la boca para intentar calentarlos con el aliento. El leve chorro de aire cálido surte efecto.

En el pasillo oye al doctor hablar con una de las enfermeras. Susurra, pero no lo suficientemente bajo.

—Llevadla de vuelta a planta, no hace falta que se quede aquí.

—Pero ¿puede aguantar así? ¿Está estable?

—Tiene noventa y seis años. Por desgracia, no va a vivir mucho tiempo más y desde luego no sobreviviría a otra operación.

«No va a vivir mucho tiempo más y desde luego no sobreviviría a otra operación». Cuando la enfermera entra en la habitación para recoger sus cosas de la mesita, ella se muerde la lengua y siente un escalofrío que recorre sus extremidades.

—Va a volver usted a planta, qué buena noticia, ¿verdad? Deje que le quite los electrodos. —Le levanta con cuidado la bata y le quita esos discos pegajosos. Se estremece al sentir la piel desnuda—. Pobrecilla, ¿tiene frío? Un momento, voy a por otra manta. —La enfermera desaparece, pero no tarda en regresar con una gruesa manta a rayas blancas y verdes, que extiende sobre la cama. Doris sonríe agradecida.

—Me gustaría recuperar también mi ordenador.

—¿Tenía un ordenador? No lo he visto, debe de seguir arriba. Lo buscaremos cuando lleguemos. No se preocupe.

—Gracias. ¿Cree que mi sobrina nieta podría hablar con el médico? Sé que quería hacerlo.

—Estoy segura de que podremos organizarlo. Hablaré con el médico cuando estemos en planta. Bueno, allá vamos. ¿Preparada? —La cama da un respingo cuando la enfermera suelta el freno y la saca de la habitación. Avanzan lentamente por el pasillo vacío hacia el ascensor. La enfermera va charlando, pero Doris no escucha, todavía oye las palabras del médico en su cabeza. Sus propios pensamientos quedan ahogados por los de él. «No tengas miedo. No tengas miedo. No tengas miedo. Sé fuerte». El pitido del ascensor es lo último que oye.

—¿Hay alguien a quien podamos llamar, Doris? ¿Familia? ¿Amigos? —Hay una nueva enfermera sentada en una silla junto a su cama. Está de nuevo en planta. En una nueva habitación rodeada de nuevos pacientes. En la mesita se encuentra la funda negra del ordenador.

—Sí. A Jenny, mi sobrina nieta. Quería hablar con el médico. ¿Qué hora es? —pregunta.

—Son ya las cinco de la tarde. Ha estado usted durmiendo desde que volvió.

—Perfecto —dice Doris señalando el ordenador—. Por favor, ¿me lo pasa? Llamaré a Jenny. Tengo un programa.

La enfermera saca el ordenador de la funda y se lo entrega. Doris busca el nombre de Jenny en Skype, pero el icono muestra que no está conectada, y nadie responde cuando, pese al símbolo rojo, intenta llamarla. Qué raro. En California ya ha amanecido, y suele tener el ordenador siempre encendido. Siempre que no haya ocurrido algo. Coloca el ordenador a un lado, pero deja la ventana de Skype abierta.

—Dígame si hay alguien más a quien pueda llamar. Quizá le apetezca tener aquí a algún amigo.

Ella asiente y deja caer la cabeza hacia un lado. La almohada parece cemento cuando apoya en ella la mejilla, y además las mantas pesan.

—¿Podría retirar un poco las mantas? —susurra, pero la enfermera ya ha desaparecido. Se retuerce para poder levantar la manta un poco y que entre el aire. Ahora tiene la pantalla del ordenador justo delante y mira el icono de Jenny, a la espera de que se ponga verde. Al final se le cierran los párpados y se queda dormida.

19

Jenny la tiene desde hace años en un llavero junto a una rana metálica verde. *DORIS*, dice escrito en rotulador en la parte plana de la rana. Una única llave plateada. Deja que Tyra juegue con ella en el avión. La niña la golpea con las manos y hace que gire una y otra vez. Y entonces se ríe, con tanta fuerza que emite un gorjeo profundo. Acaban de despertarse después de varias horas de sueño incómodo. Desde la ventanilla de su asiento, Jenny ve los bosques densos y oscuros mientras el avión desciende. Levanta a Tyra en brazos para que ella también pueda ver.

—¡Mira, Tyra, *Sverige*! Suecia. Mira. —Señala hacia abajo, pero a la niña le interesa más la rana. Trata de alcanzarla y gimotea al no poder hacerlo. El largo viaje y la falta de sueño hacen que esté más irritable que de costumbre. Jenny le entrega la rana y la manda callar con firmeza. Tyra se la mete en la boca—. En la boca no, Tyra, es peligroso. —La niña suelta un grito cuando Jenny le quita el llavero, y los pasajeros del asiento de al lado les lanzan una mirada de fastidio. Jenny rebusca en el bolso que lleva a los pies y encuentra una caja de gominolas. Se las da a Tyra una tras otra y la niña se calma hasta que el avión aterriza. Por fin están en suelo sueco. Mientras recorren la terminal de llegadas, Jenny absorbe todo el sueco que oye hablar a su alrededor. Lo habla y lo entiende, pero casi nunca tiene la oportunidad de oírlo.

—Bastugatan, 25, por favor. —Hace un esfuerzo por enmascarar su acento de estadounidense cuando se dirige al taxista, pero se da cuenta de que su pronunciación está lejos de ser perfecta. Aun así, ¿qué más da? El taxista también tiene acento.

—¿Ha tenido *buena viaje?* —pregunta, y Jenny sonríe, satisfecha de poder darse cuenta de los errores ajenos. El coche avanza por un paisaje lluvioso. Los limpiaparabrisas trabajan sin descanso y chirrían contra la luna.

Da conversación al taxista para pasar el rato.

—Qué tiempo tan horrible. —No recuerda cómo se dice «tiempo» en sueco, así que utiliza la palabra inglesa. El taxista asiente a modo de respuesta, pero, para cuando llegan a su destino, ha decidido hablar solo en inglés. Ella le paga con tarjeta y sale a la calle con Tyra en brazos. Mira hacia el segundo piso y ve las cortinas echadas del apartamento de Doris. El taxista saca amablemente el carrito y sus dos maletas del maletero, pero en cuanto vuelve a montarse en el coche, arranca y el agua de la lluvia salpica a Jenny en los pantalones.

—Estocolmo es un poco como Nueva York, todo el mundo tiene prisa —murmura para sus adentros, mientras intenta abrir el carrito con Tyra sobre su cadera. La lluvia hace que la niña levante las manos hacia el cielo, ansiosa por atrapar las gotas de agua—. Estate quieta, Tyra. Quieta. Mamá tiene que abrir el carrito.

Empuja el cierre con la rodilla y consigue abrirlo. Tyra no protesta cuando la sienta en él. Jenny le pone el cinturón e intenta empujar el carro con la cadera mientras arrastra las dos maletas. Pero no lo consigue. Las ruedas del carrito apuntan en direcciones diferentes. Deja las maletas, se apresura a llevar el carro hasta las escaleras del edificio y regresa corriendo a por las maletas. Para cuando logra llegar al apartamento con el equipaje, el carrito y la niña, tiene la camiseta empapada en sudor.

Percibe un olor a rancio nada más abrir la puerta. Busca el interruptor de la luz en la oscuridad antes de meter el carro. Tyra intenta levantarse, ansiosa por poner los pies en el suelo, y tose por el esfuerzo. Jenny le pone la mano en la frente, pero la niña no tiene fiebre, solo está cansada y un poco resfriada. La deja en el suelo de la cocina, descorre todas las cortinas y abre las ventanas. Cuando la luz del sol inunda el piso, se da cuenta de que Tyra está sentada junto a una mancha oscura sobre el suelo de madera. Se acuclilla cuando la niña empieza a acariciarla con las manos. Debe de ser sangre de la caída. La sangre de Doris. Le agarra la mano a Tyra y la levanta del suelo. En su lugar se van al salón, que está justo como lo recordaba. El sofá de terciopelo morado oscuro, los cojines grises y marrones, la mesa de teca de los sesenta, un escritorio pegado a la pared, ángeles. Doris lleva coleccionando ángeles desde que ella tiene uso de razón. Los cuenta. Ocho pequeños ángeles de porcelana solo en el salón. Dos de ellos se los regaló ella. Mañana llevará algunos al hospital para que Doris los tenga allí. Levanta el que más cerca tiene, una bonita figurita de cerámica dorada, y se lo lleva a la mejilla.

—Oh, Doris, tú y tus ángeles —susurra mientras los ojos se le llenan de lágrimas. Vuelve a dejar la figurita en el escritorio y repara entonces en una pila de papeles. Levanta la primera hoja y empieza a leer.

20

Suena un claxon en la calle. Es el taxi que ha pedido Jenny. Cada vez está más preocupada por Doris y ha decidido que quiere ir directa al hospital, no puede esperar a mañana. Deja los papeles de nuevo en el escritorio y los acaricia con la mano. Doris ha escrito mucho. Jenny agarra las primeras páginas, las dobla por la mitad y se las guarda en el bolso. Siente demasiada curiosidad como para dejarlas allí.

A los pocos minutos está en el taxi de camino al hospital con Tyra en brazos. Ya ha anochecido y la oscuridad lo inunda todo. Bosteza y saca el teléfono.

—Hola. Ya estoy aquí, todo ha ido bien. —Jenny sujeta el teléfono a cierta distancia de la oreja, preparada para el rugido desde el otro lado del Atlántico. Sin embargo, solo escucha silencio. Oye el ruido del teléfono al cambiar de manos. Jack es el primero en hablar.

—¿Cómo has podido marcharte, mamá? Sin decírmelo. ¿Quién me hará ahora la comida? ¿Cuándo vuelves a casa?

—Doris me necesita aquí, no tiene a nadie. Ni amigos ni familia. Nadie quiere morir solo y nadie debería tener que hacerlo.

—Pero ¿qué pasa con nosotros? ¿No te importamos? Nosotros tampoco tenemos a nadie que nos ayude —grita con el típico egocentrismo de un adolescente.

—Jack...

—Marcharte así y abandonar a tu familia. ¿Cómo has podido?

—Jack, escúchame.

—Vuelve si quieres hablar conmigo.

—¡Jack, escúchame ahora mismo! —Alza la voz, algo que solo hace cuando está realmente enfadada, y mira al taxista a los ojos a través del espejo retrovisor—. Estoy segura de que podrás prepararte tú los sándwiches durante algunas semanas. Hablamos de sándwiches, no de tu vida. Intenta pensar en Doris, no solo en ti mismo.

El chico le entrega el teléfono a Willie sin decir una palabra.

—¿Cómo has podido marcharte así? Dejando solo una nota. ¿No pensabas que nos preocuparíamos? Los chicos estaban histéricos. Si vas a estar fuera varias semanas, eso hay que planificarlo. ¡Planificarlo! Necesitamos una niñera que se encargue de ellos. ¿Cómo pensabas resolver eso?

—Acordamos que vendría. Y he traído a Tyra conmigo, como prometí. No tiene por qué ser complicado, Willie. Los chicos son mayores. Hazles unos sándwiches por la mañana, métdelos en las fiambreras y asegúrate de que se los lleven al colegio. No hace falta ser un genio.

—¿Y quién va a cuidar de ellos cuando vuelvan de clase? ¿Quién los ayudará con los deberes? Yo tengo que trabajar, ya lo sabes. ¡Dios, Jenny, eres demasiado impulsiva!

—¿Esto te parece impulsivo? Como si fuera una adolescente estúpida. Ya hablamos de ello y te pareció bien. Sabías que quería venir y despedirme de Dossi. Aparte de vosotros, ella es la única familia que tengo. ¡Cuidó de mí cuando era pequeña y ahora se está muriendo! ¿Qué es lo que no entiendes?

Él resopla, se despide entre dientes y cuelga. Jenny le dedica una sonrisa forzada a Tyra, que la mira en silencio.

—Era papá —dice antes de darle un beso en la mejilla.

Por fin llegan. Sigue las indicaciones desde la entrada hasta los ascensores y pulsa el botón. La espera la pone nerviosa. Le preocupa que Doris no sea como la recuerda. Uno de los ascensores pita anunciando su llegada.

Mira a su alrededor al llegar a la planta y advierte el olor a desinfectante, el sonido de las alarmas y las máquinas de los pacientes. Una enfermera se detiene al verlas.

—¿Busca a alguien?

—Sí, busco a Doris Alm. ¿Está aquí?

—Doris, sí, allí —dice la enfermera señalando hacia una habitación—, pero ya se ha pasado la hora de visita, así que no puede verla ahora mismo.

—¡He volado desde San Francisco! Hemos aterrizado hace unas horas. Por favor, tiene que dejar que la vea.

La enfermera mira a su alrededor, pero después asiente y la sigue hasta la habitación.

—No haga ruido ni se quede demasiado tiempo. Los demás necesitan dormir.

Jenny asiente.

Distingue la silueta del cuerpo de Doris bajo las mantas. Está delgada y es mucho más pequeña de lo que recordaba. Tiene los ojos cerrados. Jenny se sienta en la silla de las visitas y acerca el carro, Tyra también está durmiendo. Por fin puede sacar las hojas de papel y leer todas las palabras que Doris le ha escrito. Se pregunta de qué tratará y se encuentra de inmediato sumergida en la historia de la agenda, del padre de Doris, de su taller.

Cuando Doris gimotea bajo las mantas, regresa al presente. Doris se revuelve. Jenny se levanta y se inclina sobre la cama.

—Doris —susurra acariciándole el pelo—. Dossi, ya estoy aquí.

Doris abre los ojos y parpadea varias veces. Se queda mirándola unos segundos.

—Jenny —dice al fin—. Oh, Jenny, ¿de verdad eres tú?

—Sí, claro que soy yo. Estoy aquí, contigo. Ahora ya puedo cuidar de ti.

La agenda roja

P. PARKER, MIKE

Mike Parker. Hace mucho tiempo que no pronuncio su nombre. Hay nombres que no necesitan escribirse en una agenda para quedar grabados en la memoria para siempre. Y, por desgracia, mi historia no estaría completa sin él.

Fue él quien me enseñó que algunos niños que vienen a este mundo no son el resultado del amor entre un hombre y una mujer. Fue él quien me enseñó que el amor no es un requisito, que no es necesariamente hermoso.

Lo conocí un día de lluvia, y como la lluvia ha permanecido en mi memoria.

Nadie quería viajar a Europa a principios del verano de 1941. Los barcos civiles hacía tiempo que ya no navegaban, y el tráfico en el Atlántico había sido sustituido por barcos de mercancías cargados de misiles y por aviones de combate que hacían de ellos el objetivo de su particular tiro al plato. Yo sabía todo eso, pero estaba decidida a no irme del puerto a no ser que fuera a bordo de una embarcación. Aunque solo llegara hasta Inglaterra o España, aun así estaría más cerca de Allan. Y de Gösta. Recorrí el muelle y me asomé a los barcos allí anclados. Iba descalza, sorteando los charcos y la basura, conteniendo el dolor cada vez que las piedrecitas afiladas se me clavaban en las plantas de los pies. Llevaba los zapatos guardados en el bolso, no quería echar a perder el último par bueno que me quedaba. Solo tenía en mi haber una maleta pequeña con algo de ropa. Del cuello colgaba mi adorado relicario. El resto de mis pertenencias estaban guardadas en un baúl en el desván de Carl. Esperaba volver a verlas algún día.

—¡Señorita! ¡Señorita! ¿Busca a alguien? —Un hombre se acercó corriendo a mis espaldas y yo me estremecí de miedo. Era ligeramente más bajo que yo, pero la fuerza de sus hombros y de sus brazos resultaba evidente bajo el chaleco blanco que llevaba. Tenía la ropa manchada de aceite, al igual que las manos y las mejillas. Sonrió y se quitó el gorro para saludarme debidamente. Después echó mano a mi maleta, pero yo la agarré con ambas manos. Caía una suave llovizna a nuestro alrededor.

—Deje que le lleve la maleta. ¿Se ha perdido? Ya no salen barcos de pasajeros.

—Necesito ir a Europa. Tengo que ir, es muy importante —respondí yo dando un paso atrás.

—¿A Europa? ¿Por qué quiere ir allí? ¿No sabe que están en guerra?

—Soy de allí y necesito volver a casa. Hay gente allí que me necesita. Yo los necesito, así que no me marcharé a no ser que sea en barco.

—Bueno, la única manera de llegar hasta allí es encontrar trabajo en uno de los barcos de mercancías, pero tendrá que quitarse ese vestido. —Señaló con la cabeza mi falda roja—. ¿Lleva pantalones en esa maleta?

Negué con la cabeza. Había visto a algunas mujeres con pantalones largos y modernos, pero no era algo que yo hubiera tenido nunca.

Él sonrió.

—De acuerdo, eso podemos arreglarlo. Quizá pueda ayudarla. Soy Mike. Mike Parker. Mañana por la mañana zarpa un barco. Va lleno de armas para el ejército británico. Necesitamos un cocinero, porque el hombre que iba a venir con nosotros está enfermo. ¿Usted sabe cocinar, señorita?

Yo asentí, dejé la maleta en el suelo y noté los dedos entumecidos por el peso y la tensión de la mano.

—Es un trabajo duro, ha de estar preparada para eso. Y tendré que pedirle que se corte el pelo. Nunca conseguirá el trabajo con ese aspecto, con aspecto de mujer.

Yo negué con la cabeza y abrí mucho los ojos.

—No, el pelo no...

—¿Quiere ir a Europa o no?

—Tengo que hacerlo.

—No aceptarán a una mujer en ningún barco que salga de este puerto, por eso tenemos que cortarle el pelo y vestirla como a un chico. Tendremos que encontrarle ropa. Llevará pantalones y camisa.

Yo vacilé, pero ¿qué opción tenía cuando lo que necesitaba era salir del país? Lo seguí hasta un pequeño despacho situado entre los almacenes y me puse la ropa que me lanzó: pantalones marrones de lana y una camisa beis con manchas secas de sudor en las axilas. Todo me quedaba grande y olía muy mal. Me remangué las mangas y las perneras. No estaba preparada para el primer corte; se me puso detrás y me cortó un mechón de pelo. Yo di un grito.

—¿Viene o no? —Con una sonrisa cerró las tijeras en el aire.

Me mordí el labio, asentí y cerré los ojos. Se puso manos a la obra y mi bonita melena brillante pronto quedó desperdigada por el desgastado suelo de madera.

—Quedará bien —me aseguró con una sonrisa. Yo temblaba, ansiosa y dubitativa.

Volcó el contenido de mi maleta en un saco de yute y me lo lanzó.

—Venga mañana a las siete. Tendremos que llegar al barco remando en eso. —Señaló uno de los pequeños botes de remos que se balanceaban en el muelle.

—¿Puedo quedarme aquí esta noche? No tengo ningún lugar al que ir.

—Claro, haga lo que quiera. —Se encogió de hombros y se marchó sin despedirse.

Una noche sola en un puerto conlleva muchos sonidos. Un ratón que corretea por el suelo y se detiene, el viento que agita las puertas y las ventanas, el goteo de un desagüe bajo el muelle. Me tumbé con el saco como almohada y, a modo de manta, el abrigo rojo, el mismo que llevaba cuando Agnes y yo nos bajamos del puerto al llegar a Estados Unidos. Entonces era nuevo, pero ahora estaba viejo y gastado. ¡Cómo habría podido imaginar entonces lo que sucedería más tarde! El saco que tenía bajo la cabeza contenía varios restos arrugados de mi vida glamurosa en París. Me pregunté cómo habría pasado Gösta la noche, si estaría a salvo en su cama en Estocolmo. Y pensé también en Allan. ¿Seguiría vivo? Me estremecí al pensarlo, pero el recuerdo de nuestro amor me hizo olvidar el miedo por un momento. A lo lejos oía una puerta que daba golpes con el viento. Sus portazos rítmicos al final hicieron que me quedara dormida.

La agenda roja

P. ~~PARKER, MIKE~~ MUERTO

Cuando por fin amaneció, el puerto estaba cubierto de niebla. Los rayos de luz, débil y rosada, se abrían paso sobre la superficie estática del agua, que la barca rompía formando espuma blanca. Mike remaba con golpes poderosos. Yo miraba Manhattan, con el Empire State elevándose hacia el cielo. La bandera estadounidense colgaba del mástil del barco. De pronto él se detuvo y me miró.

—Mantén la cabeza agachada cuando subas al barco y no mires a nadie a los ojos. Les diré que no hablas inglés. Si descubren que eres mujer, te echarán. —Mike dejó los remos, se acercó a mi lado del bote y me puso las manos en los pechos. La barca se tambaleó. Yo solté un grito ahogado y miré con terror sus ojos severos—. Quítate la camisa. Tenemos que escondértelos.

Empecé a desabrocharme los botones con cuidado, pero él me dijo que teníamos prisa, me apartó las manos y me arrancó el último botón. Me quedé allí sentada, con el sujetador y el vientre al aire. El aire húmedo de la mañana acarició mi cuerpo y me puso la piel de gallina. Mike rebuscó en su kit de primeros auxilios y encontró una venda, que enrolló con fuerza sobre mi sujetador hasta que mis pechos quedaron apretados contra las costillas. Y ahí desapareció el último rastro de mi feminidad. Me puso un gorro en la cabeza y siguió remando hacia el barco.

—Recuerda lo que te he dicho: la mirada al suelo, todo el tiempo, no sabes una palabra de inglés, no hables con nadie.

196

Yo asentí y, cuando subimos por la escalera de cuerda que colgaba del casco del barco, intenté moverme como un hombre, con las piernas muy separadas. Llevaba la bolsa con la ropa a la espalda, con la venda cruzada sobre el pecho, que me rozaba la piel y me hacía daño. Mike me presentó a la tripulación y les dijo que no tenía sentido que intentaran hablar conmigo porque no entendería nada de lo que dijeran. Después me mostró la cocina y me dejó sola con las cajas de comida para que las desempaquetara.

En la oscuridad de aquella primera noche, descubrí cuáles eran los verdaderos motivos de Mike. En realidad no había querido ayudarme. Me sujetó las muñecas con una mano, me las apretó contra el cabecero de la cama y me susurró al oído:

—Una palabra y te tiró por la borda, te lo juro. Ni pío, o te hundirás en el fondo del mar como una piedra.

Con la otra mano me separó las piernas. Se escupió en la palma de la mano y me humedeció los genitales. Me frotó con la mano y después me introdujo los dedos, primero uno, después dos. Yo sentí sus uñas, que se me clavaban en la piel. Después, con un movimiento brusco, me penetró. Su miembro era grande y duro, y tuve que morderme el labio para no gritar. Por mis mejillas resbalaban lágrimas de dolor, de miedo y de humillación, al tiempo que me golpeaba la cabeza contra el cabecero al ritmo de sus toscas embestidas.

Esa misma escena se repitió todas las noches. Yo me quedaba allí tumbada, muy quieta, y separaba las piernas para que terminara lo antes posible. Intenté acostumbrarme a sus jadeos en mi oreja, a sus manos callosas sobre mi cuerpo; intenté soportar su lengua cuando me lamía los labios, que yo apretaba con fuerza.

Durante el día trabajaba en la cocina sin decir nada. Cocía arroz y cortaba carne en salazón. Lavaba los platos. La tripulación venía y se iba. Yo los miraba a los ojos, pero nunca me atreví a hablar con ellos. Mike me controlaba por completo, y el miedo a lo que pudiera ocurrir si trataba de escapar era demasiado fuerte.

* * *

Estaba lavando los platos una noche, cuando nos quedaban pocas horas para llegar a tierra. De pronto oí al capitán gritar en el puente de mando. Hombres que corrían. Y entonces los disparos sobre el agua. El barco estaba cargado de armas y de munición, y percibí la desesperación del capitán cuando gritó:

—¡Atrás! ¡Atrás! ¡Dad la vuelta! ¡Son los alemanes! ¡Los alemanes! ¡Explotaremos si nos alcanzan!

Los suelos y las paredes retumbaron y sentí las vibraciones por todo mi cuerpo. Los motores dieron marcha atrás. Yo seguía a salvo en la cocina, mi refugio, pero sabía que pronto tendría que subir, acercarme a la cubierta. Cuando intenté abrir la puerta, descubrí que estaba cerrada con llave. Quizá Mike me había encerrado allí, quizá fuera por las vibraciones, pero tenía que salir. Los disparos sonaban cada vez más cerca, explotaban como fuegos artificiales. En un extremo de la cocina había un pequeño ojo de buey que daba al comedor. Rompí el cristal con una sartén y me colé con los pies por delante. Las esquirlas de cristal me hicieron cortes en las piernas y en los brazos. El barco seguía dando marcha atrás y los motores sonaban con una fuerza horrible. Me escabullí escaleras arriba hasta la cubierta de popa. Utilizando las manos como guía, llegué hasta el baúl de los chalecos salvavidas, me puse uno por encima de la cabeza y me senté allí a esperar, pegada a la pared helada.

El barco alemán no tardó en alcanzarnos. La tripulación encendió los focos y comenzó a disparar. Los alemanes no dudaron en contraatacar. Varias balas impactaron en el metal, a ras de mi cabeza, y me agaché por miedo a que rebotaran. Me tiré al suelo cuando un miembro de la tripulación me vio. Nuestras miradas se cruzaron justo cuando estaba a punto de saltar por la barandilla del otro extremo de la cubierta, y me hizo gestos para que lo siguiera. Me preparé y corrí los pocos metros cubriéndome la cabeza con los brazos hasta donde se encontraba él. No sabía dónde iba, pero lo seguí y me apresuré a bajar por la escalera de cuerda. Al llegar abajo, mi pie golpeó algo duro. Él me agarró del tobillo y tiró de mí hasta un pequeño bote salvavidas. Después lo empujó para separarlo del barco y la embarcación quedó a la deriva. Las balas silbaban sobre nuestras cabezas y la corriente nos acercaba cada vez más al barco enemigo. Nos tumbamos con la cabeza debajo del banco y los brazos pegados a las orejas. El estruendo de los disparos sonaba diferente a través del agua que rodeaba el enclenque casco del bote, como un cacareo débil. Mentalmente repasé todas las plegarias que había aprendido en el colegio, pero nunca había utilizado.

Los minutos me parecieron horas.

De pronto oímos la temida explosión procedente del barco que acabábamos de abandonar. La onda expansiva nos alcanzó y ambos caímos al agua. Yo oí que mi salvador chapoteaba y pedía ayuda, pero su voz sonaba cada vez más lejana, más suave, hasta que quedó en silencio. Yo braceé en el agua helada, rodeada de restos ardiendo. Vi que el inmenso barco volcaba y comenzaba a hundirse lentamente, como una antorcha encendida en el agua negra. El chaleco salvavidas me mantuvo a flote y logré regresar al pequeño bote en el que habíamos huido. Estaba dado la vuelta, pero me subí encima y quedé sentada a horcajadas. Los alemanes se habían dado la vuelta y se habían marchado; el mar había vuelto a quedar en calma. Sin disparos, sin gritos.

Cuando amaneció, estaba sola, rodeada de los restos chamuscados del barco. Y de cuerpos. A algunos les habían disparado, otros se habían ahogado. No volví a ver al hombre que me había salvado la vida.

Mike pasó flotando frente a mí y yo lo seguí con la mirada. Tenía la barba cubierta de sangre seca. Le habían disparado en la cabeza, que le colgaba inerte sobre el chaleco salvavidas. Tenía la frente medio sumergida en el agua.

Y lo único que yo sentí fue alivio.

21

Es de noche en San Francisco cuando por fin regresan al apartamento de Bastugatan. El cansancio es casi paralizante. Jenny prepara unas gachas mientras Tyra juega a sus pies con las sartenes. La niña las saca del armario y gorjea feliz. Está tan contenta en el suelo que Jenny coloca el cuenco con las gachas frente a ella y retira la alfombra para que no se manche.

Abre y cierra cajas y armarios, rebusca con cuidado entre las cosas de Doris mientras la niña juega con la comida. En la mesa de la cocina ve varios objetos colocados de manera ordenada sobre el mantel azul. Los levanta uno a uno. Una lupa cubierta de polvo y manchas de grasa, con una cinta de encaje arrugada y deshilachada atada. Estudia los demás objetos a través del sucio cristal. Las imágenes aparecen borrosas, así que echa su aliento sobre el cristal y lo frota con la esquina del mantel. El tejido azul se arruga y, cuando intenta estirarlo, apenas logra alisarlo. En su lugar levanta el salero. A través del cristal ve unos granos de arroz amarillentos. Lo agita para que desaparezcan.

En el pastillero todavía hay pastillas para tres días. Viernes, sábado y domingo. Así que Doris debió de caerse un jueves. Jenny echa la vista atrás y trata de recordar la primera vez que hablaron. Era un día de colegio, así que debió de ser viernes. Se pregunta qué tipo de medicina será, si Doris habrá tenido antes problemas de corazón, si los médicos lo sabrán. Quizá este ataque al corazón se haya debido a que no ha tomado sus medicinas. Decide meterse el pastillero en el bolso.

Se lo preguntará mañana al médico.

Tyra vuelca el cuenco en el suelo y empieza a llorar.

—¿Nos vamos a la cama, cielo? —pregunta Jenny. Levanta a su hija, limpia el suelo, le limpia la cara a Tyra con un trapo húmedo y le pone el chupete.

No tarda en oír ese leve gimoteo que Tyra siempre hace poco antes de quedarse dormida. Se mete en la cama, junto a la niña, con la nariz hundida en su cuello. Cierra los ojos. En la almohada percibe el tranquilizador olor de Doris.

Son las siete de la tarde. Tyra le tira del pelo, le mete el dedo en el ojo y lloriquea. Jenny mira con los ojos entornados las manecillas brillantes de su reloj y trata de calcular qué hora será en San Francisco. Las diez. La misma hora a la que Tyra suele despertarse de su siesta matutina. Mareada por el cansancio, trata de volver a dormirla, pero sus esfuerzos son en vano: la niña está totalmente despierta.

La lámpara de la mesa desprende una nube de polvo cuando la enciende, y agita la mano en el aire. El apartamento está frío, así que se envuelve con una manta mientras va hacia la cocina, consciente de que Tyra pronto empezará a llorar por el hambre. Busca en la bolsa de los pañales algo comestible y en el fondo encuentra un par de galletas saladas rotas y una bolsita de puré de frutas, que abre y le entrega a la niña. Tyra sorbe parte de la fruta, pero después tira el paquete y se centra en las galletas. Las coloca en una de las sartenes del suelo, golpea la tapa varias veces antes de meter las manitas rollizas en la sartén y sacar los trozos de galleta, que después tira por encima del hombro.

—Galleta, galleta —exclama entre risas.

—Se supone que tienes que comértelas, mi amor —le dice Jenny en sueco, antes de cambiar al inglés con una sonrisa—. Cómete las galletas. —Aún se siente mareada. Fuera, el cielo está oscuro y no hay luces en el edificio de enfrente. Solo ventanas sumidas en la oscuridad cuyo cristal refleja el brillo amarillo de las farolas de la calle. Destellos dorados en la noche.

Las hojas de papel que Doris ha impreso se encuentran sobre la mesa de la cocina. Las levanta una vez más y las hojea. Lee las primeras líneas:

A lo largo de una vida nos cruzamos con muchísimos nombres. ¿Lo habías pensado alguna vez, Jenny? Todos los nombres que vienen y van. Nombres que nos rompen el corazón y nos hacen llorar. Nombres que se convierten en amantes o en enemigos. A veces hojeo mi agenda.

La agenda. Jenny revisa los objetos de la mesa, levanta la vieja agenda de cuero roja y acaricia sus páginas amarillentas. Debe de ser la agenda de la que habla Doris. Empieza a leer y ve que los nombres aparecen todos tachados. Detrás de cada uno de ellos, Doris ha escrito *MUERTO. MUERTO, MUERTO, MUERTO.* Deja caer la agenda como si quemara. Le produce dolor saber lo sola que debe de sentirse Doris. Si al menos ella viviera un poco más cerca. Se pregunta cuántos días habrá pasado Doris sola. Cuántos años. Sin amigos, sin familia, solo con sus recuerdos como única compañía. Los recuerdos bonitos, los dolorosos y los horribles.

Y puede que Doris no tarde en unirse a ellos. A los nombres muertos. *MUERTA.*

La agenda roja

J. JONES, PAUL

A lo largo de aquella noche, me arrepentí muchas veces de haber dejado atrás la seguridad de Estados Unidos. ¿Y por qué? Por una Europa en guerra, por el sueño de volver a ver a Allan. Un sueño ingenuo que jamás se cumpliría. Estaba segura de que había llegado el final, allí, en mitad del océano helado. Tumbada sobre el casco de la barca al amanecer, fantaseaba con su cara. Sentía el metal frío del relicario contra el pecho, pero no podía abrirlo. Cerré los ojos e intenté visualizarlo en mi cabeza. Y, sin más, se volvió tan presente que el mar amenazador pareció mucho más lejano. Me hablaba. Se reía en voz muy alta, como hacía siempre que contaba una historia divertida. Arruinaba la gracia de la anécdota con su propia alegría, pero a mí me hacía reír de todos modos, dado que aquel sonido era contagioso. Bailaba a mi alrededor, y de pronto estaba detrás de mí, entonces miró al frente y me besó antes de volver a desaparecer. Sus ojos brillaban con la pasión por la vida.

El agua estaba negra y las olas brillaban como cuchillos a la luz brumosa del sol. Todo estaba en silencio, salvo por el silbido del viento. El casco de la barca estaba caliente y parecía que mi cuerpo se hallaba cada vez más pegado a él. Clavé los dedos entre las tablas de madera para sujetarme mejor, pero me abandonaron las fuerzas y dejé caer los brazos a ambos lados. El corcho del chaleco salvavidas se me clavaba en la tripa. Involuntariamente me deslicé hacia el agua, incapaz de frenar el movimiento de mi cuerpo, aunque consciente de lo que iba a ocurrir. La muerte me aguardaba, y me dio la bienvenida con un chapoteo cuando al final caí. El peso del agua cayó sobre mi cabeza mientras esta se hundía bajo la superficie.

Oía el chisporroteo, percibía el olor a madera. El calor me envolvía, se me sonrojaban las mejillas. Estaba envuelta en una gruesa manta de lana, tan apretada que no podía mover los brazos. Parpadeé. ¿Así se sentía una al estar muerta? Mis ojos escudriñaron la estancia con aquel brillo tenue. En el centro había una enorme chimenea cuya salida de humos se elevaba por encima de las vigas oscuras del techo. A la derecha vi una pequeña despensa y, a la izquierda, un pasillo y una ventana. En el exterior, todo parecía estar a oscuras. No sé cuánto tiempo me quedé allí tumbada, mirando a mi alrededor, estudiando hasta el último detalle: las extrañas herramientas colgadas de ganchos, las cuerdas, los trozos de papel metidos entre las grietas de las paredes de madera. ¿Dónde estaba? No tenía miedo. En cierto modo, me sentía a salvo al calor del fuego, y permanecí largo rato en un duermevela. Empecé a preguntarme si, al fin y al cabo, seguiría en el mar.

Finalmente me desperté al oír que descorrían las cortinas opacas de la ventana. La luz del sol inundó la estancia. Un perro me olisqueó la cara y me lamió la mejilla. Yo resoplé para ahuyentarlo y sacudí ligeramente la cabeza.

—Buenos días. —Oí la voz de un hombre y sentí una mano amable en el hombro—. ¿Te has despertado ya?

Parpadeé varias veces, intentando enfocar a la persona que tenía delante. Era un hombre delgado y mayor con las mejillas arrugadas que me observaba con curiosidad.

—Has estado cerca. Te encontré con la cabeza bajo el agua. No pensé que siguieras con vida, pero, cuando te saqué, empezaste a toser. Había muchos muertos. Cuerpos por todas partes. Esta guerra... va a acabar con todos.

—¿No he muerto? —Me dolía la garganta al hablar—. ¿Dónde estoy?

—No, pero has estado cerca. Tuviste más suerte que el resto de la tripulación. ¿Cómo te llamas?

—Doris.

Dio un respingo y me miró extrañado.

—¿Doris? ¿Eres una mujer?

Yo asentí, pensando en mi pelo corto.

—De lo contrario no habría podido subirme al barco en Estados Unidos.

—Me habías engañado. Bueno, hombre o mujer, da igual, puedes quedarte aquí hasta que recuperes las fuerzas y puedas seguir tu camino.

—¿Dónde estoy? —volví a preguntar.

—Estás en Inglaterra, en Sancreed. Te encontré cuando salí a pescar en mi barca.

—¿No estáis en guerra?

—La guerra está en todas partes —dijo mirando al suelo—, pero aquí en el campo no nos damos tanta cuenta. Están centrados en Londres. Oímos los bombarderos y apagamos las luces por la noche. Y no tenemos mucha comida, pero, por lo demás, la vida sigue con normalidad. Había salido a recoger mis redes cuando te encontré. Tiré los peces. No los quería, con todos esos muertos flotando por allí.

El hombre me aflojó la manta para que pudiera mover los brazos y yo me estiré un poco. Me dolían las piernas, pero podía moverlas. El perro se acercó corriendo. Era gris y desgreñado, y me olisqueaba con el hocico.

—Este es Rox, tendrás que disculpar su insistencia. Yo me llamo Paul. La casa no es grande, pero hay un colchón en el que podrás dormir. Es sencillo, pero cómodo. ¿Hacia dónde te diriges? No eres británica, se nota.

Me detuve a pensar. ¿Hacia cuál de mis dos ciudades me dirigía? No lo sabía. Estocolmo era más un recuerdo lejano, París resultaba una utopía que me decepcionaría.

—¿Suecia está en guerra?

Paul negó con la cabeza.

—No que yo sepa.

—Entonces es ahí donde me dirijo. A Estocolmo. ¿Sabes cómo puedo llegar hasta allí? ¿Conoces a alguien que pueda ayudarme?

Paul sonrió con tristeza y negó con la cabeza. Pasaría algún tiempo allí. Creo que él ya lo sabía entonces.

La agenda roja

J. JONES, PAUL

Había una buhardilla en la casita de campo. Una escalera empinada situada junto a la chimenea conducía hasta un agujero sellado en el techo; Paul agarró un martillo y sacó los clavos de los tablones de madera. Subimos juntos. En la buhardilla, las paredes estaban inclinadas y se juntaban en una gruesa viga de madera en el centro. Solo se podía estar de pie en ese punto de la habitación. El suelo estaba lleno de basura: montones de libros y periódicos viejos, cajas de redes de pesca que olían a algas, una enorme maleta negra, un caballito de madera hecho a mano que crujía al movernos por allí. Y todo estaba cubierto de telarañas.

Paul se disculpó, empezó a soplar el polvo y las telarañas y provocó una enorme nube gris a mi alrededor. Mientras él apilaba las cajas y amontonaba los libros junto a la pared, yo abrí la ventana en forma de media luna para dejar entrar algo de luz. Después me dediqué a fregar el suelo y las paredes con agua jabonosa.

Un fino colchón de crin se convirtió en mi cama, con una colcha de lana a modo de manta. Por las noches me quedaba allí tumbada durante horas, escuchando el ruido de los aviones a lo lejos. Me atormentaba el miedo a otra explosión. En mi cabeza veía el barco explotar una y otra vez y los cuerpos volando por los aires. El agua se volvía roja en mis pesadillas. Veía a Mike mirándome con esos ojos sin vida. El hombre que me había tratado tan mal.

Paul estaba en lo cierto: la guerra estaba lejos de la vida diaria de los aldeanos, pero yo no era su única visita inesperada. Muchos de los vecinos tenían acogidos a niños pálidos que lloraban por las noches hasta quedarse dormidos, extrañando a sus madres y a sus padres, que estaban a cientos de kilómetros de allí. Eran niños evacuados de Londres. Los veía desenredar las redes con su ropa harapienta y los pies descalzos, lavaban las alfombras con agua tan fría que se les agrietaban las manos, cargaban pesados objetos a sus espaldas. A cambio de un lugar donde dormir, debían llevar a cabo los más arduos trabajos.

A mí también me pusieron a trabajar. Paul me enseñó a limpiar el pescado que capturaba. Utilizando un cuchillo afilado, realizaba una rápida incisión justo por encima de las branquias de los peces que llenaban las cajas que me traía. Me encontraba en un extremo del muelle, junto a una mesa desvencijada de madera gris, cortándoles la cabeza y sacándoles las tripas, que les tiraba a las gaviotas. Pronto se me cuartearon y secaron los dedos por culpa de las escamas, pero Paul se limitaba a sonreír cuando me quejaba.

—Pronto se te endurecerán. Tienes que acostumbrar tus dedos de ciudad al trabajo duro.

Yo estaba continuamente cubierta de sangre de pescado, que me producía náuseas. Era un recordatorio constante de la muerte, pero aguanté.

Una noche estábamos en casa cenando a la luz de una vela. Paul no solía hablar sentado a la mesa. Era amable, pero no muy hablador. Y entonces me miró.

—De los dos tú eres la única que engorda con esta comida. —Levantó la cuchara y dejó que el caldo aguado cayera de nuevo en su cuenco. Salpicó sobre la mesa y la vela estuvo a punto de apagarse.

—¿A qué te refieres?

—Estás engordando. ¿No te has dado cuenta? ¿Estás escondiendo comida en algún lugar secreto?

—¡Claro que no! —Me pasé la mano por la tripa. Tenía razón, había ganado peso, tenía la tripa tan tirante como una vela ondeando al viento.

—No te habrán hecho un bombo, ¿verdad?

Yo negué lentamente con la cabeza.

—Porque lo último que necesitamos es otra boca que alimentar.

Aquella noche me acaricié con las manos aquella tripa redondeada, que no se aplanaba ni siquiera cuando me tumbaba boca arriba. Había sido una estúpida. Las náuseas que experimentaba cuando limpiaba pescado no tenían nada que ver con la sangre. Recordé lo mucho que había sufrido Agnes cuando estaba embarazada y de pronto advertí todas las señales que antes había ignorado. Cuando me di cuenta de que el bebé que llevaba dentro era de Mike, vomité directamente en el suelo de la buhardilla. El mal había arraigado en mi interior. Se había mezclado con mi propia sangre.

22

Página a página, el montón de papeles va pasando de un lado al otro de Jenny. Tyra está tumbada junto a ella en la cama, durmiendo profundamente con el pulgar en la boca. De vez en cuando succiona inconscientemente. Jenny le quita el pulgar con cuidado y lo sustituye por el chupete, pero la niña lo escupe de inmediato y vuelve a llevarse la mano a la boca. Jenny suspira y devuelve la atención al texto. Muchas palabras, muchos recuerdos de los que ella no tenía ni idea. Cuando al fin se queda dormida, lo hace con la lámpara encendida y una hoja de papel a medio leer sobre el pecho.

El hospital es grande y gris. Un bulto de cemento en las afueras, con detalles verdes y rojos. En el tejado, las enormes letras blancas parecen flotar en el aire: *Danderyds sjukhus*. Empuja el carrito de Tyra hacia la entrada, pasa frente a una cabina de cristal donde los pacientes en bata se apiñan, fumando y temblando. Dentro ve más pacientes, todos vestidos de blanco, algunos con goteros, todos pálidos. San Francisco le parece lejano en el tiempo y en el espacio. La casa, el mar, el tráfico. Jack y sus cambios de humor adolescentes, David, Willie. La colada, la limpieza, la cocina. Ahora están solo Tyra y ella. Un carrito que vigilar, una niña. Tiene una sensación de libertad que se extiende por todo su cuerpo, respira profundamente y camina por el pasillo.

—Ahora está un poco más despierta, podrá hablar con ella, pero todavía necesita descansar, así que, por favor, no se quede demasiado. Y nada de flores. —La enfermera niega con la cabeza al ver el ramo de flores que lleva Jenny—. Alergias. —Jenny deja las flores y, con un suspiro, empuja el carrito hacia la habitación de Doris. Se detiene al verla en la cama. Parece tan pequeña y delgada que es casi como si estuviera desapareciendo. Su pelo blanco es como un halo que rodea su cara. Tiene los labios azulados. Jenny deja el carrito donde está y corre a abrazarla.

—Oh, querida —susurra Doris con la voz entrecortada mientras le da palmaditas en la espalda, con la vía insertada en una de las venas gruesas del dorso de la mano—. ¿Y a quién tenemos aquí? —Señala el carrito donde se encuentra sentada Tyra, con los ojos muy abiertos.

—Ah, sí. Esta vez está despierta.

Jenny la saca del carro y se sienta al borde de la cama con la niña en el regazo. Le habla en una mezcla de sueco e inglés.

—Esta es la tía Doris, Tyra. La tía del ordenador, ¿recuerdas? Di «hola».

—«Había una vez un barquito chiquitito...» —canturrea Doris. Jenny sube y baja la pierna con Tyra encima y la niña sonríe y gorjea mientras su madre balancea sus piernas de un lado a otro—. Es igual que tú —dice Doris mientras le agarra las piernas a la niña—. Tú tenías los muslos rollizos a su edad.

Le guiña un ojo y sonríe.

—Me alegra ver que todavía tienes sentido del humor.

—Sí, la vieja no ha muerto aún.

—Ay, no digas eso. No puedes morir, Dossi, no puedes.

—Pero tengo que hacerlo, mi amor. Ha llegado mi hora, ya he vivido suficiente. ¿No ves lo decrépita que estoy?

—Por favor, no hables así... —Jenny cierra los ojos—. Ayer estuve leyendo esas páginas que me escribiste. Lloré al verlas, al ver todo lo que querías decir. Todo lo que te ha ocurrido. Hay mucho que no sabía.

—¿Hasta dónde has llegado?

—Estaba muy cansada y me quedé dormida en mitad de París. Debiste de pasar mucho miedo en aquel tren. Eras tan joven... Como Jack. Es increíble.

—Sí, claro que pasé miedo, todavía lo recuerdo. Es extraño, a medida que te haces mayor, olvidas lo que ha ocurrido recientemente, pero tus recuerdos de la infancia se vuelven tan vívidos que parecen haber tenido lugar hace nada. Hasta recuerdo cómo olía aquel día cuando el tren entró en la estación.

—¿De verdad? ¿Y cómo olía?

—Al humo denso de los hornos, a pan recién horneado, a los almendros en flor y al almizcle de los caballeros adinerados del andén.

—¿Almizcle? ¿Qué es eso?

—Un perfume que antes era muy común. Huele bien, pero es muy fuerte.

—¿Recuerdas lo que sentiste cuando llegaste a París?

—Era muy joven. Cuando eres joven, solo te fijas en el aquí y el ahora. Y, en el peor de los casos, piensas un poco en el pasado. Pero mi madre hacía mucho que me había decepcionado, así que no la echaba mucho de menos. Lo que sí echaba de menos era el tarareo de su voz por las noches cuando pensaba que estábamos dormidas. Cantaba de maravilla, pero creo que con la señora estuve muy a gusto. Al menos es así como lo recuerdo.

—¿Qué canciones solía cantar? ¿Las mismas que me cantabas tú cuando era pequeña?

—Sí, es probable que yo te cantara algunas. Le gustaban los himnos. A veces cantaba *Children of the Heavenly Father*. Y también *Day by Day*. Pero solo tarareaba, como te digo, nunca cantaba las palabras.

—Suena bonito. Espera, puedo ponértelas. —Saca su teléfono, pulsa el *play* y le enseña el vídeo de YouTube a Doris, que se queda mirando la pantalla con los ojos entornados. Un coro de niños cantando *Children of the Heavenly Father* con sus voces angelicales. No llegan a las notas más agudas.

—Así sonaba cuando mi madre tarareaba, como un niño aterrorizado. No lograba alcanzar las notas más altas y tenía que volver a empezar desde el principio. —Doris se ríe al recordarlo.

—Siempre me gustaba cuando me cantabas. Me sentaba en tu rodilla y me hacías dar botes de un lado a otro. ¿Qué canción era?

—«El cuervo del sacerdote...» —Doris canta la primera estrofa de esa vieja canción infantil sueca y después tararea el resto.

—¡Era esa, sí! Tenemos que cantársela a Tyra. —Doris sonríe, extiende la mano y se la pone en la pierna a la niña. Entonces cantan juntas. Jenny se equivoca con la letra, murmura, pero después va recordándola mientras oye cantar a Doris. Envuelve a Tyra con un brazo y la columpia suavemente hacia delante y hacia atrás. La barandilla metálica del borde de la cama se le clava en las piernas, pero es demasiado divertido como para dejarlo. Tyra se ríe mientras canta—. Era todo tan divertido cuando venías a visitarnos, Dossi, cuánto te he echado de menos...

Se vuelve hacia Doris con lágrimas en los ojos. Ella está allí tumbada, con los ojos cerrados y la boca medio abierta. Jenny extiende el brazo hacia ella y nota el aire caliente que sale de su boca. Solo está durmiendo.

23

Le avergüenza lo que está haciendo, pero no puede parar. Cada caja, cada estantería, cada armario, cada hueco y cada rincón. Busca por todas partes. Encuentra fotografías, joyas, recuerdos, monedas extranjeras, recibos, notas escritas en trozos de papel. Las estudia con atención, las coloca en montones, las ordena por ubicación. Son muchísimas cosas de las que ella nunca había sabido nada.

Ve una chaqueta de lana gris colgada en una silla. Es de Doris y huele un poco a lavanda. Se la echa por encima y se sienta al borde de la cama. Tyra está tumbada boca arriba, profundamente dormida con las manos por encima de la cabeza. Lleva solo un pañal, y su tripita sube y baja cuando respira. Tiene la boca medio abierta y ronca ligeramente. No parece recuperarse del resfriado; el aire frío de Suecia siempre es difícil.

—Mi niña —susurra antes de darle un beso en la frente. Aspira el dulce aroma de la piel suave del bebé y la tapa con una manta.

Está cansada y le gustaría dormir a ella también, pero las cosas de Doris han despertado su curiosidad. Vuelve a sentarse en el frío suelo. Lee muchos recibos, algunos de ellos escritos a mano con caligrafía muy elaborada. Uno de ellos, de La Coupole, está metido dentro de un sobre muy manoseado, con un corazón dibujado con tinta negra en una de las esquinas. Es la cuenta de una botella de champán y ostras. Qué lujo. Busca en Google el restaurante con su teléfono y descubre que todavía existe; está en Montparnasse. Lo visitará algún día y experimentará lo mismo que Doris. Se pregunta con quién habría ido y por qué aparece un corazón en el sobre.

Abre una maltrecha caja de madera. Dentro hay algunas monedas francesas y un pañuelo de seda a cuadros. Un enorme relicario de plata refleja la luz. Jenny lo abre con cuidado. Ya lo ha visto antes, así que sabe lo que hay dentro: una cara en blanco y negro que le sonríe. Entorna los ojos para ver mejor la pequeña fotografía, pero está muy gastada y los rasgos del hombre parecen casi planos. Tiene el pelo corto y oscuro, peinado hacia un lado. Doris nunca ha respondido cuando le ha preguntado quién era. Saca con cuidado la foto, pero detrás no aparece ningún nombre.

Las palabras de Doris yacen en un montón sobre la cama. Es casi medianoche, pero quiere saber más. De modo que toma otra hoja del montón y sigue leyendo. Oye la voz de Doris en su cabeza mientras lee.

24

Tras abrazar a Doris a la mañana siguiente, lo primero que hace Jenny es sacar el relicario del bolso y dejarlo colgando de su mano.

—¿Quién es este?

Doris sonríe con picardía y cierra los ojos, pero no responde.

—Venga, respóndeme. Ya te lo he preguntado más veces, pero ahora tienes que decírmelo. ¿Quién es?

—Bah, alguien del pasado.

—Es Allan, ¿verdad? Dime que es Allan, porque sé que sí.

Doris niega con la cabeza, pero su sonrisa y el brillo de sus ojos la delatan.

—Es guapo.

—Claro que lo es, ¿qué esperabas? —Doris extiende la mano y trata de alcanzar el relicario.

—Nadando en el Sena. Debió de ser muy romántico.

—Vamos a ver. —Doris abre el relicario con dedos temblorosos y mira la imagen—. Últimamente no veo nada.

Jenny alcanza la lupa de Doris de la mesita de noche.

Doris se ríe.

—Imagina si Allan supiera que, setenta años más tarde, yo estaría tumbada aquí rememorándolo a través de una lupa. ¡Le haría muy feliz!

Jenny sonríe.

—Dossi, ¿qué fue de él?

Doris niega con la cabeza.

—¿Qué ocurrió? No lo sé, no tengo ni idea.

—¿Murió?

—No lo sé. Desapareció. Nos conocimos en París y nos enamoramos. Me abandonó, pero después me envió una carta desde Estados Unidos en la que me pedía que lo siguiera hasta allí. Recibí la carta un año más tarde y, para cuando llegué a Nueva York, él ya se había casado con otra. Había dado por hecho que yo no quería ir. Todavía nos queríamos y lloramos al darnos cuenta de que había sido todo un malentendido. Después se fue a Francia, a combatir en la guerra. Su madre era francesa, él tenía las dos nacionalidades. Me escribió una carta desde allí diciendo que me amaba y que quería vivir conmigo, que había sido un estúpido, pero es probable que nunca regresara a casa, de lo contrario habría recibido noticias suyas después de la guerra. Probablemente sufrió el mismo destino que el puente bajo el que nadábamos. Volado por los alemanes. No quedó nada, solo escombros.

Jenny se queda callada unos segundos.

—Pero... pero ¿dónde estabas tú después de la guerra? ¿Sabía él dónde estabas? Quizá trató de localizarte.

—El amor siempre encuentra el camino, mi querida Jenny, siempre que esté destinado a pasar. Es el destino el que nos guía, siempre lo he pensado. Es probable que muriera, seguramente, pero lo extraño es que nunca lo he percibido así. Siempre ha estado a mi lado, con frecuencia he sentido su presencia. Es curioso.

—Pero ¿y si no murió? ¿Y si sigue con vida? ¿Y si aún te quiere? ¿No sientes curiosidad por saber cómo sería, qué aspecto tendría?

—Calvo y arrugado, imagino. —La apresurada respuesta de Doris hace reír a Jenny. Tyra, que dormía en su carrito, da un respingo y abre los ojos.

—Hola, cariño. —Jenny le pone una mano en la frente—. Vuelve a dormirte.

Mece suavemente el carrito con la esperanza de que la niña vuelva a quedarse dormida.

—Si sigue vivo, tenemos que encontrarlo.

—Bah, ¿qué tontería es esa? Si apenas estoy viva yo. Nadie sigue con vida, todos han muerto.

—¡No todos han muerto! Claro que podría seguir con vida. Teníais la misma edad, ¿no? ¡Y tú sigues viva!

—Apenas.

—Vamos, no sigas por ahí, sigues viva. Y todavía mantienes tu sentido del humor. No te olvides de que hace unas semanas estabas en tu casa tan tranquila.

—Olvídate de todo eso, olvídate de Allan. Fue hace demasiado tiempo. Todo el mundo tiene un amor que nunca olvida, Jenny. Es normal.

—¿Qué quieres decir con que «todo el mundo tiene un amor que nunca olvida»? ¿Qué significa eso?

—¿Acaso tú no? ¿Alguien en quien pienses de vez en cuando?

—¿Yo?

—Sí, tú. —Doris sonríe y Jenny se sonroja—. Un amor inconcluso, uno que no tuvo un final en condiciones. Todo el mundo lo tiene. Alguien que se te metió en el corazón y se quedó allí.

—¿Alguien que, con los años, parece mucho mejor que antes?

—Por supuesto, eso es lo que tiene. No hay nada tan perfecto como el amor perdido. —A Doris le brillan los ojos. Jenny se queda callada unos instantes y vuelve a sonrojarse.

—Tienes razón. Marcus.

Doris se ríe y Jenny se lleva un dedo a la boca para callarla, mirando hacia el carrito.

—Marcus, sí.

—¿Te acuerdas de él?

—Sí, por supuesto. Marcus. El modelo con marcas de autobronceador en la frente.

Jenny arquea una ceja, sorprendida.

—¿Marcas de autobronceador? No tenía de eso, ¿verdad?

—Oh, sí que tenía, pero tú estabas demasiado enamorada para verlo. Y también iba a revolcarse por el bosque para que sus vaqueros tuvieran un desgastado natural, ¿te acuerdas de eso?

—¡Dios mío, es verdad! —Jenny se dobla hacia delante y contiene la risa—. Pero era guapo y divertido. Me hacía reír y bailar.

—¿Bailar?

—Sí, siempre decía que debía dejarme llevar más. Era divertido.

Ambas mujeres sonríen, melancólicas.

—A veces me entretengo preguntándome qué habría pasado —dice Doris.

Jenny la mira extrañada.

—Sí. Qué habría pasado si hubieras elegido a Marcus, cómo habrían sido vuestros hijos, dónde habrías vivido, si habríais seguido juntos.

—Qué ideas tan horribles. Entonces no habría conocido a Willie y no habría tenido a los niños. Marcus y yo habríamos roto sin duda. Él nunca habría podido cuidar de unos hijos. Hasta a Willie le cuesta, y eso que él es normal. Marcus estaba demasiado obsesionado con encontrar los vaqueros perfectos. No me lo imagino con una mancha de vómito de bebé en la camisa.

—¿Sabes qué es de su vida últimamente?

—No, ni idea. No he sabido nada de él. Hace poco traté de encontrarlo en Facebook, pero no parecía estar allí.

—Quizá él también haya muerto.

Jenny se queda mirándola.

—Tú no sabes si Allan está muerto.

—No he sabido nada de él desde la Segunda Guerra Mundial. ¿Sabes hace cuánto tiempo fue eso? No hay muchas probabilidades, esa es la verdad. —Doris resopla y juguetea con el relicario. Le tiemblan los dedos cuando separa ambas mitades y se queda mirando al hombre sonriente con su lupa. Una lágrima inunda su ojo, rebasa el borde y resbala por su mejilla.

—Son maravillosos los amores perdidos —murmura. Y Jenny le aprieta la mano.

La agenda roja

J. JONES, PAUL

Pasaron los meses y yo me sentía asqueada por la vida que crecía en mi interior. La que había puesto allí el mal, la que consumía mi cuerpo, aquella que yo no quería que formara parte de mí, aunque fuera inútil. Me recordaba a diario su presencia. ¿Mi hijo se parecería a él? ¿Él también sería malo? ¿Podría quererlo alguna vez? Por las noches, cuando sus movimientos se intensificaban, me daba puñetazos en la tripa para que parase. Una vez le agarré el pie con la mano y lo sujeté ahí. Me hice daño en la piel y me pregunté si habría molestado al niño también.

Paul y yo nunca hablábamos del bebé, ni de lo que sucedería cuando naciera. Paul era un ermitaño y seguía viviendo como tal.

No tenía dinero para ropa, pero Paul me prestó algo cuando la mía se me quedó pequeña. Hacia el final del embarazo, me cubría las piernas y la tripa con una manta de lana que me ataba por encima de los pechos con un trozo de hilo de pescar. Tampoco teníamos dinero para comida. Comíamos pescado y nabos. O pan que horneábamos usando agua y harina, y cuya masa engordábamos con corteza de los árboles del jardín bien molida. Yo pasaba los días como si estuviera en trance. De la casa a la playa. De la playa a la mesa del comedor. De la mesa del comedor a la buhardilla.

Según fue creciéndome la tripa, me fue costando más trabajo realizar mis tareas. Me dolía la espalda y me estorbaba la tripa cuando me agachaba a sacar el pescado de la caja. Doblaba las rodillas todo lo que podía y agarraba con fuerza el escurridizo pescado, que siempre se me resbalaba. Rox no se apartaba de mi lado, pero normalmente no tenía energía para preocuparme por el pobre perro.

Estados Unidos me parecía cada vez más lejano, París era como un sueño borroso y Estocolmo también. Llevaba la cuenta de los días que pasaba con Paul dibujando rayitas en el armario del orinal que había junto a mi cama. A medida que pasaban los meses, aumentaban las marcas. Raya tras raya. En realidad no sé por qué lo hacía, porque nunca las conté, no quería saber cuánto tiempo me quedaba. Aun así, no podía evitar percibir el paso del tiempo de otras formas: el calor fue sustituido por un frío húmedo, el sol dio paso a la lluvia incesante y los campos verdes y florecientes quedaron reducidos a barro.

Una noche estábamos sentados a la mesa del comedor cuando experimenté una intensa sacudida por todo el cuerpo. Traté de tomar aire, muerta de miedo y de dolor.

Miré a Paul, que estaba sentado frente a mí tomándose su sopa de pescado aguada.

—¿Qué vamos a hacer cuando llegue?

Levantó la cabeza y me miró. Tenía la cara cubierta por una barba espesa y gris en la que solían quedársele las migas de comida.

—¿Quieres decir que ha llegado el momento? —murmuró mirando por encima de mi hombro.

—No lo sé, eso creo. ¿Qué hacemos?

—Deja que tu cuerpo se ocupe de ello como mejor pueda. Yo he traído al mundo muchos terneros, tendré que echarte una mano. Ve a tumbarte. —Señaló con la cabeza la escalera que conducía hasta la buhardilla.

Terneros. Me quedé mirándolo, pero entonces me desplomé sobre la mesa al sentir otra sacudida de dolor. Me subió por las piernas hasta la base de la columna, y me quedé aferrada a la mesa. Empecé a marearme, sentía la sopa bullendo en mi estómago.

—No podré subir ahí arriba. No puedo, es imposible —murmuré entre jadeos de horror.

Paul asintió, se puso en pie y cogió una manta, que extendió frente al fuego.

La noche dio paso al día, y después llegó la noche otra vez. Yo sudaba, gemía, gritaba y vomitaba, pero el bebé no quería salir. Al final el dolor cesó y todo quedó en silencio. Paul, que había estado sentado junto a mí en una mecedora todo el tiempo, frunció el ceño. Parecía borroso, como si estuviera lejos. Y de pronto lo vi pegado a mí. Tenía la cara distorsionada, como el reflejo en un termo pulido: le sobresalía la nariz y tenía las mejillas muy delgadas.

—¡Doris! ¡Hola, hola! —Yo no podía responder, no podía decir una sola palabra.

Entonces abrió la puerta y salió corriendo en mitad de la noche. El aire frío entró en la casa y recuerdo que fue agradable sentirlo sobre mi cuerpo dolorido y sudoroso.

Ahí es donde terminan mis recuerdos.

Cuando volví a despertarme, estaba en la cama de la buhardilla. La habitación estaba en silencio y a oscuras. No notaba nada en la tripa, pero tenía una herida que bajaba desde el ombligo. Acaricié la venda y noté los puntos de debajo. En la mesita había una vela encendida y Paul estaba sentado en un taburete a un lado de la cama. Solo Paul. No tenía un bebé en brazos.

—Hola. —Me miró como nunca antes lo había hecho y tardé un rato en darme cuenta de que parecía asustado—. Pensaba que ibas a morir.

—¿Estoy viva?

Él asintió.

—¿Quieres un poco de agua?

—¿Qué ha ocurrido?

Paul negó con la cabeza; tenía los labios apretados y la mirada triste. Me llevé las manos a la tripa y cerré los ojos. Mi cuerpo volvía a ser mío y jamás tendría que ver esa vida que había crecido dentro de mí, y que me había sido impuesta en la peor de las circunstancias posibles. Suspiré aliviada, mi cuerpo se relajó y volví a recostarme sobre el colchón de crin.

—Fui corriendo a buscar al médico, pero no pudo hacer nada. Era demasiado tarde.

—Me salvó.

—Sí, te salvó. ¿Qué quieres hacer con el bebé?

—No quiero verlo.

—¿Quieres saber lo que era?

Negué con la cabeza.

—Lo que llevaba dentro de mí no era un bebé. Nunca he tenido un bebé.

Pero, cuando Paul se levantó para marcharse, comenzaron los temblores. Empezaron en el vientre y fueron extendiéndose por los brazos y las piernas. Era como si mi cuerpo estuviera expulsando el mal. Paul me dejó sola. Él me entendía.

25

La enfermera se detiene al ver a Jenny con el carrito.

—Está durmiendo.

—¿Lleva mucho tiempo dormida?

—Casi toda la mañana. Hoy parece muy cansada.

—¿Qué significa eso?

La joven sacude la cabeza, compungida.

—Está muy débil. Es difícil saber cuánto tiempo le queda.

—¿Podemos estar con ella?

—Claro, pero déjela descansar. Ayer estaba disgustada por algo. Pasó mucho tiempo llorando cuando se quedó sola.

—¿Le parece extraño? ¿No se le permite llorar? Se está muriendo, claro que va a llorar. Yo también lloraría.

La enfermera le dirige una sonrisa forzada y desaparece sin decir palabra. Jenny suspira. Claro que se espera que la gente muera sin lágrimas. Al menos en ese país. Luchar a lo largo de la vida, ser como todos los demás y después morir sin derramar una sola lágrima. Pero en el fondo sospecha que conoce la verdadera razón de las lágrimas de Doris. Saca con tristeza el teléfono del bolso.

—¿Diga? —contesta una voz somnolienta al otro lado del Atlántico.

—Hola, soy yo.

—Jenny, ¿sabes qué hora es?

—Sí, lo sé. Lo siento. Solo quería oír tu voz. Ahora Tyra ya no te despierta todas las noches, así que podrás aguantar que te despierte yo una vez. Te echo de menos, siento haberme marchado tan de repente.

—Claro, cariño. Yo también te echo de menos. ¿Qué sucede? ¿Ha ocurrido algo?

—Se va a morir.

—Eso ya lo sabíamos desde hacía tiempo, cielo. Es mayor. Así es la vida.

—Aquí es por la mañana, pero ella está profundamente dormida. La enfermera ha dicho que estaba cansada, que ayer lloró mucho.

—Quizá llore por cosas de las que se arrepiente.

—O que echa de menos...

—Sí, o quizá sean ambas cosas. ¿Se alegra de teneros ahí a Tyra y a ti?

—Sí, eso creo.

Se quedan callados unos segundos. Jenny le oye bostezar. Reúne el valor.

—Cariño, ¿puedes ayudarme con una cosa? Necesito localizar a un hombre llamado Allan Smith. Probablemente nació en la misma época que Doris, en torno a 1920, y puede que viva en Nueva York o alrededores. O en Francia. Su madre era francesa y su padre estadounidense. Eso es todo lo que sé.

Willie se queda callado durante unos segundos, ni siquiera bosteza. Cuando al fin habla, su reacción es justo la que Jenny había esperado.

—Perdona, ¿qué has dicho? ¿Quién? ¿Allan Smith?

—Sí. Así se llama.

—Tienes que estar de broma. Un Allan Smith de 1920. ¿Cómo voy a encontrarlo? ¿Sabes cuánta gente hay con ese nombre? ¡Debe de haber cientos!

Jenny sonríe con suficiencia, pero se asegura de que no se le note en la voz.

—¿Qué me dices de tu amigo Stan? Trabaja para la policía de Nueva York. Pensaba que podrías llamarle y pedirle que lo busque.

Si Allan vive cerca de Nueva York, podría localizarlo. Dile a Stan que es importante.

—¿Importante comparado con qué? ¿Con los asesinatos en Manhattan?

—No empieces. Claro que no. Pero es importante para nosotros, para mí.

—¿Acaso estás segura de que sigue vivo?

—No, no estoy segura. —Ignora el resoplido de Willie, pese a que este lo hace para que le oiga—. Pero creo que sí. Era muy importante para Doris, lo que hace que sea importante para mí. Muy importante. Por favor, inténtalo. Por mí.

—¿Así que quieres que localice a un hombre que tiene casi cien años, que podría estar vivo y que podría vivir en Nueva York o alrededores?

—Exacto. Creo que eso es todo. —Sonríe.

—No te entiendo. ¿Por qué no vuelves a casa? Te echamos de menos aquí, te necesitamos.

—Volveré lo antes que pueda, antes si me ayudas con esto, pero ahora mismo Dossi me necesita aquí más de lo que tú me necesitas allí. Y ambas necesitamos averiguar qué fue de Allan Smith.

—De acuerdo, pero ¿tienes más información sobre él? ¿Alguna dirección antigua? ¿Una foto? ¿A qué se dedicaba?

—Era arquitecto, creo. Al menos antes de la guerra.

—¿Antes de la guerra? ¿De qué guerra estamos hablando? No será de la Segunda Guerra Mundial, ¿verdad? Por favor, dime que ha sabido algo de él desde la Segunda Guerra Mundial.

—No mucho, no.

—Jenny..., ¿no mucho o nada en absoluto?

—Nada en absoluto.

—¿Sabes lo escasas que son las probabilidades de encontrarlo?

—Sí, pero...

—¡Stan se va a reír de mí cuando se lo diga! ¿Cómo voy a llamarle y pedirle que busque a un hombre que desapareció durante la Segunda Guerra Mundial?

—No lo entiendes. No desapareció. Es solo que ella no ha vuelto a saber de él. Es probable que regresara a casa, tuviera hijos y disfrutara de una vida larga y feliz. Y ahora estará sentado tranquilamente en una mecedora en el porche en algún lugar, esperando la muerte. Igual que Doris. Y pensando en ella.

Willie suspira con resignación al otro lado de la línea.

—Allan Smith, ¿no?

—Allan Smith, así es.

—Haré todo lo que pueda. Pero no te hagas muchas ilusiones.

—Te quiero.

—Yo también te quiero. ¡Obviamente! —Su carcajada le hace echar de menos su casa.

—¿Cómo están los chicos?

—No te preocupes, siempre nos queda la comida rápida. Dios bendiga América.

—Volveré lo antes que pueda. Te quiero.

—Ven pronto. No funciona nada cuando no estás aquí. Y yo también te quiero. Saluda a Dossi.

Jenny se asoma a la habitación donde duerme Doris y ve que se mueve bajo las sábanas.

—Se está despertando, tengo que colgar. —Se despide de su amor y regresa a la habitación para esperar la muerte.

La agenda roja

J. ~~JONES, PAUL~~ MUERTO

Me quedé allí tumbada durante días, quizá incluso semanas. Dejé que el tiempo pasara mientras yo miraba al techo y experimentaba todos los cambios hormonales de mi cuerpo: los pechos llenos de leche, el vientre que iba poco a poco contrayéndose. Pero al final me aburrí. No fui directa a ver a Paul, sino que comencé a explorar la buhardilla, todas aquellas cosas guardadas en cajas y muebles. El armario del orinal estaba cerrado con llave, pero un día decidí romperlo para abrirlo. Encontré un cuenco lleno de llamativos coches de juguete. El interior del armario estaba cubierto de rayas hechas con tiza roja, líneas que trazaban círculos por todas partes, hacia arriba y hacia abajo, marcas que solo una persona muy pequeña podría haber dejado allí. Los coches estaban llenos de abolladuras y se les estaba cayendo la pintura. Fui sacándolos uno a uno y colocándolos en fila en el suelo, e imaginé las carreras que habrían tenido lugar sobre los tablones de madera. ¿Dónde estaría ahora ese niño? Revisé todos los baúles. En uno encontré varios vestidos, doblados y atados con hilo de pescar verde. Me pregunté de quién serían. ¿Qué habría sido de la mujer que los usaba, y del niño?

La curiosidad terminó por hacerme bajar las escaleras. Sentí el dolor en la tripa al bajar. Todavía estaba hinchada y la espalda me dolía como en las últimas semanas del embarazo. Paul sonrió al verme, incluso dijo que me había echado de menos. Me hizo sentar a la mesa, calentó un poco de sopa y me entregó un trozo de pan seco. Pero, cuando le pregunté a quién pertenecían los coches, apretó los labios y negó con la cabeza. No quería contármelo, o quizá no podía. A saber las penas que acumula una persona. Así que no volví a preguntarle, y comencé a fantasear con la mujer y con el niño. Les di nombre e imaginé su aspecto. En un viejo cuaderno, escribí relatos cortos sobre sus características y aventuras. Cuando comencé a hablar con ellos por las noches, me di cuenta de que era el momento de seguir con mi vida.

Escribí a Gösta para pedirle ayuda. Su respuesta llegó a la oficina de correos dos semanas más tarde. Escribió que durante un tiempo había estado preocupado, preguntándose por qué no habría sabido nada de mí. Ahora por fin podría ir a vivir con él. En el sobre había incluido un nombre y una dirección. Había regalado un cuadro suyo al amigo de un amigo a cambio de que me llevara a casa en un barco de mercancías. Abandoné la casa de Paul pocas noches más tarde. Vi lágrimas en sus ojos, vi el temblor de su barbilla bajo la espesa barba, vi que se mordía el labio. Creo que fue en aquel momento cuando conocí realmente a Paul. Durante los dos años que habíamos vivido juntos, apenas me había mirado a los ojos. Ahora por fin entendía por qué. Despedirse era demasiado doloroso.

Paul y yo nos escribimos durante años. Nunca dejé de interesarme por él. Paul, el ermitaño, viviendo solo en su templo de recuerdos. Cuando murió, viajé a Inglaterra para enterrarlo junto con la urna que contenía las cenizas de Rox, su adorado perro, que había muerto algunos años antes. Solo tres personas acudieron a su funeral. El cura, su vecino más cercano y yo.

La agenda roja

N. NILSSON, GÖSTA

Nuestro reencuentro fue justo como Gösta había imaginado en sus cartas. Los marineros lanzaron las amarras, los estibadores las agarraron y las engancharon a los amarres del muelle. Colocaron la pasarela de hierro sobre el pavimento. Caía una llovizna ligera y Gösta estaba allí de pie, esperando bajo un enorme paraguas negro. Caminé hacia él. Ya no era una joven guapa, no me parecía a la persona que él recordaba. No me quedaba una sola prenda de ropa intacta, ni un buen par de zapatos. Tenía el pelo lacio y los años habían pasado factura a mi piel, otorgándole un tono grisáceo y áspero. Aun así, me abrió los brazos y yo lo abracé sin dudar.

—¡Oh, Doris! ¡Estás aquí, por fin! —susurró sin soltarme.

—Sí, ha pasado mucho tiempo, mi querido Gösta —respondí yo.

Se rio, dio un paso atrás y me agarró por los hombros.

—Deja que te vea.

Me sequé las lágrimas y lo miré a los ojos. Fue suficiente para reavivar nuestra amistad. De pronto yo volvía a ser aquella niña de trece años y él era el artista infeliz.

—Tienes arrugas —me dijo riéndose mientras me acariciaba la piel que me rodeaba el ojo.

—Y tú eres un viejo —respondí yo, también entre risas, colocando la mano en su barriga. Sonrió.

—Necesito un ama de llaves mejor.

—Y yo necesito trabajo.

—¿Qué me dices entonces?

Yo todavía tenía agarrada mi bolsa de lona, que contenía los pocos recuerdos que tenía.

—¿Nos lanzamos? ¿Cuándo puedes empezar?

Lo miré y sonreí.

—¿Qué te parece ahora mismo?

—Me parece maravilloso.

Volvimos a abrazarnos, esta vez para sellar nuestro amistoso trato. Después caminamos juntos por las colinas de Södermalm hasta Bastugatan. Cuando vi el edificio de la señora al final de la calle, sentí una punzada en el estómago. Me acerqué con cautela y me detuve para leer los nombres en el portal.

—Ahora vive ahí una familia joven. Tienen cuatro hijos, gritan y hacen ruido, molestan a Göran, que vive en el apartamento de abajo. Dice que le están volviendo loco.

Yo asentí, pero no dije nada. Agarré el picaporte que tantas veces había girado. Pensar que mi mano había estado allí, pensar que la primera vez...

—Venga, vayamos a casa a prepararte algo de comer. —Gösta me puso la mano en el hombro y yo asentí.

El pasillo olía a aguarrás y a polvo. Sus cuadros estaban apoyados contra las paredes. El suelo de pino estaba cubierto de salpicaduras de pintura y los muebles del salón tapados con sábanas blancas. La cocina estaba llena de platos sucios y moscas.

—Necesitas un ama de llaves.

—Ya te lo he dicho.

—Bueno, pues ya tienes una.

—Ya sabes lo que eso implica. No siempre estoy de buen humor.

—Lo sé.

—Y necesito total discreción con respecto a...

—No me meteré en tu vida privada.

—Bien.

—¿Tenemos dinero?

—No mucho.

—¿Dónde puedo dormir?

Me mostró las dependencias del servicio. Era una habitación pequeña con una cama, un escritorio y un vestidor. Había revistas de mujeres, rastros de una presencia femenina. Me volví y le lancé una mirada inquisitiva.

—Siempre renuncian cuando descubren...

Nunca utilizaba la palabra «homosexual». Tampoco era algo de lo que habláramos nunca. Cuando venían sus invitados nocturnos, yo me ponía tapones para no oírlos gemir. Durante el día era simplemente Gösta, mi amigo. Yo me dedicaba a mis asuntos y él a los suyos, y cenábamos juntos por la noche. Si estaba de buen humor, hablábamos durante un rato. A veces de arte, a veces de política. Nuestra relación nunca fue la de señor y doncella. Para él, yo era Doris, la amiga a la que había echado de menos durante años y que por fin había vuelto a su vida.

Una noche le mostré los relatos cortos que había escrito en casa de Paul. Sobre la mujer y el niño. Los leyó con atención y a veces releyó la misma página dos veces.

Parecía sorprendido cuando por fin habló.

—¿Has escrito tú todo esto?

—Sí. ¿Es malo?

—Doris, tienes talento. Tienes el don de la palabra, siempre lo he dicho. Has de sacarle partido.

Gösta me compró un cuaderno y empecé a escribir en él todos los días. Relatos cortos. Eso se me daba bien, nunca tenía energía para estructurar correctamente algo más largo. Con mis relatos pudimos llevar algo más de comida a la mesa. Los vendía a revistas femeninas; compraban cualquier cosa con tal de que tratara de amor y pasión. Eso era lo que vendía: el amor, el romanticismo y los finales felices. Nos sentábamos en el sofá de terciopelo azul oscuro de Gösta y nos reíamos de las banalidades que se me ocurrían. Nosotros, que habíamos sido escogidos por la vida, nos reíamos de todos aquellos que creían en los finales felices.

26

—¿Podrías darme un poco de agua? —Doris alcanza la mesa donde se encuentra su vaso. Jenny lo sujeta para llevárselo a los labios.

—¿Quieres algo que no sea agua? ¿Coca Cola? ¿Zumo?

—¿Vino? —sugiere Doris con picardía.

—¿Vino? ¿Quieres vino?

Doris asiente y Jenny sonríe.

—Bueno, claro que puedes tomar vino. ¿Blanco o tinto?

—Rosado. Frío.

—De acuerdo, déjamelo a mí. Tardaré un rato, pero mientras tanto puedes descansar.

—Y fresas.

—Y fresas. ¿Algo más? ¿Chocolate?

Doris asiente e intenta sonreír, pero no lo consigue. Solo se le mueve el labio superior, por encima de los dientes, transformando la sonrisa en una mueca. Le cuesta respirar y cada vez que toma aire le suena el pecho. Parece mucho más cansada que ayer. Jenny se inclina y apoya la mejilla contra la de Doris.

—Volveré enseguida —susurra, y piensa: «No te mueras mientras no estoy. Por favor, no te mueras».

Corre por el aguanieve hacia el centro Mörby. Tyra gorjea y señala las ruedas del carrito y el agua que salpica cuando pasan por los charcos. Jenny siente que se le empapan las botas de cuero. Ve una línea oscura e irregular que ha aparecido alrededor del pie; las suelas son demasiado finas para el clima de Suecia. No tienen remedio, porque se olvidó de tratar el cuero.

En el supermercado, descubre que todavía no se puede comprar alcohol en algo que no sea un Systembolaget, la cadena de licorerías estatal. Maldice y corre hacia allí. Tiene muchos sentimientos sobre Suecia, el lugar donde crecieron su abuela y su bisabuela, pero es evidente que ha pasado muy poco tiempo en ese país que siempre coloca en un pedestal. Suspira y se sienta junto al mostrador de información del Systembolaget. Pasados cinco minutos, se acerca un hombre con camisa de cuadros verdes.

—¡Hola! ¿Puedo ayudarla en algo?

—Hola, sí, necesito dos botellas de vino rosado, algo que esté bien —dice. El hombre asiente y la lleva hacia la estantería de la derecha. Va haciéndole sugerencias y pregunta con qué tipo de comida se maridará.

—Nada de comida. Solo chocolate y fresas —responde ella.

—Ajá, entonces quizá prefiera algo espumoso. O tal vez...

—No. Un simple vino rosado —dice ella, interrumpiéndolo—. Escoja el que elegiría para usted. —Tiene ganas de gritar: «¡Deme un puñetero vino rosado!». Pero logra controlarse y sonríe educadamente cuando él le muestra dos botellas. Cuando el hombre se marcha, Jenny se fija en una botella distinta, una que tiene una etiqueta más bonita, así que las cambia con discreción.

—¿Venden copas de vino? —le pregunta a la mujer de la caja al entregarle su pasaporte estadounidense.

La mujer niega con la cabeza.

—Pruebe en el supermercado, seguro que ahí tendrán de plástico.

Jenny suspira y vuelve al supermercado.

El carrito se atasca tres veces en el aguanieve durante el camino de vuelta al hospital y, para cuando llega a la planta de Doris, tiene tanto calor que se le han sonrojado las mejillas. Tyra está durmiendo. Se quita el abrigo y lo cuelga del manillar; el movimiento hace que las botellas choquen una contra otra. Doris está despierta y sonríe al oírlo. Consigue dibujar una sonrisa más natural que antes. Su cara ya no parece tan gris.

—Andar me da mucho calor. —Jenny coge un periódico y lo utiliza para abanicarse—. ¡Tienes mejor aspecto!

—Morfina —dice Doris lentamente y se ríe—. Me la dan cuando el dolor es demasiado fuerte.

—¿Te duele? —pregunta Jenny con el ceño fruncido—. ¿Dónde?

—Aquí y allá. Por todas partes. La cadera, la pierna, la tripa. Es un dolor diferente, casi como si saliera de dentro. Como si todo mi esqueleto estuviera lleno de agujas afiladas.

—Oh, Dossi, ¡eso suena horrible! ¡Ojalá pudiera hacer algo!

—Sí que puedes —responde Doris con una sonrisa pícara.

—¿Quieres un poco? ¿Puedes tomarlo, teniendo en cuenta que te han dado morfina?

Doris asiente y Jenny saca la bolsa morada de la cesta de debajo del carrito. Coloca ambas botellas sobre la mesa y arruga la bolsa vacía.

—Da lo mismo. Me voy a morir de todos modos.

—No. No quiero oírte decir eso. —Jenny se muerde el labio para no llorar.

—Cariño, no voy a abandonar nunca esta cama. Lo sabes, ¿verdad? ¿Lo entiendes?

Jenny asiente y se acomoda en el borde de la cama junto a Doris, que se acerca a ella para tener un poco de contacto físico. Frunce ligeramente el ceño al mover la pierna.

—¿Te sigue doliendo a pesar de la morfina?

—Solo si me muevo, pero hablemos de otra cosa. Estoy harta de sufrir. Háblame de Willie. Y de David y de Jack. Y de la casa.

—Encantada. Pero antes tenemos que brindar. —Vierte el líquido rosado en dos vasos de plástico, lo más parecido a una copa que ha podido encontrar en el supermercado. Después pulsa el botón para elevar la parte superior de la cama. Doris resbala un poco hacia abajo y Jenny le levanta la cabeza colocándole una mano en la nuca e inclinando el vaso hacia su boca. Doris bebe un poco de vino de manera ruidosa.

—Como una noche de verano en la Provenza —susurra con los ojos cerrados.

—¿La Provenza? ¿Has estado allí?

—Muchas veces. Solía ir cuando vivía en París. Hacían fiestas allí, en los viñedos.

Jenny le ofrece una enorme fresa roja.

—¿Era bonito?

—Maravilloso —responde Doris con un suspiro.

—Anoche estuve leyendo tus aventuras por París. ¿De verdad escribiste todo eso para mí?

—Sí. No quería morirme con eso en la cabeza. Me dolía mucho pensar que todos mis recuerdos se perderían conmigo.

—¿Cómo era la Provenza por aquel entonces? ¿Y las fiestas? ¿Con quién estuviste allí?

—Era muy emocionante. Iban muchos de los grandes. Autores, artistas, diseñadores. Todo el mundo vestía una ropa preciosa. Antes las telas eran diferentes. Tenían lustre, calidad. Estábamos en mitad del campo, pero todas se vestían como si fueran a la ceremonia de los premios Nobel. Tacones altos, collares de perlas y enormes brillantes. Vestidos de seda.

Jenny sonríe.

—¡Y tú eras modelo! ¡Qué cosas! ¡Por eso nunca te impresionaba cuando yo trabajaba! Pero ¿por qué nunca habías hablado de ello, Dossi? No recuerdo que lo mencionaras nunca.

—No, es posible que no. Pero ahora te lo he escrito, para que lo sepas todo. Fue una época muy fugaz en una vida muy larga. Ya sabes cómo son las cosas. Hablar de ello cuando eres vieja hace que la gente se sorprenda. ¿Quién iba a creerlo cuando miran a una anciana? Además, acabé como había empezado: siendo una simple ama de llaves. Nada más y nada menos.

—Cuéntame más, quiero saberlo todo. ¿Qué te ponías en esas fiestas?

—Era siempre algo fuera de lo corriente, creaciones magníficas. Para eso estaba allí, para mostrar los vestidos. Para deslumbrar a la alta sociedad.

—¡Dios, qué emocionante! Doris, ojalá hubiera sabido todo esto antes. Siempre te he admirado por tu belleza, pero en realidad no me sorprende, y no creo que le sorprenda a nadie. Cuando yo era pequeña, siempre deseaba parecerme a ti cuando fuera mayor, ¿te acuerdas?

Doris sonríe y le da una palmadita cariñosa en la mejilla. Después toma aliento.

—Sí, la vida era más fácil antes de la guerra. Y siempre es más fácil ser joven y bella. Obtienes muchas cosas gratis.

—Me doy cuenta —dice Jenny riéndose y se estira la piel del cuello—. ¿Cómo ha ocurrido esto? ¿Cuándo me he convertido en una mujer de mediana edad con arrugas?

—Bah, tonterías. No quiero oírte hablar así de ti. Sigues siendo joven y guapa. Y a ti por lo menos todavía te queda media vida por delante.

Jenny la mira, pensativa.

—¿Tienes alguna foto de aquella época?

—Algunas. No pude llevarme muchas cuando me fui de París. Las que tengo están en un par de cajas de hojalata en el armario.

—¿De verdad?

—Sí, deberían estar allí, bajo la ropa. Cajas de hojalata viejas y oxidadas. Han recorrido medio mundo, y se nota. Una de ellas fue una caja de bombones en su momento. Me la regaló Allan, así que nunca quise tirarla. Gracias a él disfruto guardando recuerdos en cajas de hojalata.

—Las buscaré esta noche. ¡Qué emocionante! Si encuentro alguna, te la traeré mañana para que puedas contarme cosas de todas las personas que aparezcan. ¿Quieres otra fresa?

Tyra gimotea y agita los brazos. Sus lloriqueos pronto se convierten en un llanto enrabietado. Jenny la levanta del carrito, la abraza, la besa en la mejilla y la mece para calmarla.

—Es probable que tenga hambre, voy a tener que llevarla a la cafetería. Volveremos enseguida. Tú descansa un poco para que puedas seguir hablándome de París.

Doris asiente, pero tiene los ojos cansados y se le cierran los párpados antes de que Jenny pueda darse la vuelta. Se queda mirándola unos segundos con Tyra sujeta con un brazo. Doris está envuelta en una de las mantas amarillas del hospital; está delgada como un pajarito. Tiene el pelo lacio y apelmazado, se le ve el cuero cabelludo entre los mechones. La belleza que siempre la acompañó ha desaparecido. Jenny resiste el impulso de abrazarla y se va a la cafetería. «No te mueras. Por favor, no te mueras mientras no estoy», piensa de nuevo.

La agenda roja

N. NILSSON, GÖSTA

Era un perfeccionista de los pies a la cabeza, y poseía una intensidad que yo jamás pude experimentar, ni antes ni después; rozaba la obsesión. Cuando pintaba, podía pasarse semanas con un solo lienzo, y durante ese tiempo se mostraba distante. No comía, no hablaba. Centraba toda su energía en los muchos campos de color y las composiciones que creaba. Era una historia de amor, una pasión que se apoderaba de su cuerpo y de su mente. Siempre decía que no podía hacer nada al respecto, que era una cuestión de hacer caso a sus sentidos y dejar que el cuadro tomara forma.

—No soy yo el que pinta. Yo también me sorprendo cuando veo el cuadro terminado. Las imágenes me vienen, como si fuera otra persona la encargada —decía siempre que le preguntaba por ello.

Con frecuencia lo observaba desde lejos, fascinada por el hecho de que, aunque le hundiesen las críticas, siempre consiguiese preservar su energía creativa. Había quienes aseguraban entenderlo, quienes evitaban que muriera de hambre comprándole cuadros. Gente con mucho dinero y un gran interés por el arte.

Los sueños sobre París se convirtieron en una especie de decorado en aquel apartamento de Bastugatan. Las paredes del estudio estaban cubiertas de imágenes de nuestra adorada ciudad. Unas las había pintado él mismo, otras las había recortado de los periódicos, y algunas eran postales que yo le había enviado. Hablábamos con frecuencia sobre la ciudad que ambos añorábamos y a la que él todavía deseaba regresar. Fantaseábamos con volver allí juntos algún día.

Cuando la guerra terminó en 1945, nos fuimos los dos a Kungsgatan a celebrarlo con los demás. No era propio de Gösta mezclarse con la multitud, pero era un momento que no quería perderse. Caminaba con la bandera francesa en la mano, yo con la sueca. Podía palparse la euforia de la gente al saber que el conflicto había terminado. Reían, cantaban, gritaban y lanzaban confeti.

—Doris, ¿sabes lo que significa esto? Ya podemos irnos, por fin podemos irnos.

Gösta se reía con más fuerza que nunca y agitaba la bandera en el aire. Él, que siempre desconfiaba del futuro, por fin parecía esperanzado.

—Inspiración, querida. Tengo que volver a encontrar la inspiración. Está allí, no aquí. —Le brillaban los ojos al pensar en volver a ver a sus amigos artistas de Montmartre.

Pero no teníamos dinero. Y nos faltaba ese arrojo de la juventud que nos habría permitido recoger nuestras cosas y marcharnos sin más. París siguió siendo un sueño. Al igual que los amores perdidos, lo que queda en nuestra cabeza acaba por convertirse en algo particularmente fantástico. En cierto sentido, me alegro de no haber vuelto a París. Probablemente la desilusión habría sido demasiado para él. Se habría dado cuenta de que su inspiración no estaba tan ligada a un lugar en particular como él imaginaba, que estaba en su interior, que su labor consistía en encontrarla y emplearla, por muy doloroso, lento y difícil que fuera ese proceso. Y hacerlo una y otra y otra vez.

La ciudad se nos aparecía como una sombra constante del pasado, cuando todo era mucho mejor. A decir verdad, todavía sigo viéndola así en la actualidad. La veo en los muebles, en los libros franceses, en los cuadros. París es la ciudad que capturó nuestras almas.

Cuando Gösta estaba de buen humor, yo solía hablar en francés con él. Solo entendía algunas cosas, así que yo intentaba enseñarle más. Le encantaba.

—Algún día iremos, Doris. Tú y yo —repetía, incluso después de haberse dado cuenta de que eso nunca ocurriría.

Yo siempre asentía. Asentía y sonreía.

—Sí, algún día, Gösta. Algún día.

27

Jenny le da a Tyra una cucharada de potito de carne con patatas que venía en un tarro de cristal con una etiqueta muy colorida. Orgánico. A la niña se le queda la boca manchada de comida y, mientras mastica, Jenny la rebaña con la cuchara. Tyra come haciendo mucho ruido. Señala la cuchara e intenta agarrarla, pero Jenny niega con la cabeza y la aparta.

—Tenemos que darnos prisa. Deprisa, deprisa. Come rápido —dice con voz de bebé, haciendo sonidos con los labios mientras acerca la cuchara a la boca de la niña.

Tyra abre la boca para que entre el avión, pero vuelve a cerrarla enseguida y protesta mientras trata de alcanzar de nuevo la cuchara. La gente que está sentada a la mesa de al lado las mira con reprobación cuando el gimoteo de la niña se convierte en un grito ensordecedor. Jenny se rinde y le entrega la cuchara. Tyra se calma de inmediato y golpea la cuchara contra el plato y el potito salpica por todas partes. Sus vecinos vuelven a mirarlas. «Déjala, al menos no está llorando», piensa Jenny mientras limpia la mesa con una servilleta.

—Mamá volverá enseguida. —Se levanta y corre a la barra, donde compra un sándwich sin dejar de mirar hacia la niña, que está sentada en la trona. Antes de regresar a la mesa, ha dado dos bocados al pan. Se detiene y deja que el sabor del jamón sueco le inunde la boca. Un recuerdo asoma en su cabeza. Los sándwiches que Doris solía prepararle para llevarse al colegio; los primeros sándwiches de verdad que tuvo en su fiambrera. Antes de eso, siempre había llevado *crackers* o galletas, quizá una manzana o dos.

Jenny recuerda perfectamente dónde estaba la primera vez que se vieron. Ella estaba sentada en un rincón del sofá rojo, envuelta en una manta mientras veía la televisión. Tenía cuatro años. Doris había llamado a la puerta, sin avisar, y había entrado en un hogar gobernado por el caos. Allí estaba su madre, dormida sobre la alfombra de la cocina, con la baba cayéndole de la comisura del labio. Tenía la falda levantada y las medias rotas por debajo de las rodillas. La pequeña Jenny había visto su caída. Un hilillo de sangre seca revelaba que se había cortado con algo.

Jenny se estremece. Rememora el miedo que sintió. Recuerda que se acurrucó al ver entrar a aquella señora que hablaba inglés con acento. Había pensado que Doris sería de los servicios sociales, que había ido a llevársela; algo con lo que su madre la había amenazado muchas veces antes. Se tapó con la manta hasta que le cubrió media cara. Recuerda que su aliento humedecía la tela. Y entonces Doris vio a Elise. Fue ella la que le dio la vuelta y llamó a una ambulancia. Le acarició la frente mientras esperaban a que llegara. Cuando dos paramédicos musculosos se llevaron a Elise aquella noche, Doris se sentó junto a Jenny en el sofá. Tenía el pelo humedecido por el sudor a la altura de las sienes y el corazón le latía con tanta fuerza que Jenny sintió su pulso extendiéndose por su propio cuerpo. Doris estaba llorando, y por alguna razón aquellas lágrimas hicieron que le pareciera menos peligrosa. A Jenny le castañeteaban los dientes; se quedó mirando al frente, temblando. No podía dejar de temblar. Doris le puso una mano cálida bajo la barbilla y utilizó la otra para acariciarle la espalda. «Shh, ya pasó, ya pasó, shh», le decía una y otra vez para calmarla, hasta que sus palabras se convirtieron en una melodía que inundaba la habitación. Se quedaron allí sentadas durante horas. Doris no intentó hablar con ella. Todavía no. Jenny se quedó dormida en su regazo aquella noche, con la mano cálida de Doris en la mejilla.

Jenny sale de su ensimismamiento al oír un golpe. Tyra ha dejado caer el tarro de cristal al suelo y tiene la cara y la camiseta manchadas de comida. Le quita la camiseta y le limpia la cara con ella antes de meterla en la bolsa de los pañales y sacar una limpia. Tyra ya ha conseguido llevarse los dedos pegajosos a la tripa. Se queda mirando con cara de satisfacción las manchas de puré sobre su piel antes de volver a plantar las manos y asegurarse de que la comida se extienda más aún.

—Oh, no, Tyra. Tenemos que darnos prisa. Vamos, deprisa.

—Le limpia la tripa, el cuello, la cara y las manos con una toallita húmeda, y después la sienta en el carrito medio desnuda. Deja la camiseta limpia a un lado y se aleja dejando atrás una escena caótica en la mesa. Tiene que volver junto a Doris, tiene que saber más. Tiene que saberlo todo antes de que muera. Corre por el pasillo y entra como un rayo por la puerta.

—¿Cómo supiste que debías aparecer justo en ese momento?

Doris abre los ojos sorprendida, recién despierta. Se frota los ojos. Tyra estornuda y suelta un grito. Jenny intenta ponerle la camiseta limpia sin dejar de mirar a Doris.

—¿Quién te llamó? Cuando le salvaste la vida a mi madre, la primera vez que te vi. ¿Cómo lo supiste?

—Fue... —Se aclara la garganta, no puede hablar. Jenny levanta el vaso de agua de la mesa y la ayuda a beber—. Fue ella —continúa Doris.

—¿Mi madre?

—Sí. Hacía años que no la veía, desde que tú eras un bebé. A veces me escribía y yo la llamaba de vez en cuando. Por entonces resultaban muy caras las llamadas, y ella no solía contestar.

—Pero ¿qué dijo cuando te llamó? ¿Qué te hizo viajar a Estados Unidos?

—Cariño...

—Dímelo. Puedes contarme cualquier cosa. Ella está muerta, quiero saber la verdad.

—Dijo que iba a darte en adopción.

—¿Darme en adopción? ¿A quién?

—A cualquiera. Dijo que iba a conducir hasta uno de los barrios ricos de Nueva Jersey y a dejarte en la acera. Que cualquier cosa sería mejor que una vida con ella.

—En eso es probable que tuviera razón. Tal como lo recuerdo, eran sus drogas las que gobernaban mi vida, no ella. Cualquier cosa habría sido mejor que eso.

—Yo fui de inmediato, tomé un avión desde Estocolmo esa misma noche.

—¿Y si...?

—Sí, y si...

—¿Y si hubiera muerto en aquel momento? Yo habría podido tener una vida diferente.

—Sí, creo que eso era justo lo que ella intentaba hacer. Elise no quería vivir más, no podía soportarlo.

—Sobrevivió gracias a ti.

—Llegué en el momento preciso. —Doris le estrecha la mano con cariño para demostrarle que bromea, en mitad de aquel recuerdo oscuro.

—Voy a pasarme la tarde jugando al «Y si...».

—¿Y si yo nunca te hubiera conocido?

—No, no puedo ni imaginármelo, ni siquiera como una hipótesis. Tú tienes que existir, Doris. No sé si podría vivir sin ti.

Rompe a llorar.

—¡Me salvaste la vida!

—Sobrevivirás, Jenny. Eres fuerte, siempre lo has sido.

—No fui fuerte aquel día, cuando tuviste que sujetarme la barbilla para que dejaran de castañetearme los dientes.

—Tenías cuatro años, mi amor. Pero sí, eras fuerte incluso entonces. Y valiente. Claro que lo eras. Viviste tus primeros años sumida en el caos más absoluto y aun así lograste sobrevivir y convertirte en la persona que eres hoy. ¿No te das cuenta?

—Pero ¿qué soy hoy? Una madre de aspecto descuidado, con tres hijos y sin trabajo.

—¿Por qué dices eso? ¿Por qué te ves descuidada? Eres más guapa que la mayoría de la gente. Y más lista, ya lo sabes. Además, has sido modelo y has ido a la universidad.

—Tengo una cara que es como un folio en blanco. Y soy alta y delgada. ¿Eso es belleza? No. Eso es ser alguien capaz de adaptarse a los requisitos cambiantes que le rodean. Alguien capaz de agradar. De eso trata la moda. Además, nunca me gradué. Conocí a Willie y me convertí en madre.

—Deja de infravalorarte. Nunca es demasiado tarde para nada. —Doris la mira con severidad.

—¿Quién lo dice? ¿Quién dice que nunca es demasiado tarde? Tú misma has dicho que es más fácil ser joven y bella.

—Tú eres bella y tienes talento. Con eso basta. Céntrate en otra cosa. Empieza a cultivar tus talentos en vez de ir por la vida pensando que no eres lo suficientemente buena. Empieza a escribir de nuevo. Trabaja en ti. Al final eso es lo único que importa de verdad. Nunca serás más que tu alma.

Jenny resopla.

—Escribir. Siempre me dices lo mismo.

—¿Cuándo te darás cuenta de que tienes talento? Ganaste concursos en la universidad. ¿Te has olvidado de eso?

—Sí, puede que ganara algunos concursos, pero ¿de qué voy a escribir yo? No tengo nada de lo que escribir. Nada. Mi vida es plana. Quizá sea perfecta a ojos de la gente, pero es plana. No hay pasión, no hay aventuras. Willie y yo somos como dos amigos que dirigen el negocio que es nuestra familia. Ni más ni menos.

—Pues invéntate algo.

—¿Inventarme algo?

—Sí, construye la vida que quieres vivir. Y escribe... —Se detiene y toma aliento antes de seguir en un susurro—. Escríbelo todo. No dejes pasar esta oportunidad. No desperdicies tus recuerdos. ¡Y, por el amor de Dios, no desperdicies tu talento!

—¿Eso hiciste tú?

—Sí.

—¿Te arrepientes?

—Sí.

De pronto Doris da un respingo y deja caer la barbilla sobre el pecho. Aprieta la boca y cierra los ojos. Jenny grita pidiendo ayuda y llega corriendo una enfermera. Pulsa el botón de alarma y aparecen otras tres mujeres vestidas de blanco que se inclinan sobre Doris.

Jenny intenta ver entre sus hombros.

—¿Qué sucede? ¿Está bien?

La expresión de Doris ha vuelto a la normalidad, tiene la boca relajada, pero su piel ha adquirido un tono azulado.

—Tenemos que llevarla otra vez a cuidados intensivos. —Una enfermera aparta a Jenny a un lado y libera el freno de la cama.

—¿Puedo ir?

Otra enfermera, bajita y de pelo oscuro, niega con la cabeza.

—Necesita descansar. La mantendremos informada.

—Pero yo quiero estar ahí si... cuando... si no...

—Nos aseguraremos de que esté ahí. Parece estar estable otra vez, pero tiene el corazón algo alterado. Es normal. Ya sabe, estando tan cerca del final.

Le sonríe con amabilidad y se reúne con las demás, que ya han empezado a empujar la cama por el pasillo. Jenny se queda donde está, mirándolas con el corazón desbocado. No puede ver a Doris tumbada en esa cama de madera y acero. Aprieta los puños y se envuelve con los brazos.

28

Encuentra las cajas de hojalata con las fotografías al fondo del armario. Una está envuelta con una gruesa capa de cinta adhesiva, la otra no. Corta la cinta con un cuchillo de cocina y después abre ambas cajas y extiende las fotografías en forma de arco sobre la mesa de la cocina. Recuerdos mezclados de París con recuerdos de Nueva York. Ahí, en mitad de las fotografías, se ve a sí misma. Una niña pequeña de pelo rizado, bailando con la falda levantada. Sonríe y la pone a un lado; tendrá que enseñársela a Willie. Es una de las pocas fotos de su infancia. Muchas de las fotografías son más antiguas. En una, Doris está apoyada en una pared con una mano sujetándose el sombrero. Está de perfil, mirando hacia la Torre Eiffel. Lleva una falda plisada oscura y lo que parece ser una blusa a juego, con cuello blanco y botones de tela. Los rizos de su melena le rodean la cara. Hay otra que es un primer plano. Doris tiene las cejas muy finas y retocadas, la piel empolvada de blanco y los labios pintados. Sus pestañas son largas y hay brillo en su mirada, como si estuviera soñando con otro lugar. Jenny levanta la fotografía en blanco y negro y la observa con más atención. Doris tiene la piel tersa, sin una sola arruga o marca producida por el sol. Su nariz es delicada y recta, tiene los ojos grandes y las mejillas redondeadas como las de una adolescente. Parece muy joven e increíblemente guapa.

Observa las fotografías. Es como visitar una época diferente. Las palabras escritas por Doris adquieren otro peso ahora que puede ver cómo eran las cosas de verdad. Levanta una foto en la que aparece Doris con sandalias de tacón con tiras y un vestido con falda acampanada y pechera ancha. Posa con una mano ligeramente retirada del cuerpo. Tiene la barbilla levantada y mirada de determinación. No mira a la cámara. Además lleva un sombrero redondo que envuelve su cabeza como una boina de lana. No se parece en nada a los años noventa, cuando Jenny posaba para la cámara. En aquel entonces tenía que hacer un mohín y entreabrir los labios. Debía hacer el amor a la cámara con los ojos, había que realzar los pechos con collares, e incluso embadurnarlos de aceite para que brillaran. Los fotógrafos intentaban hacer que pareciese que el pelo de las modelos se agitaba al viento, utilizando enormes ventiladores, pero los resultados no solían ser muy buenos: siempre había algún mechón suelto que se les metía en los ojos. Si había algo que enfurecía a los estilistas de los noventa eran esos ventiladores. Sonríe al recordarlo. Algún día les enseñará a sus hijos las fotos que tiene guardadas en el desván. Siguen dentro del porfolio de modelo que llevaba siempre a todas partes. El que mostraba a los fotógrafos y a las agencias de publicidad cuando buscaba trabajo. Willie ha visto las fotos, pero los niños no; ellos no saben nada de su vida de entonces. Será mejor que se lo cuente ella misma, para que no experimenten lo mismo que ella. Doris debería habérselo contado hace mucho tiempo.

Suena el teléfono y se lanza a responder para que el ruido no despierte a Tyra.

—¡Hola, cariño!

—Solo voy a decírtelo una vez, ¿de acuerdo? ¡Vuelve a casa!

A Jenny le desconcierta esa contestación tan brusca. Entra en la cocina y deja la puerta del dormitorio entreabierta para que pueda oír a Tyra si la necesita.

—¿Qué sucede?

—Que no estás aquí, eso es lo que sucede. Vuelve a casa.

—No. Ya hemos hablado de esto. ¡Voy a quedarme mientras Doris esté viva!

—¿Sabes lo que me estás haciendo pasar? Perderé el trabajo si esto continúa así.

—¿Así? ¿Así cómo? Dime qué está pasando.

—Caos. Eso es lo que pasa.

—¿Los chicos se han peleado?

—Podría decirse así. Se pelean constantemente. No puedo hacer mi trabajo, cuidar de ellos y mantener la casa. Esto no funciona. ¡No sé cómo lo consigues!

—¡Cálmate! Por favor, cálmate, no es para tanto. Podemos arreglarlo, solo necesitas que te ayude alguien.

—¿Cuánto tiempo le queda?

Jenny siente que algo se rompe en su interior. Ahora es ella la que no puede más.

—¿Cuánto tiempo? Espera, voy a preguntarle a la parca, que está justo aquí respirándonos en la nuca. ¿Cómo diablos voy a saberlo? Pero gracias por preguntar cómo está. No está bien, esa es la respuesta. No le queda mucho. Y yo tampoco me estoy divirtiendo aquí, por si acaso te interesa. La quiero. Es la única abuela que he tenido en mi vida. No, más que eso. Es como mi madre. Me salvó la vida una vez y no voy a dejar que muera sola. El hecho de que me preguntes algo así...

Willie se queda callado durante unos segundos. Cuando vuelve a hablar, parece avergonzado y arrepentido.

—Lo siento, cariño. Lo siento. He ido demasiado lejos, pero es que estoy desesperado. Hablo en serio, ¿cómo puedes hacer esto todos los días? Es horrible.

—Lo hago porque os quiero a todos. Es tan fácil y tan complicado como eso.

Nota que sonríe al otro lado de la línea y espera a que diga algo.

—¿Cómo se llamaba esa chica que contratamos como canguro hace poco?

—¿La que vive en Parkway Drive? Sophie.

—¿Crees que podría echar una mano con la comida de los chicos y estar aquí por las tardes cuando vuelvan del colegio?

—Quizá. Llámala y pregúntale. Puedo enviarte su número.

—Gracias. ¿Te he dicho que haces un trabajo fantástico?

—No. De hecho, es la primera vez que me lo dices.

—Lo siento. Soy increíblemente egoísta.

—Increíblemente.

—Pero ¿te gusto de todos modos?

Jenny se queda callada un segundo y reprime la respuesta.

—Sí, a veces. Tienes tus cosas buenas.

—Te echo de menos.

—Yo a ti no. No cuando te pones así. Tienes que entender que es importante para mí estar aquí. Y que ya es bastante difícil.

—Lo siento, de verdad.

—Vale.

—Lo siento, lo siento, lo siento.

—Lo pensaré. ¿Qué tal con Allan?

—¿Qué? ¿Quién?

—Allan Smith. Ibas a preguntarle a Stan. ¡Y no me digas que se te ha olvidado! ¡Tenemos que encontrarlo!

—¡Mierda! ¡Maldita sea! Esto es un caos, cielo. Se me había olvidado por completo.

—¿Cómo se te ha podido olvidar? ¡Es muy importante! Para mí y para Doris.

—¡Lo siento de nuevo! Soy una persona horrible. Lo llamaré ahora mismo. ¡Ahora mismo! Te quiero, hablamos pronto.

La agenda roja

A. ANDERSSON, ELISE

Un vestidito rojo con falda larga. Rizos rubios y encrespados en las sienes. Los brazos levantados. Siempre bailabas, Jenny. Dando vueltas alrededor de mis piernas. Yo intentaba atraparte y tú te reías. Entonces te agarraba una mano, te arrastraba hacia mí y nos reíamos juntas. Te hacía pedorretas en la tripa. Tu tripita suave y caliente... Me tirabas de las orejas, me apretabas los lóbulos con los dedos. Me dolía cuando lo hacías, pero no quería decirte que parases, no quería apartarte ahora que te habías acercado tanto.

Esos momentos que compartíamos son los mejores momentos de mi vida. Yo nunca llegué a experimentar las alegrías de la maternidad. Quizá fue lo mejor. Pero te tenía a ti. Pude formar parte de tu vida, pude darte amor incondicional, pude estar allí cuando tu madre no fue suficiente. Me alegro mucho de haberlo hecho. De haber sido capaz de ayudarte. Para mí fue un regalo, y todavía hoy me avergüenza haberme sentido aliviada a veces cuando ella desaparecía. Cuando pasaba a ser yo la encargada de prepararte la fiambrera, de acompañarte al colegio y darte un beso de despedida. Cuando pasaba a ser yo la que te ayudaba con los deberes. La que te llevaba al zoo, con la que cantabas canciones de animales y comías helado.

Después de nuestras visitas al zoo, nunca querías comer carne. Te quedabas ahí sentada, en tu silla, con los labios apretados cada vez que yo intentaba darte jamón, pollo o pescado.

—El pollo está vivo y es feliz —decías con firmeza—. Quiero que viva. ¡Todos los animales deberían vivir!

Así que comíamos arroz y patatas durante algunas semanas, hasta que, como suele pasar con los niños, te olvidabas de los animales y empezabas a comer de todo otra vez. Tenías buen corazón incluso de niña, Jenny. Eras amiga de todo el mundo. Incluso de tu madre, que tantas veces te decepcionó. Elise no estaba allí. Elise no entendía tus necesidades. Ella no tenía una vida fácil, pero tú tampoco. Nadie tuvo una vida fácil con ella de por medio.

Solía enviarte regalos desde su rehabilitación. Juguetes enormes que teníamos que recoger de la oficina de correos. Tiendas de campaña, casas de muñecas, ositos de peluche gigantes, más grandes que tú. ¿Te acuerdas de eso? Estabas siempre deseando ir a recoger los paquetes. Más de lo que deseabas volver a verla a ella. Jugábamos con esos juguetes durante horas. Estábamos tú y yo solas. Solas con nuestros juegos. Ambas nos sentíamos a salvo así.

29

Al fondo de las cajas de hojalata, Jenny encuentra varias cartas. Sobres delgados con la dirección de Doris y sellos de Estados Unidos. Mira la fecha y la caligrafía. Las deja caer de inmediato y aterrizan en el suelo.

Los chorros de agua calientan su cuerpo bajo la ducha, pero no puede dejar de temblar. Se sienta en un rincón y se queda acurrucada con la alcachofa de la ducha entre las rodillas. Ve su reflejo en el metal pulido. Ve sus ojos, tan cansados, con patas de gallo. Debería dormir un poco, debería tumbarse junto a Tyra. Pero, tras ponerse el camisón rosa de Doris, se sienta y contempla las cartas. ¿Fue en aquellas cartas en las que su madre escribió que quería deshacerse de ella?

Por fin reúne el valor y las saca de los sobres.

Hola, Doris, necesito dinero. ¿Puedes enviarme más?

Así una detrás de otra. Las cartas no contienen saludos, ni preguntan por Doris.

Han llegado los libros que enviaste. Gracias. Los libros para el colegio están bien, pero también necesito dinero. Necesitamos dinero para comida y ropa nueva para la pequeña. Gracias por entenderlo.

Jenny ordena los sobres según la fecha del matasellos. Al principio todos hablan sobre el dinero. Pero después el tono cambia.

Doris, no puedo tenerla en casa. ¿Quieres saber cómo me quedé embarazada de ella? Nunca te lo he contado. Estaba totalmente colocada. Lo habitual, heroína. Ni siquiera sé qué aspecto tenía él. Solo sé que venía de alguna parte y que estuvo haciéndomelo toda la noche. A lo bestia. Acabé llena de moratones. ¿Qué niño querría venir a este mundo en esas condiciones? Nació colocada. Gritaba y gritaba y gritaba. Por favor, vuelve y ayúdame.

Jenny sigue leyendo.

No pega ojo desde que te fuiste. Llora hasta quedarse dormida. Todas las noches. No voy a quedármela. Se la daré a la primera persona que vea mañana. Nunca la he querido.

—Hola. Hola, ¿quién es?

Jenny está sentada con el teléfono en la mano, mirando la imagen de Willie en la pantalla.

—¿Jenny? Jenny, ¿eres tú? ¿Ha ocurrido algo? ¿Doris ha muerto?

—Nunca me quiso.

—¿Quién? ¿Doris? Claro que sí. ¡Claro que sí, cariño!

—Mi madre.

—¿Qué quieres decir? ¿Qué ha pasado? ¿Qué te ha dicho Doris?

—No me ha dicho nada. He encontrado unas cartas. Cartas en las que mi madre escribió que me odiaba, que yo estaba colocada de heroína cuando nací.

—Pero eso ya lo sabías, ¿no?

—La violaron. Durante toda la noche. Así fui concebida.

—¿En serio?

—Ojalá nunca hubiera abierto las cartas.

—Cariño... —Willie toma aire al otro lado de la línea—, ¿sabías que eran suyas antes de abrirlas?

255

—He reconocido la letra. No he podido evitarlo. —Pierde el control y empieza a gritar—. ¡Puta mierda de infancia!

—Ahora eres adulta, cariño, tienes una buena vida. Me tienes a mí. Y a los niños. Ellos quieren a su madre y yo te quiero, más que a nada en el mundo.

Jenny se suena la nariz y se frota los ojos. Después se pasa la mano por el pelo.

—Sí, te tengo a ti. Y a los niños.

—Y has tenido a Doris durante toda tu vida. Imagina si no hubiera estado ahí.

—Es probable que mi madre me hubiera dado a alguien.

—Doris vino cuando tu madre tuvo que irse a rehabilitación. Estoy seguro de que fue entonces cuando escribió esas cartas, cuando estaba drogada. Las llamadas de teléfono eran muy caras por aquel entonces. Seguro que las escribió y las echó al correo sin pensar. Doris no debería haberlas guardado. También tuviste momentos buenos.

—¿Qué coño sabes tú de eso?

—No hables mal, solo intento calmarte. Y sí que lo sé, porque me lo contaste.

—¿Y si me lo inventé para parecer normal?

—¿Te lo inventaste?

—Quizá, un poco. No me acuerdo.

—Tira esas cartas. Son el pasado, ya no importan. Intenta dormir un poco, si puedes.

—¡Claro que importa! Toda mi vida he estado viviendo con la esperanza.

—¿Qué quieres decir?

—La esperanza de que ella me quisiera.

—Te quería. No estaba serena cuando escribió esas cosas. Y a ti te quiere mucha gente. Te quiero yo. Te quiero más que a nada. Y los niños te quieren. Significas mucho para mucha gente, no lo olvides nunca. No fue culpa tuya.

—No fue culpa mía.

—No, no lo fue. Nunca es culpa de un niño que sus padres no sean capaces de cuidarlo. Fueron las drogas.

—Y la violación.

—Eso no fue culpa tuya. Tú tenías que venir a este mundo. Para ser mi esposa y la maravillosa madre de nuestros hijos.

—Doris va a morir pronto —dice ella mientras las lágrimas resbalan por sus mejillas.

—Sé que es difícil. Siento haber pensado solo en mí cuando te dije que debías volver a casa.

—¿Así que no crees que deba volver?

—No. Te echo de menos, te quiero, te necesito, pero ahora lo entiendo. Ojalá estuviera allí para poder darte un beso de buenas noches.

—Y abrazarme.

—Sí, abrazarte. Intenta dormir un poco, cariño. Las cosas mejorarán. Te quiero, no lo olvides.

Jenny cuelga el teléfono y sigue mirando los sobres. No quiere, no debería, pero no puede evitarlo. Lee las palabras una y otra vez. Palabras de una madre que no estaba a su lado. Una madre que no era madre.

30

No es el dolor, ni las náuseas, ni la pena. No es la añoranza por su familia. Son los recuerdos olvidados, que no paran de brotar. Uno a uno la visitan. Todo lo que siempre ha reprimido. La mantienen despierta en la noche oscura y silenciosa de Estocolmo. Al final tiene tantos pensamientos dándole vueltas por la cabeza que deja a Tyra y va a sentarse a la mesa de la cocina, envuelta en una manta y con las rodillas encogidas debajo de la barbilla. Tiene ante sí la pila de papeles de Doris. La historia de su vida. Empieza a leer, en busca de los buenos recuerdos, pero no logra concentrarse, las cartas se mezclan. De pronto no entiende las palabras suecas.

Todos sus peores recuerdos están en inglés. Todos sus peores recuerdos son de Estados Unidos. El sueco significa seguridad. Doris es amor. Vino cuando la necesitaba, se quedó el tiempo necesario. Durante meses, incluso cuando Elise salió de rehabilitación. Doris representaba la normalidad. Para una niña que jamás había experimentado la normalidad, que solo la había visto en las vidas de sus amigas, ser normal era la cosa más maravillosa del mundo. Sándwiches en la fiambrera, recordatorios para hacer los deberes y llevar el chándal a clase de gimnasia, autorizaciones firmadas que entregarle al profesor, dos trenzas en el pelo, ropa limpia y comida caliente en platos de verdad.

Y no al revés, como cuando su madre y ella estaban solas. Días en los que ella iba al colegio con zapatos gastados. Recuerda un par en concreto con un enorme agujero en la suela. Siempre arrastraba ese pie para que sus amigos no vieran las manchas del calcetín y se rieran de ella. Eso le hizo desarrollar una manera particular de andar, una especie de cojera que todavía resurge a veces.

Esas noches en las que Doris le decía que su madre iba a volver a casa siempre eran las peores, cuando era incapaz de calmar la ansiedad. Doris siempre prometía quedarse un poco más, y siempre cumplía su palabra. Siempre había hecho lo que prometía. La maravillosa Dossi.

Vuelve a la cama y se tumba junto al cuerpo suave y cálido de Tyra. Le acaricia el pelo y le limpia los mocos. No puede respirar por la nariz, la tiene congestionada. «Necesito gotas para la congestión», piensa y vuelve a levantarse para ir al baño. Rebusca entre las cosas de Doris y encuentra laca para el pelo, fijador y mascarillas. El pelo de Doris siempre fue importante para ella, eso lo sabe; solía darse al menos cien pasadas con el cepillo cada día. Cuando la conoció, Doris todavía llevaba el pelo largo y lo tenía muy espeso, con solo algunas canas en su melena, de un tono rubio oscuro. Había dejado que se le pusiera gris de manera natural, jamás se lo había teñido. Ahora lo tiene ya muy fino y lo lleva corto, cosa que seguro que no soporta. Se ha olvidado por completo de las gotas para la nariz. En su lugar, agarra el fijador, los rulos y la mascarilla para el pelo. Lo mete todo en la bolsa de los pañales.

Doris no debería tener que morir fea. Siempre ha sido la persona más hermosa sobre la tierra. Jenny rebusca entre su maquillaje y encuentra sombra de ojos, colorete rojizo y polvos. Pintalabios. De pronto se siente con más energía y comienza a revisar los vestidos del armario. Doris no puede morir con una bata de hospital blanca que no para de abrírsele para dejar al descubierto su piel blanquecina y arrugada. Pero los vestidos anchos de diario que tiene en el armario tampoco sirven. Hay demasiadas prendas negras y grises compitiendo por el espacio en las perchas, no hay suficiente color. Tendrá que comprarle un vestido nuevo. Un vestido moderno y alegre. Amarillo, o verde, o rosa. Bonito y cómodo.

Vestido.

Escribe la palabra en una nota y la deja sobre la bolsa de los pañales.

Son las cuatro de la mañana cuando por fin vuelve a la cama. Las farolas de la calle proyectan finos rayos de luz a través de las rendijas que hay entre la persiana y la ventana. Cierra los ojos y se transporta al Nueva York de su juventud. Tyra ya no está junto a ella, haciéndole compañía. Está Doris. Ella la tranquiliza, la quiere. Ella le acaricia el pelo cuando tiene miedo. Hace que se sienta a salvo hasta quedarse dormida. Tararea la melodía que Doris siempre le cantaba.

Summertime, and the living is easy. Fish are jumping. And the cotton is high...

Sin amor. Suspira profundamente.

No. Sin amor no, porque Doris estaba allí. Doris es la que importa. Sigue tarareando y poco a poco se va quedando dormida.

La agenda roja

A. ANDERSSON, ELISE

Siempre que volvía a casa de rehabilitación tenía las mejillas sonrosadas y el pelo limpio, con un nuevo estilo y un color diferente. Venía cargada de regalos, juguetes, ropa y ositos de peluche, pero tú ni siquiera la mirabas. Te escondías detrás de mis piernas y me agarrabas los muslos. Ella no podía alcanzarte, y la distancia entre vosotras fue haciéndose cada vez más grande. Cuando te hiciste mayor, ya tenías una puerta que poder cerrar y amigos con los que querías jugar. Pero ella lo intentaba, y espero que recuerdes los buenos momentos. Cuando cocinaba una comida de tres platos en mitad de la semana e invitaba a tus mejores amigos a cenar. O cuando se quedó despierta cosiéndote el disfraz de Halloween: un cangrejo naranja con pinzas de peluche. Estabas muy orgullosa mientras caminabas por el barrio con tu cubo de golosinas, pese a que apenas podías andar; el disfraz pesaba tanto que perdiste el equilibrio y te caíste varias veces. Imagina si tuviera una foto o una grabación de aquello. A tus hijos les habría gustado verlo.

Elise no se parecía a nadie de mi familia. Ni a mi madre ni a tu abuela, Agnes. Quizá su fragilidad la había heredado de la madre de su padre. Kristina era nerviosa por naturaleza. Yo nunca entendía esa parte frágil de Elise, y mi única solución con frecuencia era decirle que se controlara. Muchas veces me enfadaba con ella. Sobre todo cuando tenía una de sus estúpidas ideas, como recurrir a la prostitución para ganar más dinero o darte en adopción. Solo lo

261

decía porque quería más dinero o porque quería que yo me quedase. Y solía funcionar, porque yo me quedaba. Claro que me quedaba. Por ti. ¿Recuerdas aquel verano cuando decidió afeitarse la cabeza para liberarse? Lo hizo pese a nuestras protestas. Hubo otra época en la que le dio por ir por la casa desnuda, para que tú crecieras siendo un alma libre. Sí, Dios mío, tenía muchas ideas raras.

Pero entonces conocía de pronto a un hombre y adaptaba todo su ser a él. Si era músico, ella se obsesionaba con la música. Si era abogado, entonces ella empezaba a ponerse vestidos. Creía en Dios, era budista, era atea, o lo que mejor le cuadrase en ese momento.

¿Recuerdas todo lo que te estoy contando, Jenny? Tú estabas ahí, tú lo viste todo. No la conocíamos. Ni tú ni yo. Es probable que ni siquiera se conociera a sí misma.

31

—Mira lo que he traído. —Jenny sonríe a Doris, que tiene los ojos cansados, y comienza a sacar las cosas de la bolsa de los pañales—. ¿Preparada para tu tratamiento de belleza?

Doris niega con la cabeza.

—Estás loca —susurra.

—Mi tía abuela no va a morirse con el pelo apelmazado —bromea Jenny, pero se muerde el labio al ver el pánico en la mirada de Doris—. Perdona, no pretendía... no... ha sido una broma estúpida. Muy estúpida.

—¿De verdad está apelmazado? No me he mirado en un espejo desde que me caí.

Jenny se ríe al darse cuenta de que el pánico de Doris no tiene nada que ver con la muerte.

—No. No del todo, pero podría estar mejor. Voy a hacer magia.

Empieza a peinar sus finos mechones de pelo blanco. Algunos se le caen y quedan enredados en el peine.

—¿Te duele?

Doris niega con la cabeza.

—Es agradable. Sigue.

Jenny le levanta la cabeza con cuidado para peinarle la parte de atrás, colocándole la mano en la nuca para poder deslizar el peine con la otra. Después le pone los rulos. Solo necesita utilizar siete;

Doris tiene poco pelo y es muy fino, en algunas partes se le ve el cuero cabelludo. Rocía fijador en los rulos y le cubre la cabeza con un trapo de cuadros rojos y blancos. Tiene una «A» bordada con un tono de rojo ligeramente más claro.

—Era de mi madre, el trapo. ¡Imagina la calidad! Me lo dio una vecina junto con algunos muebles cuando regresé de Inglaterra —explica Doris.

—¿De Inglaterra? ¿Cuándo fuiste allí?

—Tendrás que seguir leyendo.

Doris bosteza y apoya la cabeza en la almohada.

—Es fantástico todo lo que has escrito. He estado leyendo un poco cada noche. Hay muchas cosas que no sabía.

—Quiero darte mis memorias. Para que los recuerdos no desaparezcan.

—Recuerdas muchas cosas, muchos detalles.

—Solo es cuestión de cerrar los ojos y pensar. Cuando lo único que tienes es tiempo, los pensamientos se vuelven bastante profundos.

—Me pregunto qué recordaré yo. Mi vida no ha sido tan emocionante como la tuya. Ni de lejos.

—Nunca es emocionante cuando la estás viviendo. Es difícil. Los matices solo se aprecian después.

Doris suspira.

—Estoy muy cansada —continúa con un hilo de voz—. Creo que necesito descansar un poco.

—¿Quieres algo?

—Chocolate. Un poco de chocolate con leche.

Jenny rebusca en la bolsa de los pañales. Recuerda un trozo que se comió furtivamente mientras Tyra dormía, pero lo único que encuentra es el envoltorio vacío y algunos trocitos pegajosos de chocolate. Se vuelve hacia Doris, pero ya se ha quedado dormida. Se apresura a ponerle un dedo delante de la boca y se relaja al sentir el aire caliente que sale de sus labios.

—Venga, Tyra, vamos de compras. —Saca a la niña del carrito y deja que camine un poco. Juega con ella, le hace cosquillas en la tripa y la pequeña se ríe. Resulta liberador el contraste entre esa vida nueva, tan llena de alegría ante los descubrimientos, y la vida antigua en la cama del hospital. Con Tyra se ríe, pese al dolor de su corazón. La toma en brazos y la columpia de un lado a otro.

—El cuervo del sacerdote... —canta en voz alta, y las enfermeras que pasan por allí sonríen. Tyra se ríe y le rodea el cuello con sus brazos rollizos.

—¡Mami! —grita, hundiendo la cara en su cuello. Jenny siente los mocos fríos en la piel, una gota que resbala por su cuello y que ella se limpia con la manga. Accidentalmente le da un codazo a Tyra y la niña empieza a gritar—. ¡Mami, mami! —grita agitando los brazos. Como si hubiera dejado caer su posesión más valiosa. Quiere volver a estar donde estaba, junto al cuello de su madre. A salvo. Jenny la abraza de nuevo y le acaricia la espalda.

—Mami está aquí, cariño, mami está aquí —susurra antes de darle un beso en la coronilla. Tyra parece echarla de menos a pesar de estar justo ahí, a su lado. Se pregunta cómo estarán los otros dos, si echarán de menos a su madre.

Con Tyra agarrada a su cuello, recorren los últimos metros hasta el quiosco para comprar el chocolate.

Cuando regresan, le acaricia la mejilla a Doris con los dedos. Sigue profundamente dormida. Tyra le golpea la mano a Doris y Jenny está a punto de impedirle que siga haciéndolo cuando Doris abre los ojos.

—¿Eres tú, Elise? —susurra. Parece que le cuesta trabajo enfocar.

—Soy Jenny, no Elise. ¿Cómo te encuentras? ¿Estás mareada? —Gira la cabeza para buscar a una enfermera—. Espera, voy a buscar a alguien.

Deja a Tyra en el carrito y sale corriendo al pasillo. No hay nadie allí. En la habitación de las enfermeras ve a tres de ellas, cada una con una taza de café. Corre hacia ellas.

—Algo va mal. Está desorientada.

Oye que Tyra está llorando y se adelanta a las enfermeras. Cuando llega a la habitación, ve que Doris está intentando consolar a la pequeña, pese a que se siente muy débil. Intenta cantarle una canción, aunque se equivoca en las notas y eso hace que Tyra chille con más fuerza.

—¡Mami! —La niña no para de llorar, y de la nariz le cuelgan mocos amarillos que suben y bajan al ritmo de su respiración. Jenny la toma en brazos.

—Lo siento, solo intentaba... —susurra Doris con desesperación.

Jenny quiere abrazarlas a las dos, mantener a la mayor con vida y transferir coraje y fuerza a la pequeña. Las enfermeras examinan a Doris y ella las observa desde lejos: le toman la tensión, le miden el oxígeno y le colocan el estetoscopio en el pecho.

—Está débil. Probablemente no haya sido más que un mareo. —Las enfermeras recogen sus cosas y abandonan la habitación.

¿Probablemente no haya sido más que un mareo? ¿Probablemente? A Jenny le fastidian sus palabras.

—¿Te quito ya los rulos? —pregunta señalando la cabeza de Doris.

Ella asiente.

—Para que estés más guapa.

Doris sonríe débilmente. Jenny no se molesta en disimular las lágrimas que brotan de sus ojos y resbalan hacia su nariz mientras le quita los rulos uno a uno.

—He oído que el agua con sal es buena para el pelo —susurra Doris con voz débil.

Jenny sonríe entre lágrimas.

—Voy a echarte mucho de menos. Te quiero mucho.

—Yo también te quiero, mi niña. Y a ti. —Señala a Tyra, que ya está más tranquila, entretenida tirando al suelo todo lo que hay en el carrito. Jenny la sienta al borde de la cama para que Doris pueda hablar con ella, pero Tyra protesta, quiere que la dejen en el suelo. Se lanza al vacío, pero su madre está ahí para sujetarla.

Doris señala el carrito.

—Déjala ahí, Jenny. Ver a una anciana morir no es muy divertido.

De vuelta en el suelo, Tyra agarra de inmediato un libro infantil. Lo lanza bajo la cama con tanta fuerza que parte de la cubierta se desprende, pero Jenny no se molesta en regañarla. Mientras la niña esté tranquila y contenta, todo irá bien. Peina a Doris y le echa laca. Los finos mechones de pelo ganan volumen y ahora disimulan las zonas desnudas de su cuero cabelludo. Se queda mirando el resultado con satisfacción y se fija en la cara de Doris. Le empolva con cuidado las mejillas arrugadas, le pone colorete rosa con movimientos circulares y le pinta los labios. El maquillaje devuelve la vida a su cara pálida. Saca una foto con el móvil y se la muestra a Doris, que asiente satisfecha.

—Los ojos también —susurra.

Jenny se inclina y le pone sombra de ojos rosa. Doris tiene los párpados hinchados y medio cerrados, de modo que solo se le ve medio iris. El color se apelmaza en las arrugas y da un aspecto irregular, pero no le importa.

—Te he comprado un vestido. Uno cómodo, para que puedas dormir con él puesto, si quieres.

Saca la bolsa de Gina Tricot de debajo del carrito y le enseña el vestido. Es de color rosa oscuro y está hecho de lana. Tiene manga larga y el cuello redondo, y está plisado a la altura del pecho.

—Qué color más bonito —susurra Doris, y toca la tela con los dedos para apreciar la calidad.

—Sí. Recuerdo lo mucho que te gustaba el rosa. Siempre me comprabas vestidos rosas. A mamá no le gustaba.

—Jipi. —Doris empieza a toser después de decir esa palabra.

—Sí, es cierto. Era una auténtica jipi. No sé de dónde lo sacó, pero su manera de ver la vida estuvo a punto de matarla en varias ocasiones —dice Jenny—. Supongo que al final fue así.

—Las drogas son el demonio —susurra Doris.

Jenny no responde y la ayuda a ponerse el vestido.

—¿Qué sabes de mi padre? —pregunta entonces.

267

Doris la mira y niega con la cabeza.

—¿Nada?

—No.

—¿Nada en absoluto?

—Ya hemos hablado de esto, querida.

—Sé que sabes más de lo que dices. Encontré las cartas de mamá, estaban en la caja con las fotografías. Me odiaba.

Doris niega de nuevo.

—No, mi amor, no pienses así. No te odiaba. Tomaba drogas, quería dinero. Me envió esas cartas sin pensar, en uno de sus episodios. No podía permitirse llamarme. No sé por qué me las quedé, fue una estupidez.

—La violaron.

Doris no responde. Cierra los ojos.

—Tú me querías, lo sé. Eso lo noto.

—Elise te quería.

—¿Cuándo? ¿Cuando se inyectaba heroína en las venas? ¿O mientras estaba tirada en el suelo de la cocina, vomitando para que luego yo lo limpiara? ¿O cuando quiso darme a un desconocido?

—Ahí estaba drogada.

—Siempre prometía que pararía.

—Lo intentaba, pero no podía.

—¿Por eso me querías tú? ¿Porque no tenía madre?

Doris abre los ojos; le brillan y parecen de nuevo desorientados. Jenny se acerca corriendo.

—Lo siento, no tenemos por qué hablar de ello. Te quiero. Lo eres todo para mí.

—Yo siempre iba cuando me necesitabas —susurra Doris. Jenny asiente y le besa la frente—. Y te quería porque te quería.

—No hables más, Dossi, descansa un poco. Yo me quedaré aquí y te daré la mano.

—¿Dónde está Gösta? ¿Se ha tomado el café?

—Estás confusa, Doris. Gösta murió. Murió antes de que yo naciera. Lo recuerdas, ¿verdad?

Entonces lo recuerda y asiente.

—Todos han muerto.

—No, no todos. En absoluto.

—Todo aquel que significa algo. Todos salvo tú.

Jenny le acaricia el brazo a través de la manga rosa de su vestido nuevo.

—No tengas miedo —le susurra, pero no obtiene respuesta. Doris ha vuelto a quedarse dormida. Cada vez que respira, le suena el pecho.

Viene una enfermera y levanta las barandillas de la cama.

—Creo que es mejor que Doris duerma un poco. Y la pequeña y usted también —dice saludando a Tyra con la mano.

Jenny se seca las lágrimas.

—No quiero dejar a Doris. Quizá deba dormir aquí.

La enfermera niega con la cabeza.

—Váyase. Se nos da bien saber cuándo se acerca el final. Pasará esta noche y, si la situación empeora, la llamaremos.

—Pero prométame que me llamarán de inmediato, al más mínimo cambio. ¡Al más mínimo!

—Se lo prometo —responde la enfermera con paciencia.

Jenny abandona la planta y se dirige hacia el ascensor. Tyra se muestra impaciente en el carrito, quiere levantarse y andar. Tras pasar tantas horas sentada en la habitación de Doris, está de mal humor. Jenny la saca del carrito y deja que camine junto a ella. La niña avanza tambaleándose agarrada al carrito. Jenny revisa su móvil y ve que tiene diez llamadas perdidas, todas de Willie. Y un breve mensaje: *No te lo vas a creer. Allan Smith está vivo. ¡Llámame!*

32

—¿Está vivo? ¿De verdad?

—Está vivo. Si es el mismo Allan Smith.

—¡Tienes que ir allí!

—¿Estás loca? No puedo irme a Nueva York. ¿Quién cuidará de los niños?

—¡Llévatelos contigo! ¡Vamos!

—Jenny, empiezo a pensar que has perdido la cabeza por completo.

—Tienes que ir. Doris ha estado sola toda su vida. Toda su vida. Salvo los años con el artista gay para el que trabajaba. Ha tenido un amor en su vida. Un verdadero amor, y ese fue Allan Smith. No lo ha visto desde la Segunda Guerra Mundial. ¿Lo entiendes? Tiene que verlo antes de morir. ¡Vete a Nueva York! Llévate el ordenador para que podamos hablar por Skype. Llámame cuando estés allí.

—Pero ni siquiera sabemos si es el mismo Allan Smith. ¿Y si es otro hombre?

—¿Cuántos años tiene?

—Nació en 1919.

—Parece que encaja.

—Vive en Long Island. Es viudo desde hace veinte años.

—Podría ser. Allan estaba casado.

—Según el correo de Stan, vivió en Francia entre 1940 y 1976. Se hizo cargo de una fábrica y ganó una fortuna fabricando bolsas.

—Doris me dijo que se fue a Francia durante la guerra.

—Su madre era francesa, tiene dos apellidos en su pasaporte. Allan Lesseur Smith.

—Tiene que ser él, su madre era francesa. ¡Vete!

—Jenny, estás loca. Los chicos están en el colegio, no puedo dejarlo todo y marcharme.

—¡Al diablo el colegio! —Apenas logra controlar la voz—. ¿Qué más da que se pierdan unos días? Esto es más importante que cualquier otra cosa ahora mismo. A Doris no le queda mucho tiempo y tiene que verlo una última vez antes de morir. Puede que estemos hablando de horas. ¡Vamos! Si no puedes hacerlo por otra razón, hazlo por mí. ¡Te lo ruego!

—¿Me juras que volverás a casa si lo hago?

—Sí, claro. Volveré a casa en cuanto lo haya solucionado todo.

—Lo hago por ti. Dios mío, no me puedo creer que vaya a hacer esto...

—Pásate por el colegio y recoge a los niños, después toma el primer vuelo a Nueva York. Si la señora Berg pone problemas, dile que hay un pariente que está enfermo. Es una excusa relevante, si no recuerdo mal.

—¿Una excusa relevante?

—Sí, ya sabes. Hay ciertas normas para saber cuándo los niños pueden salir de clase. Algunas circunstancias son relevantes y otras no lo son. Pero olvídate de eso ahora. Tú vete. Y no te olvides de la medicación para el asma de David.

—¿Y qué hago cuando llegue allí?

—Habla con él. Asegúrate de que sea el Allan que buscamos y averigua si se acuerda de Doris. Entonces me llamas.

—Pero escucha, ¿crees que le hará bien descubrir que está vivo? ¿Saber que ha estado vivo todos estos años? Morirá triste. ¿No será mejor que muera creyendo que él murió años atrás?

—Eso no ayudará, digas lo que digas. ¡Vete! Voy a colgarte ya.

—Vale, me voy, aunque en realidad no entiendo por qué. No te hagas muchas ilusiones, porque podría ser otro Allan.

—Sí, lo sé, pero ahora mismo no hace falta que lo entiendas. Lo único que te pido es que vayas. Es la decisión correcta, confía en mí. Te cuelgo. Lo siento, pero tengo que hacerlo.

Cuelga el teléfono antes de que a él le dé tiempo a responder, pone el móvil en silencio y lo mete en el bolso. Tyra está en el suelo, revolviendo las cosas que hay almacenadas debajo del carrito, que ha extendido en un semicírculo a su alrededor. Un plátano, un libro, un par de pañales limpios, unos leotardos manchados de caca, tortitas de arroz. Jenny lo recoge todo y sonríe a las personas que pasan por delante. Tyra se aleja dando tumbos por el pasillo y ella se apresura a alcanzarla y tomarla en brazos. La niña se retuerce cuando intenta meterla en el carro y ponerle el abrigo. Empieza a llorar.

—Nos vamos a casa. A casa a comer. Shh.

Pero no hay manera de silenciar sus inminentes gritos, con los mocos que le cuelgan de la nariz y que suben y bajan cuando toma aire. Jenny deja que llore. Tiene demasiadas cosas en la cabeza. Empuja el carro con rapidez, con la esperanza de que el movimiento calme a su hija y evitar así sentirse avergonzada.

La agenda roja

S. SMITH, ALLAN

Dicen que una persona nunca supera su primer amor verdadero, que se queda alojado en lo más profundo de la memoria corporal. Ahí es donde sigue viviendo Allan. Puede que sea un soldado caído o un pensionista fallecido, pero aún vive en mí, en lo profundo de mi cuerpo arrugado. Y, cuando me vaya a la tumba, me lo llevaré conmigo, con la esperanza de encontrarlo en el cielo. Si hubiera permanecido a mi lado, lo habría seguido a lo largo de la vida, estoy convencida de ello.

Siempre decía que su corazón era francés, su cuerpo estadounidense y su mente una mezcla de ambas cosas. Que era más francés que estadounidense. Su francés hablado poseía el típico deje de los sonidos americanos cerrados. Yo solía reírme de su pronunciación cuando recorríamos juntos París. Aquella risa se alojó en mi corazón y se convirtió en un símbolo de felicidad; una felicidad que, por desgracia, nunca volví a experimentar. Allan hacía gala de una combinación única de agudeza y despreocupación. Era considerado y superficial, jovial y serio al mismo tiempo.

Había estudiado para ser arquitecto, así que, cada vez que yo veía fotos de edificios nuevos en las revistas, siempre leía los textos con atención, en busca de su nombre. Aún lo hago. Es absurdo. Hoy en día tal vez habría sido capaz de encontrarlo con ayuda de Internet, pero entonces todo era mucho más difícil. Quizá no me esforzara lo suficiente, pero le envié cartas, muchas cartas dirigidas a oficinas de correos, dado que no sabía dónde vivía, ni siquiera en qué parte del mundo podría estar. Las enviaba a oficinas de correos de Manhattan y de París. Pero nunca obtuve respuesta. En su lugar, se convirtió en una especie de fantasma con el que hablaba por las noches. Un recuerdo en mi relicario. Mi único amor verdadero.

Gösta compró un sofá a cambio de dos de sus cuadros. Un sofá grande y suave con tapizado de terciopelo morado. Nos sentábamos en él por las noches, compartíamos una botella de vino tinto, junto con nuestros sueños y esperanzas. Eso nos hacía reír y llorar.

Con frecuencia Gösta me preguntaba por los hombres. Era franco y desinhibido, así que me hacía muchas preguntas íntimas. Él era el único que sabía lo de Allan, pero no me entendía, pensaba que estaba loca. Hizo todo lo posible para que yo dejara de amar a Allan en la distancia, para abrirme los ojos a los demás. Hombres o mujeres. A Gösta le daba igual.

—Es la persona, no el género, Doris. No es el género lo que importa. La atracción surge cuando las almas gemelas se encuentran y se fusionan. El amor no entiende de género, y tampoco debería hacerlo la gente —solía decir.

La mayor satisfacción de la vida es poder expresar libremente una opinión y a cambio obtener amor, aunque la opinión difiera. Por eso era tan agradable vivir con alguien tan tolerante como Gösta. Lo teníamos todo, solo faltaba la pasión. En una ocasión incluso intentó besarme y ambos nos reímos.

—No, no ha estado muy bien —dijo riéndose y sacando la lengua. Fue lo más cerca que estuvimos del romance.

No me he pasado toda la vida sola. Gösta era mi familia. Y tú también lo eres, Jenny. Mi vida ha estado bien, ha sido cómoda, de verdad. Por desgracia, Allan nunca volvió a estar a mi alcance, pero he tenido una buena vida.

Con frecuencia, aquí en mi casa, pienso en él. Pienso más cuanto mayor me hago. No entiendo cómo una persona puede colarse en tu vida como lo hizo Allan. Me gustaría saber qué fue de él, si murió en el campo de batalla o si pudo envejecer. Y, si envejeció, me pregunto cómo sería. ¿Se le puso el pelo blanco o gris? ¿Era gordo o delgado? ¿Llegaría a construir todos esos edificios con los que soñaba? ¿Pensaría en mí? ¿Sentiría con su mujer la misma pasión que sentía cuando estaba conmigo? ¿La amaría como me amaba a mí?

Esas preguntas surgen constantemente en mi cabeza. Será así hasta que me muera. Quizá nos encontremos algún día, en el cielo. Quizá por fin pueda relajarme en sus brazos. La idea de volver a verlo en un futuro hace que creer en Dios merezca la pena. Si existe, le diría: «Hola, Dios. Es mi turno. Me ha llegado la hora de amar y ser amada».

33

Quedan muchas hojas de papel en el montón. Muchas palabras. Quizá haya más en el ordenador, ese que reposa en la mesita del hospital. Jenny hojea el montón y escoge pasajes sobre la misma persona. Lee sobre Elaine y Agnes, sobre Mike y Gösta. Vidas enteras resumidas en unas pocas líneas.

Muchos recuerdos, mucha gente muerta. ¿Qué secretos se llevarían a la tumba? Saca la agenda y la hojea. Siente curiosidad por aquellos que no aparecen en las historias de Doris. ¿Quién era Kerstin Larsson? En una libreta que encuentra junto a la cama, escribe el nombre en letras grandes. Se lo preguntará mañana. Cómo murió Kerstin, qué importancia tuvo en su vida.

Sigue las líneas con el dedo índice. Su nombre aparece allí también. Uno de los pocos que no está tachado. Pero la dirección está mal, es su antigua casa. Su apartamento de estudiante, donde vivió durante el breve período en que trató de formarse. Antes de Willie, antes de los niños. ¿Era más feliz entonces? Se estremece y se envuelve con la chaqueta de punto de Doris. Quizá. Tacha la dirección y escribe la nueva. La dirección en la que vive su familia, donde debería vivir su felicidad. Donde puede que la encuentre.

Fue Doris la que le pagó el curso de escritura creativa que hizo. Seis meses imaginando y leyendo en voz alta en los grupos. La escritura en sí era maravillosa, pero las lecturas eran horribles. No aceptaba bien las críticas. Y de pronto apareció Willie. Fuerte, guapo y sereno. Él hizo que se olvidara de todos sus pensamientos oscuros, y se lo pasaron muy bien juntos: surfeando, montando en bici, jugando al tenis. Así que ella se rindió, lo dejó todo y encontró trabajo como camarera en un restaurante. ¿Qué habría pasado si él nunca hubiera aparecido? Si ella hubiera continuado escribiendo. Doris todavía le da la lata con eso, le pregunta cómo va, como si fuera evidente que ha seguido haciéndolo. La verdad es que no ha escrito gran cosa desde entonces. Pero la verdad también es que el proceso de la escritura está latente en su interior, como un sueño difuso que nunca logra alcanzar. Sabe que puede hacerlo, que tiene el talento. En el fondo lo sabe, pero está donde está. Lo primero de todo: ¿quién cuidaría de los niños? ¿Quién les haría la comida y limpiaría la casa? Y lo segundo: es demasiado difícil siquiera intentarlo. Solo un uno por ciento de todos los manuscritos que reciben las editoriales acaba convertido en libro. Un escaso uno por ciento. Son pocas las probabilidades. ¿Por qué iba ella a ser la afortunada? ¿Y si no tiene suficiente talento? ¿Y si fracasa?

Jenny aparta esos pensamientos, saca el teléfono y busca entre las llamadas perdidas el nombre de Willie.

—Hola, cariño. ¿Qué tal? ¿Habéis salido ya?

—No, aún no hemos salido.

Ella suspira.

—Por favor, Willie...

—Que sí. Tengo un billete para mañana por la mañana. David se queda en casa de Dylan, y Jack puede cuidarse solo hasta que yo vuelva.

—Gracias —responde aliviada y con lágrimas en los ojos—. Willie, muchas gracias.

—Espero que merezca la pena —dice él con cierta tensión en la voz.

—¿A qué te refieres con eso?

—Entiendo lo que estás haciendo, pero no por qué quieres someterla a eso.

—Pero... ¿Qué es lo que no entiendes? Se está muriendo. Él fue el amor de su vida. ¿Qué es lo que no entiendes de eso? Es evidente, ¿no? ¿O es que tú nunca has estado enamorado?

—Dios mío, Jenny, no seas tan dramática. Claro que sí. Te quiero, espero que lo sepas.

—Vale.

—Bien. No estés triste, estoy ayudándote a encontrar a Allan. Vuelo mañana.

—Vale.

—Te quiero. Ahora tengo que colgar.

—Vale. Adiós.

Cuelga el teléfono y se seca una lágrima. Toma aire y lo deja escapar.

Busca en su memoria. Han pasado quince años desde que se conocieron. Por entonces, cuando se enamoraron, se pasaban el día entero en la cama. Hacían el amor diez veces al día, hasta que les escocía la piel. Eso era amor, ¿verdad? Pero ahora hacía ya mucho tiempo. Lo piensa. Quizá solo una vez desde que nació Tyra. Está hecha un desastre ahora, después de tres hijos, así que tal vez no sea buena idea. No sería agradable para ninguno de los dos.

Frunce el ceño.

Una vez desde que nació Tyra.

Eso no puede ser verdad.

Se mete en la cama y se tumba junto a Tyra, pegada a ella. Como solía tumbarse con Willie. Muy cerca, con la nariz pegada a su cuello. Tyra tiene un aroma dulce y ácido al mismo tiempo. Tiene el pelo de la nuca húmedo y rizado, igual que Willie. Él vive en ella.

Vuelve a llamarlo.

—¿Sí? —contesta él.

—Yo también te quiero.

—Lo sé. Lo que nosotros tenemos es amor de verdad. Nunca he dicho o pensado algo diferente.

—Y seguimos enamorados, ¿verdad?

—Sí, claro que sí.

—Bien.

—Vete a dormir. Descansa.

—Vale, lo haré.

—Te llamaré en cuanto sepa si es el Allan correcto.

—¡Gracias!

—Lo hago por ti. Haría cualquier cosa por ti, recuérdalo.

—Eso es amor.

—Sí, eso es lo que estoy diciendo.

34

Percibe un fuerte olor a orina cuando abre la puerta de la habitación. Doris está tumbada de costado en la cama y las enfermeras están cambiando las sábanas.

—Han tirado la bolsa —articula Doris, arrugando la nariz, asqueada por la peste.

—¿Han derramado orina sobre su cama? —les pregunta Jenny.

—Sí, ha sido... un accidente. Estamos cambiándola.

—¿No se va a duchar?

Doris vuelve a tener el pelo apelmazado. Su vestido rosa está mojado, hecho una pelota en el suelo. Mientras espera la clásica bata blanca de hospital, su cuerpo está cubierto por una toalla demasiado pequeña.

—Según el horario, le toca ducharse mañana.

—¡Pero si está cubierta de pis!

—La limpiaremos con toallitas húmedas. Si se ducha, hace falta más personal.

—¡Me importa una mierda lo que haga falta! Si derraman orina sobre una paciente, tendrán que ignorar el horario.

Las enfermeras siguen limpiando a Doris con toallitas húmedas, avergonzadas y en silencio. Hasta que una de ellas se detiene.

—Perdón, tiene toda la razón. Claro que debería ducharse. ¿Cree que podría ayudarnos?

Jenny asiente y empuja contra la pared el carrito, en el que Tyra duerme tranquilamente. Juntas, sientan a Doris en una silla de ducha y la llevan al cuarto de baño. Tiene la cabeza caída, no le queda energía para estirarse. Jenny la lava cuidadosamente con jabón.

—Volveremos a arreglarte el pelo.

—La vieja no morirá fea —susurra Doris.

—No, la vieja no morirá fea. Te lo prometo. Aunque tú nunca has sido fea. Eres la persona más guapa que conozco.

—Ahora sí que estás mintiendo. Esa eres tú. —Doris se queda sin aliento mientras habla.

Se queda dormida de inmediato, en cuanto vuelven a tumbarla en la cama. Jenny le pone una mano en la frente.

—¿Cómo está?

—El pulso es débil. Su corazón sigue luchando, pero es posible que no aguante mucho más. Estamos hablando de días.

Jenny se inclina hacia delante y apoya la mejilla sobre la de Doris. Como solía hacer de pequeña, cuando se sentaban en el sofá de Nueva York. De pronto vuelve a ser esa niña. Sin raíces, insegura. Y Doris es su salvavidas y mantiene su cabeza por encima de la superficie.

—Por favor, no puedes abandonarme —susurra antes de darle un beso en la frente. Doris sigue durmiendo, haciendo ruido con el pecho cada vez que respira. Tyra se despierta y empieza a gimotear en el carrito. Jenny la toma en brazos, pero la niña se retuerce, quiere que la deje en el suelo. Así que lo hace. Después se recuesta en la cama junto a Doris. Muy cerca.

—Tiene que vigilar a su hija —dice una enfermera que entra en la habitación con Tyra en brazos—. Los hospitales están llenos de cosas peligrosas.

Ella asiente y sonríe a modo de disculpa. Toma a la niña en brazos y le ofrece una bolsa de dulces. Tyra ríe feliz mientras se atiborra de chucherías. Jenny vuelve a dejarla en el carrito y le abrocha el cinturón.

—Quédate aquí sentada un poquito, por favor. Aquí. Yo tengo que...

—¿Te está dando problemas? —pregunta Doris en un susurro apenas audible.

—Hola, ¿estás despierta? ¿Cómo te encuentras? Te quedaste dormida después de la ducha.

—Estoy muy cansada.

—No hace falta que hablemos si no te apetece.

—Quiero contártelo. Todo lo que no he tenido tiempo de escribir. Y responder a tus preguntas.

—Oh, son tantas que no sé por dónde empezar. Has escrito muy poco de tus años con Gösta.

—Veinte años.

—Sí, vivisteis juntos mucho tiempo. ¿Cuidaba de ti? ¿Era amable? ¿Lo querías?

—Sí, como a un padre.

—Debiste de quedarte muy triste cuando murió.

—Sí. —Doris asiente y cierra los ojos—. Fue casi como perder un brazo.

—¿Qué ocurrió? ¿Cómo murió?

—Se hizo viejo. Murió hace mucho tiempo, en los setenta.

—¿Cuando yo nací?

—Poco antes. Cuando muere alguien a quien quieres, otro nace.

—¿Y tú heredaste todas sus cosas?

—Sí. Su apartamento, algunos muebles y sus cuadros. Vendí los grandes. De pronto costaban mucho dinero.

—Hoy en día se venden por millones.

—Imagina si Gösta lo hubiera sabido.

—Se habría sentido feliz. Orgulloso. —Jenny sonríe entre lágrimas.

—No sé. El dinero nunca fue su motivación, pero podría haber vuelto a París si los cuadros hubiesen empezado a venderse antes. Podríamos haber ido juntos.

—¿Eso te habría gustado?

—Sí.

—Probablemente sepa que logró el éxito. Quizá sea un ángel

ahí arriba y pronto lo vuelvas a ver. —Levanta uno de los ángeles de porcelana de Doris de la mesita y se lo acerca.

—Le daba mucho miedo morir. Por aquel entonces decían que los homosexuales no iban al cielo. Y él lo creía.

—¿Era religioso?

—No de manera pública, pero sí en privado. Como todos nosotros.

—Si el cielo existe, Gösta estará allí esperándote.

—Celebraremos una fiesta. —Doris toma aire e intenta reírse.

—Eres maravillosa. Es fantástico oírte reír. Tu risa me hace seguir adelante, siempre está ahí, en mi interior. La rescato siempre que la necesito.

—Guerra de malvaviscos.

—¡Sí, te acuerdas! —Jenny se ríe al recordarlo—. En la cocina, con esa mesa para la que no teníamos espacio. Mamá, tú y yo. Nos reímos mucho. Y comimos. Luego me dolió la tripa toda la noche.

—Un poco de tontería te hace bien.

Jenny asiente y le acaricia el pelo con la palma de la mano. Sus finos mechones son suaves como los de un bebé.

—Vamos a arreglarte el pelo otra vez.

Doris se queda dormida mientras ella le pone los rulos. Le cuesta respirar. Tyra se ha terminado los dulces, pero Jenny ignora sus lloriqueos. Sigue peinando y poniendo rulos. Solo cuando una enfermera le hace ver que la niña está llorando, por fin la toma en brazos.

35

El teléfono está sonando.

Jenny lo busca en la oscuridad. Tyra gimotea mientras duerme.

—¿Diga? —susurra medio dormida, temiendo que la llamada pueda ser del hospital.

—¡Jenny, conéctate a Skype!

—¿Qué?

—Estoy aquí con Allan. Es el verdadero Allan. Está viejo y enfermo, igual que Doris, pero se acuerda de ella. Empezó a llorar cuando le dije que seguía viva.

Jenny se incorpora de un salto, con el corazón desbocado y un zumbido en los oídos. ¡Allan!

—¡Lo has encontrado!

—¡Sí! ¿Estás con Doris? Si no, ¡ve corriendo a verla!

—Aquí es de noche, pero iré ahora mismo.

—Toma un taxi, deprisa.

—De acuerdo. Te llamaré cuando esté allí.

Se levanta de la cama y corre al cuarto de baño. Se echa agua fría en la cara, se pone la misma ropa del día anterior y pide un taxi. Mete su portátil en la bolsa de los pañales y envuelve a Tyra en una manta. La niña murmura cuando la sienta en el carrito, pero no se despierta. Ni siquiera cuando rebota por las escaleras con las ruedas traseras. El taxi está esperando fuera. Mete a Tyra en el coche mientras el conductor dobla el carrito y lo guarda en el maletero. El trayecto a través de la noche de Estocolmo es silencioso. En la radio suenan viejas canciones de amor. *Purple Rain*. Se sabe la letra de memoria y sonríe al recordarlo. Hubo un tiempo en que Willie y ella la bailaban agarrados en la cocina, y él le susurraba al oído. Muy juntos, con su erección contra su vientre. Antes de los niños, antes de la vida diaria. Cuando llegue a casa, se la pondrá. Y bailarán.

—¿La pequeña está enferma? —El taxista rompe el silencio al desviarse de la carretera principal.

—No. Vamos a visitar a alguien. ¿Podría aparcar junto a la entrada principal?

Él asiente y frena con suavidad. Para cuando se baja del taxi con Tyra en brazos, el hombre ya ha sacado el carrito del maletero y lo ha abierto.

—Espero que todo vaya bien —le dice.

Ella le da las gracias, pero está demasiado estresada para sonreír.

Cuando entra corriendo en la habitación, Doris está despierta, con la mirada despejada y la cara no tan pálida como antes. Por suerte, no se ha topado con ninguna de las enfermeras al entrar.

—¡Estás despierta! —susurra para no despertar a los demás.

—Sí —responde Doris con una amplia sonrisa.

—Tengo una sorpresa para ti. Tenemos que ponerte el vestido y sacarte al pasillo. —Suelta el freno de la cama y la empuja hacia la puerta. Aparece una enfermera y la mira con los ojos muy abiertos.

—¿Qué cree que está haciendo?

Jenny la manda callar y sigue empujando la cama. La enfermera las sigue, evidentemente nerviosa.

—¿Qué está haciendo? No puede... ¿Sabe qué hora es?

—Deje que nos quedemos aquí un rato. Es importante. Y no, no puede esperar. Sé que los demás están durmiendo, no los despertaremos.

Empuja la cama hacia un rincón del salón de día y le dedica a la enfermera una sonrisa fugaz. La enfermera niega con la cabeza y se da la vuelta sin decir palabra. Jenny saca el vestido de la bolsa de los pañales. Sigue ligeramente húmedo tras haberlo lavado antes a mano.

—¿Qué estás haciendo, Jenny? ¿Vamos a una fiesta?

Jenny se ríe.

—Es una sorpresa, ya te lo he dicho. Pero sí, podría decirse que sí.

La peina con cuidado y le empolva las mejillas con un poco de colorete.

—Los labios también —dice Doris.

Jenny mezcla el rosa y el beis hasta encontrar el tono que sabe que a Doris le gusta, después le pinta los labios, secos y finos. Se sienta al borde de la cama con el portátil en la rodilla. No aguanta más.

—¡Dossi, está vivo!

—¿Qué? ¿Quién está vivo? ¿De qué estás hablando?

—Hemos..., bueno, Willie ha... Hemos encontrado a Allan.

Doris da un respingo y se queda mirándola.

—¡Allan! —Parece aterrorizada.

—Quiere verte, hablar contigo por Skype. Willie está con él ahora, solo tengo que llamarlo. —Abre la tapa del portátil.

—¡No! No puede verme así. —Mira nerviosa de un lado a otro y se le sonrojan las mejillas incluso por encima del colorete.

—Es mayor también, y te estás muriendo. Es tu última oportunidad. Tienes que ser valiente y aprovecharla.

—Pero ¿y si...?

—¿Y si qué?

—¿Y si no es como lo recuerdo? ¿Y si me decepciona? ¿Y si yo lo decepciono a él?

—Solo hay una manera de averiguarlo: corre el riesgo. Voy a llamarlos ahora.

Doris se sube la manta hasta la barbilla, pero Jenny se la retira.

—Estás guapa. Créeme.

Marca el nombre de Willie en el programa y lo llama. Él responde de inmediato.

—Jenny, Doris, hola. —Las saluda con una sonrisa. Las ojeras que se observan en su rostro revelan lo poco que ha debido de dormir últimamente—. ¿Estáis preparadas?

Jenny asiente. Willie gira el ordenador hacia un hombre sentado en un sillón marrón oscuro de terciopelo. Doris se queda mirando la pantalla. El hombre tiene las manos entrelazadas sobre su regazo y las piernas estiradas sobre una banqueta, cubiertas por una manta roja. Tiene muchas arrugas en la cara y las mejillas hundidas. Le cuelga la chaqueta de forma irregular sobre los hombros, igual que en París. Lleva la camisa abrochada hasta arriba y la piel de la papada le cuelga por encima del cuello. Sonríe y saluda con una mano arrugada, mirando la pantalla con ojos entornados. Willie se inclina hacia delante.

—Enciende la cámara, Jenny —le dice mientras coloca el portátil sobre las rodillas del anciano.

Jenny mira a Doris, que se ha quedado mirando a Allan a los ojos con la boca entreabierta. Cuando le pregunta si está preparada, ella asiente.

Allan da un respingo al ver a la delgada mujer en la cama del hospital.

—Oh, Doris —susurra con la voz llena de pena. Extiende una mano temblorosa, como si deseara tocarla.

Ambos se quedan callados durante unos segundos. Jenny asiente con impaciencia tras la pantalla y hace gestos con una mano para que Doris hable. Es Allan quien rompe el silencio.

—Nunca te he olvidado, Doris. —Las lágrimas resbalan por sus mejillas.

Doris se lleva los dedos al relicario que Jenny le había colgado al cuello. Intenta abrirlo, pero sus dedos temblorosos están demasiado débiles. Jenny la ayuda y Doris le muestra la foto a Allan. Él entorna los párpados para ver y se ríe.

—París —murmura.

—Esos meses fueron los mejores de mi vida. —Le susurra esas primeras palabras y se le llenan los ojos de lágrimas—. Nunca te olvidé.

287

—Sigues siendo increíblemente guapa.

—Fueron los mejores meses de mi vida. Tú... —Se le quiebra la voz al decir aquella última palabra. Se le nubla la vista y deja caer la mirada. Jenny le pone la mano en la muñeca para tomarle el pulso. Está débil. Doris ha vuelto a ponerse pálida.

—Te busqué —logra susurrar.

—Yo también te busqué. Te escribí.

—¿Qué ocurrió? ¿Dónde estabas?

—Me quedé en París después de la guerra. Durante años.

Doris se limpia los ojos.

—¿Y tu esposa?

—Murió en el parto. El bebé también. Al final volví a casarme, pero tardé muchos años. Te busqué por todas partes. Viajé a Nueva York, te escribí cartas. Al final ya no me quedaron sitios donde buscar. ¿Dónde te fuiste? ¿Dónde has estado todos estos años?

—Me fui de Nueva York por ti, viajé hasta Europa. Tenía pensado ir a París, pero Francia seguía en guerra cuando llegué, eran tiempos difíciles. Al final acabé en Suecia, en Estocolmo.

—Nunca he dejado de pensar en ti. Nunca he dejado de pensar en nuestras cenas, en nuestros paseos... El viaje en coche a la Provenza.

Doris se queda callada y sonríe al recordar. A Jenny se le llenan los ojos de lágrimas al ver la alegría en la cara de la anciana. De pronto sus ojos han vuelto a la vida. Doris le lanza un beso a Allan y continúa:

—Aquella noche bajo las estrellas, ¿te acuerdas? ¡Qué noche tan maravillosa!

—Cuando te secuestré de aquel desfile de modelos.

—No fue así. Me esperaste pacientemente hasta que terminé. Estabas dormido en la hierba frente al castillo. ¿Te acuerdas? Te desperté con un beso.

—Lo recuerdo. Recuerdo cada paso que di contigo. Fue el mejor momento de mi vida.

La voz de Doris se vuelve débil de nuevo, triste.

—Me rompiste el corazón en Nueva York. ¿Por qué lo hiciste, si me amabas tanto?

—No tuve elección, mi amor. Tú fuiste la razón por la que me fui a Europa.

—¿Qué quieres decir? Dijiste que te ibas por la guerra. ¡Me dejaste atrás!

—Hui. No podía mirar a mi mujer a los ojos sabiendo que tú estabas en la misma ciudad. No podía parar de pensar en ti. Al abandonaros a las dos, estaba escapando.

Se miran en silencio. De fondo oyen a Willie aclararse la garganta. Jenny se inclina hacia delante para ver si está en pantalla, pero está solo Allan. Saca su móvil y le envía un corazoncito rojo.

—Y sigues vivo. No me lo puedo creer. —Doris sonríe y acerca los dedos a la pantalla. Él levanta la mano para tocarlos.

—Oh, mi amor —murmura.

—Estás muy lejos. ¿Por qué estás tan lejos? —pregunta Doris—. Ojalá pudiera estar entre tus brazos una última vez. Ojalá pudieras abrazarme. Besarme.

—No puedo creer que hayas guardado mi foto en tu relicario todos estos años. Si yo lo hubiera sabido... podríamos haber... deberíamos haber... Oh, Doris, todos los hijos que íbamos a tener. La vida que íbamos a tener juntos. —Se lleva la cabeza a las manos, pero después se obliga a levantarla. Intenta sonreír a pesar de las lágrimas, sin dejar de taparse la cara—. Nos veremos en el cielo, mi amor. Yo cuidaré de ti allí. Te amo, Doris. Te he amado cada día desde la primera vez que te vi. Siempre hemos estado juntos. En mi corazón siempre hemos estado juntos.

Las palabras de Allan resuenan por el pasillo. Doris tiene la cabeza apoyada en la almohada y lucha por mantener los ojos abiertos. Intenta hablar, pero solo le salen sonidos ahogados.

Sentada detrás de la pantalla, Jenny se seca las lágrimas y se inclina hacia delante para entrar en el plano.

—Hola, Allan. Lo siento, está muy débil. No creo que pueda seguir mucho más.

—Sí que puedo —dice Doris por fin en un susurro.

—Duerme, mi amor. Yo me quedaré aquí y te miraré mientras duermes. Sigues siendo muy hermosa. Eres tan hermosa como recordaba. La más hermosa.

—Y tú estás igual que siempre, con tus palabras altisonantes —dice Doris con una sonrisa.

—Contigo no hay palabras suficientemente altisonantes. No hay nada tan hermoso como tú. Jamás lo ha habido.

—Siempre te he querido, Allan. Siempre. Cada hora, cada día, cada año. Siempre hemos estado juntos.

—Y yo siempre te he querido a ti. Y siempre te querré.

Doris sonríe y, mientras se queda dormida, la sonrisa permanece en sus labios. Allan la observa en silencio. Las lágrimas resbalan por sus mejillas y ya no intenta secárselas.

—Estoy segura de que volveréis a hablar mañana. —Jenny regresa al plano.

—No, no, por favor. No la apague, se lo ruego. Necesito mirarla un poco más.

Jenny le sonríe, todo lo que puede pese a las lágrimas y al dolor que siente en el corazón.

—Dejaré el ordenador encendido. Puede desconectarse cuando quiera. Lo entiendo, lo entiendo.

36

Observa a Doris mientras duerme y mira a Allan al otro lado de la pantalla. Él está sentado en su sillón con los ojos cerrados; pronto se quedará dormido también. Le vibra el móvil en el bolsillo. Sonríe al ver la cara de Willie en la pantalla.

—Lo entiendo —le dice con cariño—. Ahora lo entiendo de verdad.

—Sí... El amor. Quería hacerle este regalo a Doris, no quería que muriese con un amor infeliz en el corazón.

—Lo sé, lo entiendo. Y escucha, yo te quiero. Eres fantástica, siempre entiendes esta clase de cosas. Agradezco mucho no haberte perdido. Poder vivir mi vida contigo. Lo siento por ser un idiota a veces.

—Me alegra que lo admitas.

—¿Qué? ¿Que soy un idiota o que te quiero?

—Ambas cosas —responde riéndose.

—Ojalá estuvieras aquí ahora para poder abrazarte. Mucho tiempo. Sé que esto debe de ser duro para ti. De nuevo, lo siento. No pretendía ser tan insensible.

—Lo sé. Ojalá estuvieras tú aquí. Así podrías despedirte de ella.

En ese momento Doris gime.

—Tengo que colgar —susurra Jenny—. Te quiero. Adiós.

—Regresa junto a ella. Allan parece estar durmiendo, así que cierra la tapa del portátil para evitar despertarlo. Después se sienta al borde de la cama con la mano en la frente de Doris. Tiene la piel fría, pero también humedecida por el sudor. Tiene la mirada perdida y no parece poder enfocar. Jenny corre a buscar a la enfermera.

—Allan —grita Doris—. ¡Allan!

Una enfermera entra corriendo, le baja el cuello del vestido a Doris y escucha su corazón.

—El corazón no suena bien. Llamaré al médico.

—Hemos llamado a un viejo amigo suyo. Quizá no debería haberlo hecho, no ahora mismo, en mitad de la noche.

Jenny está llorando.

—Va a morirse de todas formas, cielo. Es mayor. —La enfermera se le acerca, la rodea con el brazo y le da palmaditas en la espalda para intentar que deje de temblar.

—¡Doris! ¡Doris, por favor, despierta! Por favor, háblame...

Doris lo intenta, pero solo logra abrir un ojo. Mira a Jenny. Tiene los labios azules.

—Te... deseo... lo... suficiente... —susurra, agotada, antes de cerrar el ojo.

—El sol suficiente para iluminar tus días, la lluvia suficiente para que aprecies el sol. La alegría suficiente para fortalecer tu alma, el dolor suficiente para que aprecies los pequeños momentos de felicidad en la vida. Y los encuentros suficientes... para que puedas decir adiós de vez en cuando. —Con labios temblorosos y lágrimas en las mejillas, Jenny pronuncia las palabras que tantas veces ha oído decir a Doris. A lo largo de su vida.

Los estertores del pecho se transforman en una profunda tos que hace que Jenny y la enfermera den un respingo. Doris abre los ojos y se queda mirando a Jenny con la mirada despejada.

Después se va.

37

Con las lágrimas resbalando por ambas mejillas, saca un bolígrafo y dibuja una línea temblorosa para tachar el nombre que figura en el interior de la tapa. *Doris Alm*. Junto a él, escribe la palabra. *MUERTA*. La escribe dos veces, tres, cuatro. Al final la página acaba llena.

En la mesa que tiene delante, están las pertenencias que Doris tenía en el hospital. Algunas joyas. El relicario. El vestido rosa. La ropa que llevaba cuando ingresó: una túnica azul oscuro con mangas abombadas y unos pantalones de lana grises que han sido cortados. Una bolsa con su bolso y su teléfono móvil, que sigue encendido. Su ordenador. ¿Qué debería hacer con todo eso? No puede tirar nada. El apartamento tiene que quedarse tal como está, al menos durante un tiempo. Mira a su alrededor y pasa la mano por la superficie rugosa de la mesa. La misma mesa que ha tenido siempre Doris. Nada ha cambiado en ese piso.

De pronto recuerda lo que escribió Doris sobre las cartas. Debe de haber más cajas además de las dos que ya ha encontrado. Corre al dormitorio y se pone a cuatro patas junto a la cama. Allí, en un rincón, ve una caja de hojalata oxidada. La saca y sopla el polvo que la recubre. La abre y se queda con la boca abierta. Muchas cartas. Las leerá todas esta noche.

En la cocina, Tyra está golpeando las sartenes y cacerolas, riéndose con el ruido. Jenny la deja tranquila y se sienta de espaldas a ella para que no vea llorar a su madre. La pobre niña no ha recibido mucha atención estos últimos días, pero por suerte no lo recordará. Por suerte, es demasiado pequeña para entenderlo.

Jenny está cansada. Ha pasado la noche, la mañana y el día, y ella no ha dormido nada. Ahora que se aproxima de nuevo la noche, siente la piel tirante y los ojos hinchados. Se frota la cara y apoya la cabeza en las manos y sobre la mesa. La niña que vive en su interior ha perdido su único refugio. No quiere ser madre. No quiere ser adulta. Solo quiere tumbarse en posición fetal y llorar hasta quedarse sin lágrimas. Hasta que Doris regrese y la abrace. Nota que las lágrimas vuelven a brotar, y sus resuellos se convierten en unos sollozos que es incapaz de contener.

—Mami triste. —Tyra le da una palmadita en la pierna y le tira de la camiseta. Jenny la levanta y la abraza con fuerza. La niña le rodea el cuello con sus brazos rollizos.

—Mmm, mami echa mucho de menos a Dossi, cariño —susurra antes de darle un beso en la mejilla.

—*Hopital* —dice Tyra, que quiere volver al suelo. Corre hacia su carrito, pero Jenny niega con la cabeza.

—Ahora no, Tyra. Juega con esto un rato. —Le ofrece su teléfono—. Ya no iremos más al hospital —susurra para sí misma.

Abre la tapa del ordenador de Doris, pulsa el botón de encendido y ve los iconos en el escritorio. Hay dos carpetas. Una llamada *Jenny*, la otra *Notas*. Pincha en *Jenny* y revisa los documentos. Ya ha leído la mayoría, son las páginas impresas, pero dentro de esa carpeta hay otra, esta se llama *Muertos*. La palabra le provoca un escalofrío. Se detiene un instante y entonces la abre. Dentro hay dos documentos, uno de ellos es el testamento de Doris. Es breve. Ha escrito que todo se lo deja a ella y que tiene una copia impresa y certificada bajo el escritorio. Doris quiere rosas rojas en su ataúd, y que suene *jazz* en vez de himnos. Y también hay un breve mensaje:

No le tengas miedo a la vida, Jenny. Vive. Siéntete libre. Ríe. La vida no está aquí para entretenerte, eres tú quien debe entretenerla a ella. Atrévete a aprovechar las oportunidades cuando se te presenten y saca algo bueno de ellas.

Te quiero más que a nada y siempre te he querido, no te olvides de eso, mi querida Jenny.

Luego, un poco más abajo:

P.D. ¡Escribe! Es tu talento. Los talentos hay que utilizarlos.

Jenny sonríe a pesar de las lágrimas. En realidad la escritura era el talento de Doris; eso lo sabe ahora, tras haber leído sus memorias. Escribir era el sueño de Doris, pero también era el suyo. Por fin lo admite.

Abre el segundo documento y empieza a leer, palabra tras palabra, el último eco de Doris.

La agenda roja

A. ~~NILSSON, GÖSTA~~ MUERTO

Casi todos han muerto ya. Todos aquellos cuya vida te he mencionado. Todos los que alguna vez significaron algo. Gösta falleció en la cama conmigo sentada a su lado. Tenía su mano agarrada. Estaba caliente, pero después se fue enfriando. No se la solté hasta estar segura de que la vida le había abandonado por completo, dejando solo un armazón vacío. Murió de viejo. Fue el segundo gran amor de mi vida. Un amor platónico. Un amigo en quien poder confiar. El hombre que vio a la niña que había en mí cuando vivía con Dominique, y que siguió viendo a esa niña incluso cuando se me puso el pelo gris.

Ahora voy a contarte el secreto de Gösta. Le prometí que no diría nada mientras estuviera vivo, y he cumplido mi promesa. Pero no quiero llevarme los secretos a la tumba, así que te los transmito a ti para que los guardes.

Mi piso tiene una habitación oculta. Tiene dos metros cuadrados, está detrás del armario de la habitación del servicio. Puedes acceder a ella moviendo el rodapié.

Ahí escondía Gösta sus cuadros de París, era su particular cueva del tesoro. A día de hoy siguen ahí. Cuadros preciosos del lugar que él más quería. París era la ciudad de Gösta.

Ahora esos cuadros son tuyos. Si quieres exhibirlos para que el mundo los vea, que sea en un museo de París. Él habría estado orgulloso de eso.

La agenda roja

A. ~~ANDERSSON, ELISE~~ MUERTA

Ahora, para el último capítulo, tu madre. Su destino me ha atormentado desde hace muchos años. Nada de lo que escriba cambiará la imagen que tienes de una madre que lo intentó, una y otra vez, pero siempre fracasó. Nada de lo que escriba hará rebobinar la cinta ni conseguirá que la aguja que se clavó en el brazo caiga al suelo y se rompa.

Pero puedo aliviar mi corazón, contarte lo que nunca me he atrevido a decir en voz alta, lo que me ha torturado durante todos estos años. Espero estar muerta cuando leas esto. Y, si no lo estoy, te ruego que des credibilidad a esta historia y permitas que esta sea la única versión. No podré responderte si me haces alguna pregunta, si quieres saber más.

Fue todo culpa mía. Yo abandoné a Elise cuando más me necesitaba. No una, sino varias veces. Todo empezó cuando me marché de aquella casa y dejé a un bebé llorando con una abuela enferma y mayor. Cuando me fui a Francia. Por Allan. Elise estaba llorando cuando me marché, pero yo me limité a cerrar la puerta a mis espaldas, preocupada por mí y por mis esperanzas de un futuro mejor. Tú siempre me has visto como alguien que se implica, que se preocupa y ayuda, pero eso no fue así entonces. Solo pensaba en mi situación, en mi propio futuro y, con eso en mente, mi futuro se volvió más importante que el de Elise. Cada vez que Carl, tu tío, me escribía y me rogaba que volviera, yo tiraba las cartas a la papelera. Le enviaba regalos por su cumpleaños, pero eso era todo. Un carísimo oso de peluche o un bonito vestido, como si los regalos pudieran compensar mi ausencia.

Las drogas nunca fueron el verdadero problema. El problema fue su llegada a este mundo. Se volvió insegura, y esa inseguridad hizo que fuera susceptible de caer en las drogas, porque la ayudaban a huir de sus miedos. Si no hubiera sido por eso, habría sido una madre mejor.

Yo intenté hablar muchas veces con ella. Intenté que dejase atrás el pasado, que viera las cosas buenas de la vida, pero ella negaba con la cabeza. Una vez me dijo que solo se sentía feliz cuando estaba colocada, que las drogas le hacían flotar y que entonces todos sus problemas se desvanecían.

Cuando Carl me llamó para decirme que tú habías nacido, regresé a Nueva York por primera vez. Gösta había muerto recientemente y estaba sola. Fue amor a primera vista. Me senté, te agarré el piececito con la mano y me quedé mirándote. Luego regresé cuando tenías un año, cuando tenías cuatro, cinco, seis, y así todos los años hasta que empezaste la universidad.

Una vez perdí un bebé. Un bebé que no quería, al que ni siquiera consideré nunca como un bebé. Pero el vacío que siguió a esa pérdida se hizo patente de todos modos. Y tú lo llenaste. Lo fuiste todo para mí, era muy fácil quererte. Me diste la oportunidad de compensar mis errores y me prometí a mí misma que jamás te sucedería nada malo, que obtendrías todo el apoyo que necesitaras para vivir tu vida. Porque es difícil, Jenny. La vida es difícil.

Prométeme que ya no le echarás la culpa a tu difunta madre. Estoy segura de que Elise te quería. Perdónala. Yo debería haber estado a su lado igual que estuve al tuyo, pero no pude. Fue mi culpa. Perdóname.

EPÍLOGO

Están sentadas en el suelo de la cocina de Jenny, ordenando los sobres por la fecha del matasellos. Abren los que todavía están cerrados. Mary, la sobrina nieta de Allan, está sentada junto a Jenny. Había llamado para decir que Allan había muerto. Murió menos de cuarenta y ocho horas después que Doris. Y ella también había encontrado las cartas.

Los sobres tienen dos cosas en común: todos tienen el texto *Dirección desconocida* estampado sobre el nombre y todos han sido devueltos al remitente.

7 de noviembre de 1944
Lista de correos. Allan Smith, París

Querido Allan:
Me devoran las preocupaciones por tu bienestar. No pasa un solo día sin que piense en ti. Busco tu cara en las noticias, me fijo en un soldado tras otro. Espero que lograras salir ileso de París y que hayas vuelto a Nueva York. Yo estoy en Suecia ahora, en Estocolmo.
Tuya,
Doris

20 de mayo de 1945
Lista de correos. Doris Alm, Nueva York

Doris, estoy vivo. La guerra por fin ha terminado y pienso en ti todos los días. ¿Dónde estás? Me pregunto cómo será la vida para tu hermana y para ti, si estáis bien. Escríbeme. Yo me quedaré aquí, en París. Si estás leyendo esto, vuelve.
Tuyo,
Allan

30 de agosto de 1945
Lista de correos. Doris Alm, Nueva York

Querida Doris:
Albergo la esperanza de que algún día entres en la oficina de correos de la estación de tren y leas mis palabras. Siento que estás viva, estás en mis pensamientos. Quiero reencontrarme contigo. Sigo en París.
Tuyo,
Allan

15 de junio de 1946
Lista de correos. Allan Smith, Nueva York

A veces me pregunto si existes solo en mis sueños. Pienso en ti al menos una vez al día. Por favor, querido Allan, hazme una señal. Solo una frase. Sigo en Estocolmo. Te quiero.
Tuya,
Doris

1946, 1947, 1950, 1953, 1955, 1960, 1970... Se escribieron el uno al otro durante toda su vida. Mensajes cortos que iban

de un lado a otro sin encontrar a su destinatario. Si al menos...
¿Y si...?

Jenny y Mary se miran y se sonríen.

—Increíble. Se quisieron toda la vida.

El amor descansa bajo las lápidas. Mucho amor.
Miradas que desequilibran una vida entera.
Manos entrelazadas en un banco del parque.
La mirada de un padre a su hijo recién nacido.
Una amistad tan fuerte que no es necesaria la pasión.
Dos cuerpos que se funden una y otra vez.
El amor.
Es solo una palabra, pero alberga muchos significados.
Al final, lo único que importa es el amor.

¿Amaste lo suficiente?

CPSIA information can be obtained
at www.ICGtesting.com
Printed in the USA
LVHW010347150519
617775LV00001B/4